Hope Sweet Hope

HOPE SWEET HOPE

Ronja Uhlmann

Für Angela

© 2020 Uhlmann, Ronja
Herstellung und Verlag: BoD – Books on Demand, Norderstedt
ISBN: 9783752897838

Prolog

Schritte durchbrachen die Stille, sie näherten sich entschlossen der Treppe. Dann das Knarren der Stufen. Die Tür wurde geöffnet und ein Mann betrat den Raum. Es war ein kleines Zimmer mit einem hohen Kamin. Das Feuer, das darin brannte, war die einzige Lichtquelle in der Finsternis. Die schweren Vorhänge und die Ohrensessel schafften eine gemütliche Atmosphäre, doch nun lag eine unbestimmte Spannung in der Luft. Die lodernden Flammen warfen zuckende Schatten an die Wände und erhellten die Gestalt des Mannes.

Er trug einen gut sitzenden Anzug und hatte eine auffällige Narbe im Gesicht. Rastlos tigerte er vor den kleinen Fenstern auf und ab und sah immer wieder zur Tür. Wieder waren Schritte zu hören. Der Mann blieb stehen und lauschte. Die zweite Person näherte sich stockend der Treppe und öffnete schließlich langsam die Tür. Der andere Mann, der nun den Raum betrat, war kleiner und dunkel gekleidet. Er wich dem Blick des Anzugträgers aus, ja er schien regelrecht darunter zu schrumpfen. „Da bist du ja endlich. Hab ich nicht gesagt, du sollst dich beeilen.", zischte der erste leise. „Mach die Tür zu.", befahl er dann grob. Der zweite gehorchte und trat dann auf den anderen zu. „Hör mal, das mit vorhin tut mir echt leid. Das war so nicht geplant. Wir konnten ja nicht wissen, dass…", begann er, doch der Anzugträger unterbrach ihn mit einer Handbewegung. „Ach hör doch auf. Du wusstest genau, dass es so kommen würde. Du bist schuld!" Die letzten Worte schrie er seinem Gegenüber ins Gesicht. Der wich einen Schritt zurück. Nach einem Augenblick Stille überlegte er es sich anders und legte dem Anzugträger langsam seine Hand auf die Schulter. Die beiden Männer sahen sich in die Augen. „Aber es gibt etwas, das du tun kannst.", flüsterte der erste. Der andere schüttelte den Kopf. „Bitte, wir sind doch Freunde. Wir haben schon so viel gemeinsam durchgestanden. Das kannst du nicht von mir verlangen." Er sprach in einem Tonfall, den man sonst *bei einem Kind verwendete. Aus dem Gesichtsausdruck des Ersten sprach unendliche Qual, als er seinen Freund ansah.*

Dann lächelte er, doch das Lächeln war grausam. Er packte den zweiten am Kragen und zog ihn so dicht heran, dass kaum eine Haaresbreite Abstand zwischen den beiden war. Der Mann versuchte sich zu wehren, doch er hatte keine Chance. „Wir waren Freunde, bis du mich hintergangen hast und mein kleiner Bruder dafür bezahlen musste. Das war allein deine Schuld.", zischte der Anzugträger. Der Kleinere wand sich in seinem Griff und wurde noch blasser. „Bitte, ich, ich kann das nicht!" Der Größere lachte erneut sein gänsehautbereitendes Lachen. „Das interessiert mich nicht. Denk daran, was auf dem Spiel steht.", zischte er und zog den Mann noch näher. Er flüsterte ihm etwas ins Ohr. Dann ließ er ihn ruckartig los, sodass der andere ein paar Schritte rückwärts stolperte. Der erste ging langsam auf den am Boden Liegenden zu und zog etwas aus seiner Tasche. Es war ein Messer, das die zuckenden Flammen des Feuers wiederspiegelte. Langsam kniete er sich hin und drückte dem anderen das Messer an die Kehle. „Du hast die Wahl. Du oder deine Tochter."

1

Ich ging durch den Park und ließ meine Gedanken schweifen, während ich die glitzernden Sonnenstrahlen beobachtete, die durch die Bäume am Rande des Weges fielen. Es war ein wunderschöner Herbstnachmittag und die leuchtend bunten Blätter raschelten im Wind. Ich war bester Laune, denn endlich war Wochenende und ich konnte mich von der anstrengenden Schulwoche erholen. Außerdem waren die letzten beiden Stunden entfallen und ich konnte früher nach Hause gehen. Die Bänke, die ringsum unter den ausladenden Ästen der Bäume standen, waren fast leer, nur ein Pärchen saß eng umschlungen unter einer Birke. Ich beobachtete sie und war tief in Gedanken versunken, als mich ein Ruck von den Beinen holte und ich mich auf dem Boden wiederfand.

„Hey!" Benommen sah ich auf. Ein verärgerter Jogger stand über mir. Es war ein Mann mittleren Alters, der einen alten abgewetzten Jogginganzug trug und fettige dunkle Haare hatte, doch was mich an ihm am meisten irritierte und abstieß, waren seine stechend blauen Augen. Er machte keine Anstalten mir hoch zu helfen oder sich auch nur zu entschuldigen, sondern stand nur mit verschränkten Armen über mir. „Kannst du nicht aufpassen, wo du hinläufst?", fragte er mich aufgebracht. Ich sah ihn empört an. „Aber…", begann ich, doch er stemmte die Hände in die Hüften, was ihn auf eine merkwürdige Weise bedrohlich erscheinen ließ und ich verstummte. Einen Augenblick sahen wir uns wortlos an, dann stand ich auf und klopfte mir den Dreck von der Hose. Der Mann musterte mich von oben bis unten und schien auf etwas zu warten, ich trat unsicher von einem Bein aufs andere. „Kann ich Ihnen helfen?", fragte ich und dachte mir gleichzeitig, dass der Typ echt komisch war. Der Jogger schnaubte abfällig und lief dann weiter, ich sah ihm kopfschüttelnd hinterher.

Er zog ein Handy aus seiner Tasche, wählte eine Nummer und wartete. Dabei sah er sich noch einmal nach mir um. Dann sagte er ein Wort und legte wieder auf, er wurde schneller und verschwand um die Kurve. *Was war* das *bitte schön?!* Das Pärchen auf der Parkbank hatte sich erschrocken umgedreht und ich lächelte ihnen entschuldigend zu. Die Frau lächelte mitleidig zurück und sagte etwas zu ihrem Begleiter. Die beiden standen auf und gingen in die gleiche Richtung, in die der Jogger verschwunden war. Seufzend sah ich auf den am Boden liegenden Inhalt meiner Tasche und begann, ihn aufzusammeln. Meine ganzen Schulsachen waren voller Kies und Erde und meinen Block konnte ich wegschmeißen. Sogar mein Federmäppchen war aufgegangen und die Stifte hatten sich auf dem Weg verteilt. Meine gute Laune war wie weggeblasen. Als ich endlich wieder alles in meiner Tasche verstaut hatte, hängte ich sie mir um und ging weiter. Ich wollte nur schnellstmöglich nach Hause.

Plötzlich klingelte mein Handy. Ich suchte es und sah auf das Display, darauf wurde ein Anruf mit unterdrückter Nummer angezeigt. *Der Tag wird immer seltsamer.* Zögernd nahm ich den Anruf an. „Ha.. Hallo?" Der Anrufer atmete schnell und fluchte dann unterdrückt. Es raschelte. „Hallo? Ich… ich brauche Hilfe. Ich werde verfolgt. Bitte hilf mir. Ich bin an… an der kleinen Kapelle am nördlichen Ende des Parks. Bitte hilf mir, ich…", der Anruf brach ab. „Hallo? Wer ist da? Hallo?" Die Leitung war tot. Mein Herz raste, ich starrte auf mein Handy und überlegte, was ich jetzt machen sollte.

Die kleine Kapelle war sowieso auf meinem Weg, also konnte ich ja mal vorbeisehen. Aber was, wenn es eine Falle war? *Eine Falle? Ernsthaft? Wer soll dir denn eine Falle stellen? Ich glaube du hast eindeutig zu viele Krimis gesehen, Amalia,* ermahnte ich mich. Die Person am Telefon hatte echt verzweifelt geklungen und vielleicht konnte ich helfen. Unschlüssig sah ich mich um und erwartete halb, dass gleich jemand kommen würde und mir sagte, dass das alles ein Scherz gewesen war. Doch der Park war leer. Ich seufzte, packte das Handy in meine Tasche und ging weiter.

Etwas später sah ich die Kapelle, die ein wenig abseits des Weges stand. Hier standen die Bäume dichter und ohne die Sonne war es ziemlich kühl, ich zog meine Jacke enger um mich. Dann sah ich mich um, denn plötzlich war es sehr still. Kein Wind ließ die Blätter rauschen und die Vögel waren auch verstummt. Ich verließ den Kiesweg und stapfte durch das hohe Gras auf die Kapelle zu. Sie war rund gebaut und hatte ein spitzes Dach, das mit Moos überwuchert war und ein verwittertes Kreuz trug. Ich war an der Tür angekommen und sah mich nochmal unbehaglich um. „Hallo? Ist hier jemand?", rief ich. Als Antwort bekam ich nur Stille. Ich ging einmal um die Kapelle herum und rief nochmals, doch wieder war nichts zu hören. Mit vorsichtigen Schritten ging ich auf die Tür zu und versuchte, sie aufzudrücken, doch erst als ich meine Füße in den Boden stemmte und mich mit meinem ganzen Gewicht gegen das Holz lehnte gab sie schließlich nach.

Ich stolperte in einer Wolke aus Staub und kleinen Holzsplittern in den düsteren Innenraum. Hier war es noch kühler und eine Gänsehaut überzog meine Arme. Es roch nach Wachs und Weihrauch und ein klein wenig nach Staub, rechts und links waren jeweils zwei Kirchenbänke aus Holz, das ziemlich morsch aussah. Zwischen den Bänken waren dicke Spinnweben und ab und zu blitzte der schwarze Körper einer Spinne in den Lichtflecken, die durch das morsche Dach hereinfielen, auf. Der kleine Altar in der Mitte war mit vertrockneten Blumen und alten, verstaubten Kerzen geschmückt, die schon lange nicht mehr gebrannt hatten. Durch die zwei Fenster, die hinter dem Altar in der Wand eingelassen waren, fiel nur wenig Licht. Hoch oben war ein metallenes Kreuz angebracht, ich drehte mich einmal im Kreis. Hier war sicher schon seit Jahren keiner mehr gewesen. Mir lief ein weiterer Schauer über den Rücken, also ging ich wieder nach draußen und war im ersten Moment wie geblendet. Ich hob meine Hand vor die Augen, bis ich mich an das Tageslicht gewöhnt hatte. Noch immer war niemand zu sehen und auch als ich rief antwortete mir keiner. Da wollte sich wohl nur jemand einen schlechten Scherz erlauben. Ich wandte mich um und ging in Richtung des Weges, von dem ich gekommen war, als hinter mir die Vögel aus den Bäumen aufflogen.

Noch bevor ich mich umdrehen konnte, hatte sich ein starker Arm wie ein Schraubstock um mich gelegt und meine Tasche rutschte mir von der Schulter. Ihr Inhalt verstreute sich im Gras. Ich wollte schreien, aber eine Hand presste ein Tuch auf mein Gesicht, das beißend roch. Ich wehrte mich, trat um mich und wollte mich aus dem Griff winden, doch ich hatte keine Chance. Die Welt verschwamm vor meinen Augen und meine Bewegungen wurden schwächer. Verzweifelt kämpfte ich gegen die Ohnmacht an. Kurz bevor ich bewusstlos wurde, spürte ich einen kalten Atemhauch in meinem Nacken, dann flüsterte eine Stimme in mein Ohr. „Versuch es erst gar nicht, Kleine." Ich erkannte wie im Traum die Stimme des geheimnisvollen Anrufers. *Oh Gott, was will er nur von mir? Was wird er mir antun?* Ich war ihm ausgeliefert und völlig hilflos, mein Atem ging immer schneller. Ich wollte schreien und mich wehren, doch ich konnte mich nicht bewegen. Dann wurde alles schwarz. Das Letzte was ich bemerkte war, dass mich zwei starke Arme auffingen, bevor ich den Boden berührte.

Das weiße Taschentuch segelte langsam zu Boden.

2

Mittagspause. Endlich. Dieser Montagvormittag war ihm endlos vorgekommen. Hauptkommissar Neil legte seine Beine mit einem wohligen Seufzer auf seinen Schreibtisch. Er und sein Kollege Davis saßen in ihrem Büro. Es war ein großer Raum, der in warmen Orangetönen gestrichen war. Mannshohe Fenster ließen großzügig Licht herein, was die gemütliche Atmosphäre verstärkte. Die Schreibtische standen in kleinen Gruppen im Raum und waren von gläsernen Abtrennungen unterteilt, an denen die Fotos und Notizen der aktuellen Fälle hingen. Kommissar Davis war etwas jünger als sein Chef, jedoch überragte er ihn um einen Kopf. Er trug ein weißes Hemd, eine karierte Krawatte und eine blaue Anzughose, die nagelneu aussah. Seine Brille rutschte ihm ständig von der Nase und er schob sie mit dem Zeigefinger wieder nach oben.

Kommissar Davis arbeitete gerade am Computer und machte die Berichte der letzten Tage fertig, nebenbei aß er ein Sandwich. Er sah zu Neil, der mal wieder eines seiner ausgewaschenen blauen Hemden anhatte, dazu eine beige Cordhose und Anzugschuhe. Sein graues Haar war gescheitelt und mit Gel zurückgekämmt. Er hätte wirklich mal eine Stilberatung nötig. Das Telefon klingelte. Kommissar Neil schwang die Beine mit einem missmutigen Seufzer von seinem Schreibtisch und hob den Hörer ans Ohr. „Hauptkommissar Neil, wie kann ich Ihnen helfen?" Eine weibliche Stimme meldete sich, sie klang verzweifelt. „Mein Name ist Mrs. Fleer. Meine Tochter Amalia ist am Freitag nicht nach Hause gekommen. Ich habe vorhin schon mal angerufen, aber ein Kollege von Ihnen sagte mir, Sie wären beschäftigt. Aber als ich gerade eben die Post aus dem Briefkasten geholt habe, war da ein Erpresserbrief. " Kommissar Neil warf Davis einen scharfen Blick zu. Dieser legte sein Sandwich beiseite und stand auf, er stellte sich hinter den Schreibtischstuhl seines Chefs. „Einen kleinen Moment, ich werde mal im Computer nachsehen." Er klemmte sich den Hörer zwischen Kopf und Schulter und fing an etwas auf seiner Tastatur zu tippen. Dann runzelte er die Stirn und begann auf seiner Maus herum zu klicken, schließlich stieß er ein entnervtes Stöhnen aus und sah hilfesuchend zu Davis. Der drängte Neil zur Seite und hatte mit wenigen Klicks die gewünschte Information auf dem Bildschirm. „Ah, ja. Ihre Tochter war auf dem Nachhauseweg von der Schule, ist jedoch nie daheim angekommen. Richtig?" Ein unterdrücktes Schluchzen war zu hören. „Das ist richtig." Kommissar Neil sah zu seinem Kollegen und runzelte die Stirn. „Aber Amalia ist siebzehn, nicht wahr? Könnte es nicht eventuell sein, dass sie bei ihrem Freund ist? Oder bei Freundinnen? Der Erpresserbrief könnte eine Fälschung sein." -„Meine Tochter hat keinen festen Freund und ich habe schon in der Schule angerufen, da ist sie auch nicht. Sie hatte früher aus und ihre Freunde und Mitschüler waren noch in der Schule. Aber am Wochenende habe ich schon alle angerufen. Sie ist nirgends." –„Kann es denn sein, dass sie einen Freund hat, von dem Sie nichts wissen, denn Amalia ist sicher in einem Alter, in dem man seiner Mutter nicht mehr alles erzählt. Und naja..."-„Also hören Sie mal! Bei allem Respekt, aber ich kenne meine Tochter wohl besser als Sie und so etwas hätte sie mir erzählt!", sie klang nun aufgebracht und war bei den letzten Worten immer lauter geworden. Schweißperlen traten auf die Stirn des Kommissars und er räusperte sich verlegen. „Tut mir leid, so war das nicht... Äh, hatte Ihre Tochter in letzter Zeit Streit mit irgendjemandem? " Mrs. Fleer überlegte einen Augenblick. „Nicht soweit ich weiß."- „Na gut. Wir...äh...wir werden gleich vorbeikommen, dann können Sie uns ja nochmal genau erzählen, was passiert ist und uns das Erpresserschreiben zeigen." Die Stimme der Mutter klang wieder ruhiger. „Ja, gut. Auf Wiedersehen." „Auf Wiedersehen." Neil legte auf.

Er drehte sich zu seinem Kollegen um und fuhr ihm dabei prompt mit dem Schreibtischstuhl über die Zehen. Davis stieß einen erstickten Laut aus und hielt sich den Fuß. „Oh, Entschuldigung", Neil sah ihn an und musste ein Lachen unterdrücken, als er seinen Kollegen auf einem Bein hüpfen sah. Dann wurde er wieder ernst. „Also los. Wir haben eine Vermisste und ein Erpresserschreiben." Er sah zu Davis, der sich noch immer den Fuß hielt. „Beeilung, wir haben nicht den ganzen Tag Zeit und schließlich wollen wir die gute Frau nicht warten lassen." Davis holte seinen Mantel, dann verließen sie gemeinsam das Büro. Auf dem Weg zum Parkhaus murmelte Neil etwas davon, dass man Mütter niemals verärgern sollte.

Einige Minuten später waren die Kommissare an der Adresse der Familie Fleer angekommen. Es war ein kleines Reihenhaus, das zwischen den anderen Häusern wie eingequetscht schien. Die Fassade war weiß gestrichen, doch die Jahre hatten die Farbe grau werden lassen, außerdem gab es einen kleinen Balkon im ersten Stock, der zur Straße hin zeigte. Geranien hingen von der Brüstung. Die Polizisten stiegen aus und gingen die kleine Treppe nach oben, die zur Eingangstür führte. Neil klingelte und eine kurze Melodie erklang im Inneren. Die Tür öffnete sich und sie standen einer kleinen Frau mittleren Alters gegenüber. Sie war schmächtig, hatte kurze braune Haare, die sich auf ihren Schultern lockten und trug ein blaues Kleid. Ihre Augen waren rot und geschwollen und sie hielt ein Taschentuch in ihrer Hand. „Ja?" Kommissar Neil trat vor und räusperte sich. „Guten Tag Mrs. Fleer. Wir sind von der Polizei." Die beiden Kommissare holten ihre Ausweise hervor und zeigten sie der Frau. Sie musterte die Männer, warf einen kurzen Blick auf ihre Ausweise und bedeutete ihnen dann, einzutreten.

Hinter der Tür war ein schmaler Korridor, an dessen Ende eine Treppe in den ersten Stock führte. Rechts und links der Polizisten befanden sich zwei Türen, sie gingen durch die linke und standen im Wohnzimmer. Große Fenster, die von orangen Vorhängen umrahmt waren, ließen viel Licht herein und die breiten, mit Kissen bedeckten Fensterbänke luden dazu ein, es sich bequem zu machen. Rechts der Fenster war ein offener Kamin, in dem schon ein kleines Feuer brannte. Gemütliche Ohrensessel standen davor und daneben bog sich ein überfülltes Bücherregal unter seiner Last. An den Seiten

11

stapelten sich noch mehr Bücher. Die Kommissare setzten sich nebeneinander auf das Sofa, das in der Mitte stand und ließen den Blick über die vielen Bilder gleiten, mit denen die Wände geschmückt waren. Alle zeigten ein junges Mädchen mit ihrer Mutter an den verschiedensten Orten. Auch auf dem kleinen Tisch vor dem Sofa stand ein Bild des Mädchens, Davis nahm es in die Hand und betrachtete es. Sie lächelte, was ihre braunen Augen zum Strahlen brachte und ihre braunen Haare waren kunstvoll geflochten. Mrs. Fleer ging zu den Fenstern und sah hinaus. Neil räusperte sich erneut.

„Also, könnten Sie uns nochmal erzählen, seit wann Ihre Tochter Amalia genau verschwunden ist?" Davis zog ein Notizbuch aus seiner Jackentasche und zückte einen Stift, dann wartete er bis Mrs. Fleer anfing zu sprechen und machte sich Notizen. „Seit Freitag. Amalia hatte früher aus und wollte eigentlich gleich nach Hause kommen. Normalerweise sollte sie so gegen halb zwei zuhause sein. Ich habe bis halb drei gewartet und schließlich ihre Freundinnen angerufen. Aber keiner wusste, wo meine Tochter ist. Ich…", ihre Stimme brach. Sie schluckte und atmete einmal tief durch, dann sprach sie mit vorwurfsvollem Ton weiter. „Schließlich habe ich bei Ihnen angerufen. Aber ein Kollege hat mir gesagt, dass sie frühestens heute etwas machen können." Neil hatte die Stirn gerunzelt und sah auf die Notizen seines Kollegen. „Es tut mir leid, aber so sind nun einmal die Vorschriften. Also weder ihre Klassenkameraden noch ihre Freundinnen wissen, wo sie ist. Und einen Freund hat sie nicht. Okay. Sie sagten am Telefon, dass Sie einen Brief des Entführers erhalten haben? Dann können wir wohl ein Gewaltverbrechen nicht mehr ausschließen." Mrs. Fleer ging zu einem kleinen Schrank und holte ein gefaltetes Blatt Papier. „Das lag vorhin in meinem Briefkasten." Sie gab ihn Davis, der einen Einmalhandschuh trug.

SECHSHUNDERTTAUSEND EURO IN BAR, WENN DU DEINE TOCHTER AMALIA WIEDERSEHEN WILLST. LEG DAS GELD MORGEN UM MITTERNACHT UNTER DIE TREPPE ZUR HAUSTÜR. KEINE POLIZEI ODER AMALIA STIRBT, stand da.

„Der Brief wurde mit einem Computer geschrieben." Davis zog eine Plastiktüte aus seiner Jackentasche und packte das Papier ein. In der Küche begann der Teekessel zu pfeifen. Mrs. Fleer stand auf und ging in den angrenzenden Raum, man hörte das Klappern von Geschirr und schließlich verstummte das Pfeifen. „Möchten Sie auch Tee?", rief sie aus der Küche. „Nein, vielen Dank.", antwortete Neil. „Welchen Weg nimmt Ihre Tochter denn normalerweise zur Schule?" Die Mutter kam wieder aus der Küche und hielt eine dampfende Tasse in der Hand. „Amalia geht vom nördlichen Eingang aus durch den Park, an der alten Kapelle vorbei und trifft sich dann auf der anderen Seite mit ihren Freundinnen." Sie nahm einen vorsichtigen Schluck von ihrem Tee. „Wie heißen ihre Freundinnen?" Davis kritzelte wieder etwas in das kleine Buch, das er noch immer in der Hand hielt. „Kiki Cline und Felia Medin. Die drei gehen auch in eine Klasse und kennen sich schon seit der Grundschule. Sie sind beste Freundinnen." Mrs. Fleer setzte sich auf einen Sessel, gegenüber von den Männern und sah auf ihre Armbanduhr. „Die Mädchen müssten jetzt eigentlich in der Schule sein." Davis und Neil sahen sich an. „Mit den beiden müssen wir auf jeden Fall sprechen. Dürften wir dieses Bild hier mitnehmen?" Davis deutete auf das Foto in seiner Hand. Mrs. Fleer nickte. „Natürlich." Er steckte es ein. „Ich werde jetzt ein paar Kollegen der Spurensicherung rufen, die sich einmal in Amalias Zimmer umsehen werden, wenn das für Sie in Ordnung ist. Vielleicht finden sie noch Hinweise auf den Aufenthaltsort Ihrer Tochter." Die Frau nickte wieder und ließ sich tiefer in die Kissen des Sessels sinken. Sie wirkte müde und angespannt. Die Kommissare bedankten sich und verließen das Haus. Dann fuhren sie zur Schule, wo die Freundinnen von Amalia gerade noch Unterricht hatten.

Die Schule war ein zweistöckiges Gebäude, das drei Straßen vom Park entfernt stand. Neil und Davis wollten zum Sekretariat, um dort zu fragen, in welchem Raum Amalias Freundinnen gerade waren. Glücklicherweise gab es Schilder, die sie dorthin führten. Sie gingen durch die Eingangstür und standen in der Aula, dann bogen sie links in einen langen Korridor ab. An der Tür angekommen, klopften sie an und traten ein. Im Inneren des Sekretariats befand sich ein hoher Schreibtisch, hinter dem eine Frau saß und den Kommissaren neugierig entgegen schaute. „Guten Tag. Was kann ich für Sie tun?", fragte sie. „Wir sind von der Polizei. Hauptkommissar Neil und Kommissar Davis. Wir ermitteln im Fall des vermissten Mädchens Amalia Fleer. Deshalb wüssten wir gerne, wo Kiki Cline und Felia Medin im Moment Unterricht haben." Die Frau begann etwas in ihren Computer einzugeben und sah dann wieder auf. „Es ist wirklich tragisch. Die arme Mrs. Fleer, erst ihr Mann und jetzt ihre Tochter." Neil und Davis wechselten einen verwirrten Blick. „Was war denn mit ihrem Mann?" Die Sekretärin sah die Männer verwirrt an. „Naja, die Geschichte im Gefängnis." Dann schüttelte sie den Kopf und begann zu lachen. „Ich dachte, Sie sind hier die Ermittler." Davis wurde rot und Neil räusperte sich unbehaglich. „Dann werden wir der Sache mal auf den Grund gehen. Was ist denn nun mit den Mädchen?" Er wechselte schnell das Thema. „Ach ja, die beiden haben gerade Englisch im Raum 101. Es ist die letzte Stunde." Davis holte wieder sein Notizbuch heraus und schrieb etwas hinein. Die Kommissare bedankten sich und gingen wieder hinaus, während die Sekretärin immer noch schmunzelnd im Büro zurückblieb.

Die Kollegen machten sich auf die Suche nach dem Raum 101. Als sie ihn schließlich fanden war eine Viertelstunde vergangen. Sie klopften an und öffneten die Tür. Dreiundzwanzig Köpfe drehten sich in ihre Richtung und die junge Englischlehrerin unterbrach ihren Unterricht. „Excuse me? Äh, ich meine natürlich: Entschuldigung, k… kann ich Ihnen weiterhelfen?" Die Lehrerin wurde rot wie eine Tomate und einige Schüler begannen zu lachen. „Wir sind von der Polizei und ermitteln wegen Amalias Verschwinden. Wo sind denn Kiki und Felia?" Die Klasse wurde schlagartig still. Zwei Mädchen in der dritten Reihe hoben ihre Hand. „Könnt ihr beide bitte kurz mit vor die Tür kommen?" Die Mädchen standen auf, packten ihre Sachen und folgten den Kommissaren nach draußen. „Wir wissen auch nicht, wo sie steckt.", begann das eine Mädchen sofort, kaum dass die Tür hinter ihnen ins Schloss gefallen war. Sie hatte blonde Locken, die sie offen trug und Sommersprossen. Ihre blauen Augen wirkten müde, doch ihr Gesicht war entschlossen. „Bist du Kiki Cline?", fragte Neil. Das Mädchen nickte. Die andere, Felia, wirkte hingegen mutlos und sah die Kommissare kaum an. Ihre braunen Haare waren strähnig und zu einem lockeren, unordentlichen Knoten gebunden. „Ist euch beiden irgendetwas Ungewöhnliches aufgefallen? Hat sich Amalia anders benommen?" Kiki und Felia schüttelten den Kopf. „Es war alles so wie immer.", sagte Kiki, die beschlossen hatte, das Reden zu übernehmen. Davis machte sich wieder Notizen. „Und in den letzten Tagen und Wochen?" Kiki verdrehte die Augen. „Ich habe doch schon gesagt, dass alles wie immer war. Amalia war vielleicht etwas gestresst wegen den ganzen Prüfungen, aber das waren wir alle und die Zeit ist ja jetzt vorbei. Am Donnerstag hatten wir unsere letzte. Eigentlich wollten wir das am Samstag feiern, aber sie ist nicht gekommen. Und Amalia ist kein Mensch, der einfach mal so abhaut. Dafür ist sie viel zu nett und pflichtbewusst, außerdem hätte sie zumindest ihrer Mutter und uns Bescheid gesagt. Wir sind ihre besten Freundinnen, uns erzählt sie alles." Kikis Augen blitzten und sie hatte ihre Hände zu Fäusten geballt. „Okay. Hat sie denn einen festen Freund, von dem ihre Mutter nichts weiß?", fragte Neil weiter. Felia schüttelte den Kopf. „Nein das hat sie nicht. Das wüssten wir garantiert." Davis packte sein Notizbuch weg. „Na gut. Wir werden ihren Schulweg abgehen, vielleicht finden wir ja einen Hinweis auf ihr Verschwinden. Vielen Dank euch beiden." Die Mädchen nickten und warteten dann bis die Kommissare um die Ecke verschwunden waren.

Felia begann zu schluchzen und die beiden umarmten sich. So blieben sie eine Weile stehen. „Oh hoffentlich ist ihr nichts passiert. Stell dir nur mal vor, was die ihr alles…" Ihre Stimme versagte und sie schluckte. Felia war mit ihren Nerven am Ende, seit sie vom Verschwinden ihrer besten Freundin erfahren hatte. Sie hatte sich von der Aufregung an der Schule anstecken lassen und konnte die ganzen Gerüchte nicht mehr ertragen. Kiki packte sie an den Schultern und sah ihr in die Augen. „Sowas darfst du dir nicht einmal denken, okay? Es ist Amalia, was soll ihr denn schon passieren?" Kiki hatte Recht. Amalia ließ sich nicht so leicht unterkriegen, aber die Mädchen machten sich trotzdem große Sorgen um ihre Freundin. Es war wirklich nicht typisch für Amalia, einfach ohne ein Wort zu verschwinden. „Die Polizei wird sie schon finden.", murmelte Felia. „Genau. Oder sie hat sich einfach nur einen Spaß erlaubt und taucht morgen wieder auf." Sie versuchte ein Lächeln. Kiki grinste zurück, doch es fühlte sich falsch an. Es klingelte und die Klassenzimmertüren flogen auf. Hunderte Schüler strömten auf den Gang und Kiki und Felia ließen sich einfach mittreiben. Sie fühlten sich, als ob ein Teil von ihnen fehlte. Felia malte sich die schrecklichen Orte aus, an denen sich Amalia nun befinden könnte. Und Kiki musste sich auf die Lippe beißen, um ihre Tränen zurückzuhalten, denn sie erinnerte sich an all die Dinge, die sie bisher mit ihrer Freundin erlebt hatte. Amalia gab ihnen immer das Gefühl, etwas Besonderes zu sein. Wenn man sie nicht gut kannte, dann wirkte sie schüchtern, doch als Freundin war sie einfach unbezahlbar.

Als die Kommissare die Schule verließen, bekam Neil einen Anruf. Es war einer der Kollegen von der Spurensicherung, die das Zimmer von Amalia untersucht hatten. „Und, habt ihr was gefunden?" Neil stellte den Anruf auf laut, sodass Davis mithören konnte. „Tut mir leid. Das einzige, was wir haben ist ein Laptop, der der Vermissten gehört. Wir bringen ihn zur Technik, vielleicht finden die was. Wir haben auch eine DNA Probe genommen, für eventuelle Vergleichszwecke." Neil und Davis sahen sich an. Viel war das zwar nicht gerade, aber immerhin ein Anfang. Sie bedankten sich und legten auf.

3

Mein Kopf dröhnte und mein ganzer Körper fühlte sich an, als ob mich ein Laster überrollt hätte. Ich lehnte an einer rauen Wand und unter mir lag eine dünne Decke. Meine Arme waren mit einem groben Seil gefesselt und meine Augenlider waren so schwer wie Blei. Die Umgebung war noch ziemlich verschwommen und ich blinzelte ein paar Mal, bis ich wieder klar sehen konnte. Plötzlich explodierte Helligkeit vor meinen Augen und ich kniff sie stöhnend wieder zu. „Die Kleine ist wach.", stellte eine dunkle Stimme fest. Es war die Stimme des Anrufers aus dem Park. Ich riss meine Augen wieder auf. Hinter der Taschenlampe, die auf mich gerichtet war, konnte ich nur Schemen erkennen. „Mirak, nimm die Taschenlampe runter.", sagte eine andere Stimme. *Mirak heißt er also.* Der helle Schein verschwand.

Endlich konnte ich mich im Raum umsehen. Er war ziemlich karg eingerichtet und komplett aus Beton. An der Wand links befand sich ein kleines Kellerfenster, das ein wenig Licht hereinließ und gegenüber von mir war eine weiße, metallene Tür. In der Mitte standen meine beiden Entführer. Mirak war etwas größer als der zweite und hielt die Taschenlampe, er starrte den anderen aus stechend blauen Augen an. Die beiden sahen sich sehr ähnlich, sie hatten schwarze Haare, der kleinere trug sie jedoch etwas länger und hatte im Gegensatz zu Mirak braune Augen. Beide waren durchtrainiert. Man sah ihnen an, dass sie Brüder waren.

„Kümmer dich um sie, Tyron. Und wenn du fertig bist, komm rüber, wir haben etwas zu besprechen." Der Größere, Mirak, trat durch die Tür am anderen Ende des Raumes und ließ mich mit seinem Bruder allein. „Was wollt ihr von mir?", fragte ich. Tyron sah mich nur genervt an und ignorierte meine Frage. Er kam zu mir und ging in die Knie, dann zog er etwas aus seiner Tasche. „Na gut. Mach keine Dummheiten, klar?" Ich zuckte zurück, als ich sah, dass es ein Messer war. Ihm schien das nicht aufzufallen, denn er kam einfach näher und packte mich grob am Arm. „Hey, du tust mir weh." Ich versuchte panisch meine Arme aus seinem Griff zu winden, doch es war zwecklos. Er war einfach zu stark. „Stell dich nicht so an." Tyron zog mich noch näher und ich spürte das kalte Metall des Messers an meinen Handgelenken. Ich wimmerte. Dann spürte ich einen Ruck und meine Fesseln waren durchtrennt. Schnell rieb ich meine schmerzenden Handgelenke und betrachtete die roten Striemen, die die Seile hinterlassen hatten. Tyron, der noch immer neben mir kniete, betrachtete mich schweigend. Ich rückte von ihm ab, bis ich mit dem Rücken an die raue Betonwand stieß.

„Hey, Mila, bring mal was zu essen für unseren Gast.", rief er dann. Ich wollte gerade etwas sagen, als eine Frau mit einem Tablett durch die Tür schritt. Sie hatte ein blasses Gesicht mit fast schwarzen Augen und schwarze Haare mit lila Strähnen, die zu einem Bob geschnitten waren. Dazu trug sie eine weite Hose in Tarnfarben, ein schwarzes Top und Armeestiefel. Mila kam zu mir, kniete sich hin und stellte das Tablett vor mir ab. Darauf waren zwei dicke Scheiben Brot, eine Karaffe Wasser und ein Glas. „Hier, iss was." Sie gab mir ein Stück Brot und ich biss hinein. Erst jetzt merkte ich, wie ausgehungert ich war. *Wie lange bin ich schon hier?* Sie hielt mir noch ein Stück hin und ich schlang es hinunter. Dann gab sie mir ein Glas Wasser. Ich trank so schnell, dass ich mich prompt verschluckte und es wieder ausspuckte. Dabei traf ich Tyron, auf seiner Hose prangte nun ein großer nasser Fleck. Mila riss die Augen auf und öffnete den Mund, doch er holte aus und schlug mir mit der flachen Hand ins Gesicht. Mein Kopf knallte hart gegen die Wand, was meine Kopfschmerzen anschwellen ließ. Ich schrie auf und hielt mir die pochende Wange. Als ich seinem Blick begegnete, weiteten sich seine Augen erschrocken, aber er hatte sich sofort wieder im Griff. Tyron packte mich unterm Kinn und hob unsanft meinen Kopf, sodass ich ihn ansehen musste. „Mach das nie wieder, verstanden?", stieß er mit zusammengebissenen Zähnen hervor. Ich konnte nur stumm nicken, während mir langsam Tränen in die Augen stiegen. Verärgert blinzelte ich sie weg. Diese Genugtuung wollte ich ihm nicht verschaffen. Er ließ mich los und verließ mit wütenden Schritten den Raum, die Tür schlug hinter ihm zu. Ich zuckte zusammen. Mila hatte derweil begonnen, das Wasser, das auf dem Boden gelandet war, mit einem Lappen aufzuwischen. Ich atmete nochmal tief durch, und beschloss, den Vorfall schnellstmöglich zu vergessen. Dann fixierte ich die junge Frau, die bei mir saß. „Okay. Mila. Wie lange bin ich schon hier? Und wo bin ich eigentlich? Und was wollen die von mir? Und warum gerade ich? Und…", ich wollte alle Fragen stellen, die mir durch den Kopf schwirrten, doch sie unterbrach mich mit einem Kopfschütteln. „Das kann ich dir nicht sagen. Da musst du schon einen der Brüder fragen. Außerdem darf ich eigentlich gar nicht mit dir reden." Sie begann damit, den Teller und das Glas zurück auf das Tablett zu räumen, auf dem schon der nasse Lappen lag. „Und noch was. Ich wäre an deiner Stelle vorsichtig. Mit den Brüdern ist nicht zu spaßen. Okay?" Dann stand sie auf und ging hinaus. Ich blieb verwirrt zurück. Meine Kopfschmerzen hatten sich verschlimmert und meine Wange begann anzuschwellen. Ich zog die Knie an und verbarg den Kopf in meinen Händen. Nachdem ich nun allein war konnte ich meine Tränen nicht mehr länger zurückhalten. Sie liefen mir über die Wangen und tropften auf den Boden. Mein Hals tat weh, doch ich hatte Angst, dass die Brüder zurückkamen, wenn ich schluchzte. Irgendwann, als die Tränen versiegt waren, legte ich mich hin und deckte meine Beine zu. Ich dachte an meine Mutter und meine beiden Freundinnen, wieder stiegen mir die Tränen in die Augen, doch ich war zu müde um noch zu weinen. *Ob sie wohl schon nach mir suchen?*, fragte ich mich.

Kurz bevor ich einschlief ging die Tür auf und Tyron kam herein. Er kniete sich vor mich hin und beobachtete mich, dann zog er die Decke, auf der ich gesessen hatte, über meine Schultern. Er strich mir eine wirre Strähne aus dem Gesicht und stand auf. Dann schlief ich ein.

Einige Stunden später schreckte ich hoch. Ich konnte nur an eines denken: *Flucht*. Als sich meine Augen an das schummrige Licht gewöhnt hatten, sah ich mich um. Es war dunkel und nur ein schmaler Streifen Mondlicht fiel durch das Kellerfenster. Ich richtete mich vorsichtig auf. Meine Kopfschmerzen waren einem leichten Pochen gewichen, aber meine Wange fühlte sich dick an. Erschrocken schrie ich auf als ich sah, dass Tyron in der Mitte des Raumes lag. Er schien zu schlafen, doch es war offensichtlich, dass er mich bewachte. Leise stand ich auf, ohne den Blick von ihm zu wenden. Mit vorsichtigen Schritten ging ich um ihn herum, dabei hielt ich mich so, dass er zwischen dem Kellerfenster und mir lag, so konnte mein Schatten ihn nicht wecken. Als ich an der Tür angekommen war, stieß ich erleichtert die Luft aus. Langsam legte ich die Finger um die Klinke und drückte sie nach unten. Es war nicht abgeschlossen! Ich konnte mein Glück kaum fassen, aber ich musste ruhig bleiben.

Ich öffnete die Tür nur einen kleinen Spalt und spähte in den angrenzenden Raum. Auch dort war es stockdunkel bis auf das Mondlicht, das durch die zwei Fenster auf der linken Seite fiel. Der Raum war größer und diente offensichtlich als eine Art Einsatzzentrale, doch nun befand sich glücklicherweise niemand mehr darin. Früher war es wohl eine Art Lagerhalle gewesen, denn in einer Ecke standen noch Paletten und Kisten. Leise schlüpfte ich durch den Spalt und schloss die Tür hinter mir. Ich ließ meinen Blick durch den Raum schweifen. Rechts standen Tische, auf denen Laptops, Papiere und Waffen in einem bizarren Durcheinander lagen. An der Wand befand sich eine Pinnwand, an der Fotos hingen. Ich meinte meine Eltern zu erkennen, aber das war natürlich Unsinn. Ich blickte zur Tür zurück, hielt den Atem an und lauschte, es war nichts zu hören. Also ging ich mit leisen Schritten auf die metallene Doppeltür gegenüber zu. Wieder sah ich zurück, doch Tyron schien nicht aufgewacht zu sein. Ich war so gut wie frei.

Als ich mich wieder umdrehte, stand Mirak plötzlich in der Tür. „Hast du wirklich geglaubt, dass du hier so einfach rauskommst?" Er hatte nur den rechten Flügel geöffnet und lehnte jetzt lässig im Rahmen. Mein Herzschlag beschleunigte sich. Er sah mich mit kalten harten Augen an. Mein Atem ging schneller und ich fühlte mich, als würde ich in ein tiefes Loch fallen, Mirak hatte mir meinen Fluchtweg abgeschnitten. Einen anderen Weg hinaus gab es nicht. Ich wich langsam vor ihm zurück. Als er auf mich zukam, wollte ich schnell an ihm vorbeirennen, um die Tür zu erreichen, aber er packte mich grob am Arm und riss mich zurück. Ich versuchte mich aus seinem Griff zu winden, doch er nahm auch noch meinen zweiten Arm und zog mich zu sich. Ich stand direkt vor ihm. Er verstärkte seinen Griff und ich schrie auf. Wieder schossen mir Tränen in die Augen. „Lass mich los, du tust mir weh." Ich trat nach ihm. „Das hättest du dir früher überlegen müssen. Bevor du versucht hast wegzulaufen." Er drehte sich um und schleifte mich zurück in Richtung des kleinen Raums. Als wir die Halle zur Hälfte durchquert hatten, ging plötzlich die Tür auf und Tyron kam heraus. Er sah uns verwirrt entgegen. „Was ist los?", fragte er. Mirak musterte ihn abfällig. „Na, ausgeschlafen? Die Kleine hat versucht wegzulaufen." Tyron trat aus dem Weg um uns durchzulassen. „Was, aber…?" Mirak beachtete seinen Bruder nicht weiter und zog mich in den kleinen Raum.

Er versetzte mir einen Stoß und ich fiel zu Boden. Ich schrie auf. Er zog mich wieder hoch und stieß mich nach hinten, wo ich mit voller Wucht gegen die Wand prallte. Das Pochen in meinem Kopf wurde zu rasenden Kopfschmerzen, ich stöhnte. Mirak stellte sich direkt vor mich, sein Gesicht war wutverzerrt. Ich versuchte zurückzuweichen, aber da war kein Platz. Ich war zwischen ihm und der kalten Mauer gefangen. Er holte aus und schlug mir mit der flachen Hand ins Gesicht. Mein Kopf flog zur Seite und mir wurde kurz schwarz vor Augen. Dann legte er seine Hand um meinen Hals. Ich sah ihn verzweifelt an und zerrte an seinen Fingern. Ich bekam keine Luft mehr. Meine Sicht trübte sich und meine Beine drohten einzuknicken. „Du wirst nicht noch einmal versuchen wegzulaufen. Hast du verstanden?" Ich versuchte zu sprechen, doch es kam nur ein gequältes Stöhnen hervor. Er verstärkte den Druck. „Hast du verstanden?", jetzt schrie er. Ich nickte. „Gut." Mirak ließ mich los und ich fiel zu Boden. Ich rang nach Luft und hustete. Mein Hals tat weh, meine Wange pochte und ich hatte wieder rasende Kopf-schmerzen. Tränen brannten in meinen Augen und diesmal hatte ich nicht die Kraft sie zurückzuhalten. Sie liefen mir heiß über die Wangen und ich begann zu schluchzen. Mirak musterte mich noch einen Moment, dann ging er zu Tyron. „Komm mit, wir haben was zu besprechen." Sein Blick machte klar, dass er keinen Widerspruch duldete. Tyrons Gesicht war ausdruckslos, aber er nickte. Die Brüder gingen nach draußen und ließen mich allein zurück. Aus dem Ne-benraum hörte ich noch, wie Tyron nach Mila rief und ihr Anwei-sungen gab. Kurz darauf kam sie durch die Tür und kniete sich kopf-schüttelnd neben mich. Als die Tür hinter ihr zufiel, waren die Stimmen der beiden nicht mehr zu hören. „Ich hab dir doch gesagt, du sollst dich nicht mit den Brüdern anlegen und was machst du?" Ich musste wider Willen lachen und wischte mir die Tränen ab.

Sie hatte ein kleines Fläschchen, ein Tuch und ein Glas Wasser dabei. Sie nahm mein Gesicht in beide Hände und drehte es vorsich-tig, meinem Blick wich sie aber aus. „Deine Lippe ist offen und deine Wange ist ziemlich angeschwollen." Sie drehte das Fläschchen auf, es roch beißend nach Alkohol, und kippte etwas von der Flüssigkeit auf das Tuch. „Das wird jetzt brennen", warnte sie mich. Dann be-tupfte sie vorsichtig meine Lippe, ich zog scharf die Luft ein. Es brannte wie Feuer. Sie machte mit meiner Wange weiter. Als sie fertig war fiel ihr Blick auf die Striemen an meinen Handgelenken. „Das sollte ich auch behandeln." Ich zog meine Hände aus ihrer Reichweite und schüttelte trotzig den Kopf. „Nein." Sie sah mich verblüfft an. „Komm schon. Stell dich nicht so an." Ich schüttelte den Kopf. „Entweder ich mach das, oder ich hole Tyron." Von der Tür war ein belustigtes Schnauben zu hören. „Kann ich helfen?" Tyron trat ein und kam auf uns zu. Mila stand auf und machte Platz. Langsam ging er in die Hocke und sah sich mein Gesicht an. Ein Ausdruck huschte über sein Gesicht, doch er hatte sich zu schnell wieder unter Kontrolle, als dass ich ihn hätte deuten können. „Du hast meinen Bruder ja ganz schön wütend gemacht." Er sah zu Mila. „Und wo liegt jetzt das Problem?", fragte er. Ich schluckte. „Es gibt kein Problem.", sagte ich schnell, bevor Mila antworten konnte. Sie schaute überrascht zu mir. „Äh richtig, es gibt kein Problem.", stimmte sie mir schnell zu. Tyron sah zwischen uns beiden hin und her. „Dann ist ja gut." Er stand auf und ging zum Kellerfenster. Dort lehnte er sich an die Wand und beobachtete uns mit verschränkten Armen. Mila kniete sich wieder vor mich und streckte ihre Hand aus. Widerwillig legte ich meine Hand in ihre und sie schob meinen Ärmel hoch. Dann nahm sie das Tuch und betupfte den roten Striemen, den die Fesseln hinterlassen hatten. Ich biss die Zähne zusammen. Sie machte dasselbe mit dem anderen Handgelenk. Anschließend schraubte sie das Fläschchen zu und reichte mir das Glas Wasser. Ich nahm es und roch argwöhnisch daran. Mila fing an zu lachen. „Keine Sorge das ist nur Wasser." Ich nippte, es schmeckte ganz normal und ich spürte auch keinen Schwindel oder Ähnliches. Dann trank ich es in großen Schlucken aus. Ich gab ihr das Glas zurück und sie stand auf. Sie hob das Tuch und das Fläschchen auf und ging zu Tyron.

Die Beiden sprachen leise miteinander. Mila nickte und ging nach draußen. Die Tür fiel hinter ihr zu. Tyron musterte mich eine Weile und kam dann auf mich zu. Ich setzte mich aufrecht hin und streckte die Beine aus. Er kniete sich vor mich hin. „Warum hast du versucht zu fliehen?", fragte er mich. Ich sah ihn ungläubig an und fing an zu lachen. „Was meinst du wohl, warum? Ihr habt mich ohne ersichtlichen Grund entführt und gerade gastfreundlich seid ihr ja auch nicht. Denkst du wirklich, dass ich da freiwillig bleibe, wenn sich mir die Chance bietet, wegzulaufen?" Er sah mich nachdenklich an. „Nein.", murmelte er. Ich schaute ihm ins Gesicht und erst jetzt fiel mir auf, dass er an der Wange blutete. Ich streckte die Hand aus und berührte sein Gesicht, er verzog den Mund. „Oh Gott. Wer war das? War das Mirak?" Tyron wandte sich ruckartig ab und stand auf. Meine Frage ignorierte er. „Steh auf." Ich blieb sitzen und schaute ihm direkt in die Augen. „Nein. Du hast meine Frage nicht beantwortet." Er stöhnte genervt. „Das geht dich nichts an. Jetzt steh auf." Ich stand auf. „Umdrehen. Und Hände nach hinten.", befahl er mir. „Was, warum?" Ich verschränkte die Arme und sah ihn herausfordernd an. „Hör verdammt nochmal endlich auf, Fragen zu stellen." Er packte mich grob an den Schultern und drehte mich um. Dann nahm er meine Hände und zog sie nach hinten. Ich versuchte mich aus seinem Griff zu winden, aber ich hatte keine Chance. Er beugte sich zu mir. „Das wird nichts." Tyron nahm ein Seil aus seiner Tasche und wickelte es um meine Handgelenke. „So.", sagte er und zog das Seil fest. Er nahm mich wieder an den Schultern und drehte mich zu sich um. Wütend schüttelte ich seine Hände ab. Belustigt zog er eine Augenbraue hoch. „Hinsetzen." Ich setzte mich hin und streckte die Beine aus. „Geht doch, siehst du, so schwer ist das gar nicht." Ich schnaubte. Tyron ging in die Hocke und zog ein weiteres Seil aus seiner Tasche. Er wickelte es um meine Fußgelenke und zog es wieder fest. „Das ist nur, damit du uns nicht wieder wegläufst." Er stellte sich hin und begutachtete sein Werk. Ich versuchte meine Hände zu bewegen, aber die Fesseln saßen wirklich fest. Ich sah ihn wütend an. „Müssen die so fest sein? Das tut weh. Und übrigens: du hast meine Frage immer noch nicht beantwortet. Wer war das?" Tyron verdrehte die Augen und ging zur Tür. „Hey!", ich versuchte mich hinzustellen, aber ich kam nicht hoch. Kurz bevor die Tür ins Schloss fiel, sah er mich nochmal an.

„Auch wenn es dich wirklich absolut nichts angeht, ja es war Mirak." Bevor ich etwas erwidern konnte, fiel die Tür zu und der Schlüssel drehte sich knirschend im Schloss. Ich blieb völlig verwirrt zurück.

4

Neil und Davis fuhren zum Park. Sie betraten ihn am nördlichen Eingang. Der Wind war schneidend kalt geworden und Davis schlug seinen Mantelkragen hoch. „Bis jetzt haben wir ja nicht gerade viel. Wir wissen nur, dass die siebzehnjährige Amalia Fleer am Freitag nicht von der Schule nach Hause gekommen ist. Keiner weiß, wo sie ist, nicht einmal ihre Freundinnen." Neil sah zu seinem Kollegen. „Richtig. Aber die Sekretärin in der Schule hat doch was von ihrem Vater erzählt. Wir sollten uns mal informieren, was es damit auf sich hat." Der Kies und die Blätter knirschten unter ihren Schritten. Es befanden sich kaum Menschen im Park, nur hin und wieder Hundebesitzer und Pärchen, die spazieren gingen. Sie fragten ein Pärchen, die am Eingang des Parks standen und zeigten ihnen ein Foto von Amalia. „Ja, die ist am Freitag hier vorbeigelaufen. Wir sind fast jeden Tag hier und es kommen viele Leute vorbei, aber an die kann ich mich erinnern. Dort, hinten ist sie mit so einem Typen zusammengeknallt. Der hat sich vielleicht aufgeregt.", erklärte der Mann und lächelte. Er beschrieb den Mann und Davis notierte sich die Beschreibung. Die Polizisten bedankten sich höflich und gingen weiter. Als sie ein Stück entfernt waren steckte Davis seinen Block in die Tasche. „Immerhin haben wir jetzt jemanden, der sie noch gesehen hat." Neil schnaubte belustigt. Der einzige Hinweis war also ein Mann, dessen Beschreibung groß, durchtrainiert und arrogant lautete. Er schmunzelte.

Sie folgten dem Weg, bis sie an der kleinen Kapelle kurz vor dem südlichen Eingang vorbeikamen. Sie war halb hinter Büschen und Bäumen versteckt. Davis stoppte seinen Kollegen mit einer Handbewegung. „Siehst du das? Die Kapellentür wurde aufgebrochen." Er ging langsam durch das hohe Gras darauf zu und zog seine Waffe.

Neil folgte ihm. Die Tür war aufgebrochen worden und kleine Holzsplitter lagen überall verstreut. Davis legte seinen Finger an die Lippen. Sie stellten sich links und rechts von der Tür auf und betraten lautlos die Kapelle. Stille empfing die Beiden. Es roch nach Kerzenwachs und Staub. Die Kommissare sahen sich um, es war schwierig, etwas zu erkennen, denn die Fenster ließen kaum Licht herein. „Okay, ich denke hier war schon lange niemand mehr.", sagte Davis. Seine Stimme hallte unnatürlich laut durch die kleine Kapelle und ließ ihn zusammenzucken. Neil hielt ihn mit einer Handbewegung davon ab, weiterzusprechen. Er ging in die Hocke und betrachtete den Boden genauer. „Was ist? Hast du was gefunden?", fragte Davis und ging neben seinem Kollegen in die Hocke. „Ja. Siehst du das? Hier sind Fußabdrücke im Staub." Er zog eine Taschenlampe heraus und leuchtete damit auf den Boden. Nun waren die Spuren klar zu erkennen. „Hier hat sich wohl jemand umgesehen und ist dann nach draußen gegangen." Sie standen auf und traten aus der Kapelle. Draußen empfing sie ein kalter Wind, der die Blätter über ihren Köpfen zum Rascheln brachte. Neil sah sich suchend um. Plötzlich blieb er stehen und fing Davis, der ihm gefolgt war, mit seinem Arm ab. „Schau mal. Da liegt ein Taschentuch und das Gras ist zertrampelt. Es sieht so aus, als hätte hier ein Kampf stattgefunden." Er ging, zu dem Taschentuch, hob es mit einem Einmalhandschuh auf und roch daran. „Da ist ein Betäubungsmittel dran." Er zog sein Tastenhandy aus der Jackentasche und wählte eine Nummer. „Ich ruf die Spurensicherung."

Eine halbe Stunde später wimmelte es vor der Kapelle nur so von Leuten in weißen Overalls, die den ganzen Boden nach Beweisen absuchten. Neil und Davis standen etwas abseits mit einem Becher Kaffee in den Händen. Hinter ihnen flatterte das rote Absperrband im immer kälter werdenden Wind. Davis trat fröstelnd von einem Bein aufs andere. „Morgen Nacht soll es zum ersten Mal Bodenfrost geben.", stellte er mit einem kurzen Blick auf sein Handy fest. „Dann sollte sich die Spusi lieber beeilen.", erwiderte Neil. Er nahm einen Schluck aus dem Kaffeebecher. Ein Mann im weißen Overall kam mit einer Beweismitteltüte auf sie zu. „Hallo Kollegen. Das ist das Taschentuch, das Sie ja auch schon hier bemerkt haben. Da ist wahrscheinlich Chloroform dran, aber genau wissen wir das erst, wenn's im Labor war." Neil nickte und bedankte sich. Der Mann ging wieder zurück und machte sich daran nach weiteren Spuren zu suchen. „Na klasse. Jetzt wissen wir ziemlich sicher, dass Amalia entführt wurde." Er verzog den Mund. „Mir wäre es lieber gewesen, wenn sich das alles als ein dummer Scherz herausgestellt hätte." Die Beiden verließen den Tatort und gingen zurück zu ihrem Auto. Auf dem Weg warfen sie ihre inzwischen leeren Becher weg. Neil fischte den Schlüssel aus seiner Tasche und schloss den Wagen auf. Sie stiegen ein und fuhren zurück zur Dienststelle.

Davis hängte seinen Mantel auf und setzte sich vor seinen Computer. Er fuhr ihn hoch und loggte sich ein. Neil kam mit einer weiteren Tasse Kaffee herein und setzte sich an seinen Schreibtisch gegenüber. „Was haben die Leute früher nur ohne Kaffee gemacht?", fragte er und nahm einen großen Schluck. Davis blickte nicht einmal von seinem Computer auf. „Was machst du da?", wollte Neil wissen und stand auf. „Ich suche nach Informationen über den Ehemann von Mrs. Fleer." Er öffnete eine weitere Seite auf seinem Bildschirm. „Ah, hier hab ich was." Neil stellte seine Tasse ab und eilte zu seinem Kollegen.

„Amalias Vater, also der Ehemann von Mrs. Fleer, hieß David Kayler. Er hat vor sechzehn Jahren eine Bank überfallen und saß dafür zehn Jahre. Bei dem Banküberfall wurden insgesamt drei Leute getötet, davon zwei Wachleute. Zwei weitere Personen wurden verletzt. Es wurden drei Millionen Euro gestohlen, die Beute wurde aber nie gefunden. David hatte noch mehrere Komplizen, aber nur einer wurde gefasst. Fabio Gera heißt er. Er ist seit einem Jahr wieder draußen. Amalias Vater ist kurz nach seinem Haftantritt auf rätselhafte Weise gestorben. Mrs. Fleer hat nach seinem Tod wieder ihren Mädchennamen Fleer angenommen. Deswegen haben wir auch erst nichts über ihren Ehemann gefunden." Davis blickte nachdenklich von seinem Computer auf. Neil sah zu seinem Kollegen und schüttelte den Kopf. „Die arme Mrs. Fleer. Erst kommt ihr

Mann ins Gefängnis, dann stirbt er dort und dann wird auch noch ihre Tochter entführt." Neil ging wieder zu seinem Schreibtisch und setzte sich hin. Er nahm noch einmal einen großen Schluck Kaffee und sah aus dem Fenster. Es hatte begonnen zu regnen und endlose Wasserbäche flossen an der Scheibe entlang. „Aber, meinst du, dass das alles zusammenhängt? Der Banküberfall, der Tod ihres Ehemanns und Amalias Entführung. Was, wenn es um etwas viel Größeres geht?" Neil riss seinen Blick vom Fenster los. „Möglich. Aber wie willst du das beweisen?" Er griff abwesend nach seiner Tasse und stieß sie um. Der heiße Kaffee ergoss sich über den ganzen Schreibtisch und Neil sprang schnell auf. „Oh Mist!" Davis kramte in seiner Schublade nach Taschentüchern und gab sie seinem Kollegen. Er riss die Packung auf und warf die Tücher in die Kaffeepfütze auf seinem Schreibtisch. Glücklicherweise war die Tasse nicht mehr voll gewesen. Davis konnte sich ein Schmunzeln nicht verkneifen, als er den verzweifelten Blick seines Kollegen sah, der seinem Kaffee nachtrauerte. Nachdem er wieder alles trockengelegt hatte, ließ sich Neil in seinen Schreibtischstuhl fallen. „Also heute ist echt nicht mein Tag.", murmelte er, während er sein Hemd betrachtete, dass einen fetten Kaffeefleck in der Mitte hatte. „Zurück zum Fall. Wir sollten diesem Fabio Gera mal einen Besuch abstatten." Davis notierte sich die Adresse und schnappte sich seinen Mantel. „Lass lieber mich fahren, bevor du noch einen Unfall baust." Neil lachte und warf ihm die Schlüssel zu, dann zog er seine Jacke an und schloss sie über dem Kaffeefleck.

Davis klingelte. Ein Mann im Trainingsanzug und mit Joggingschuhen öffnete ihm. Seine schwarzen Haare klebten fettig an seinem Kopf. „Fabio Gera? Davis, Kriminalpolizei. Sie müssen uns begleiten." Die blauen Augen des Mannes weiteten sich und er schlug die Tür zu. Seine Schritte entfernten sich eilig von der Tür. Davis rannte über die Wiese zur Hintertür, Neil folgte ihm. Dort wollte Fabio gerade nach draußen, doch Davis vertrat ihm den Weg. Noch bevor sich der Mann wieder umdrehen konnte, packte Davis seine Handgelenke und drehte ihm die Arme auf den Rücken. Fabio ging zu Boden und versuchte, sich zu befreien. Neil holte Handschellen aus seiner Tasche und gab sie Davis, der sie dem Mann anlegte. Fabio Gera wehrte sich verzweifelt. Der Kommissar half ihm aufzustehen, drückte ihn dann an die Wand und durchsuchte seine Taschen. Die Männer atmeten schwer. „Warum sind sie weggelaufen?", wollte Davis wissen. „Das geht sie gar nichts an!" Der Mann ruckte heftig an den Handschellen, sodass Davis Mühe hatte, ihn festzuhalten „Vorsicht! Zu viel würde ich mir nicht erlauben. Ich könnte sie festnehmen, wegen Widerstands gegen die Staatsgewalt." Fabio Gera schnaubte. Sie brachten ihn zum Auto und fuhren mit ihm zurück zur Dienststelle.

Dort angekommen übergab Davis ihn in die Obhut eines Kollegen, der ihn in den Verhörraum brachte. Er sah sich nach Neil um, der vorhin zur Toilette gegangen war. Er kam gerade mit einem nassen Tuch in der Hand um die Ecke und versuchte, den Kaffeefleck aus seinem Hemd zu bekommen. Frustriert gab er es auf. „Wo ist er?", fragte er. „Im ersten Verhörraum." Er warf das Tuch in den Mülleimer neben dem Getränkeautomaten, der im Gang stand und sie traten ein.

Fabio Gera sah auf, als die zwei Polizisten hereinkamen. Sie setzten sich auf die bereitgestellten grauen Plastikstühle. Gemächlich schlug Neil die Akte auf, die er zuvor in seiner Hand gehalten hatte. Er blätterte ein wenig darin herum, während Davis das Aufnahmegerät einschaltete. Gera wurde immer nervöser. Er rutschte auf seinem Stuhl herum, sodass die Handschellen klirrten und blickte unruhig in dem verspiegelten Raum umher. „Also, was ist damals im Gefängnis passiert?", fragte Neil. „Nichts.", antwortete Fabio. „Das glaube ich Ihnen aber nicht." Er räusperte sich unbehaglich. „Sie verstehen es doch sicher, dass ich nicht so gerne darüber rede." Neil war kein sehr geduldiger Mensch. „Antworten Sie einfach auf meine Frage." Fabio wurde blass und begann zu schwitzen. „Ich darf nicht, ich kann nicht…"-„Herrgott nochmal, antworten Sie in ganzen Sätzen!" Neil war von seinem Stuhl aufgesprungen und tigerte jetzt ruhelos durch den Raum. „Er, ich, also, wir wollten nicht…" Auf Fabios Stirn bildeten sich Schweißtropfen, die langsam an seinen

Schläfen entlangliefen. Neil stützte seine Hände auf den Tisch auf und sah ihn eindringlich an. „Wer hat David Kayler umgebracht und wo ist das Geld vom Banküberfall?"- „Wenn ich es ihnen verrate, dann bringt er mich um!" Fabio war verzweifelt. Davis war inzwischen hinter ihn getreten und hatte ihm die Handschellen abgenommen. Gera fuhr sich mit der Hand über sein Gesicht und schloss für einen Moment die Augen. „Wer will Sie umbringen?", fragte Davis. „Ich weiß es ehrlich gesagt nicht so genau." Neil setzte sich wieder hin. „Was haben Sie mit der Entführung von Amalia Fleer zu tun?", fragte er. Sein Blick war unverwandt auf Fabio gerichtet. Dieser nahm die Hand langsam von den Augen. „Sie war Davids Tochter?", fragte er ungläubig. „Scheiße. Ich sollte nur sichergehen, dass sie an der Kapelle vorbeigeht. Er hat gesagt, um alles andere würde er sich kümmern. Ich wusste nichts von einer Entführung. Ehrlich!" Davis zog zweifelnd die Augenbrauen zusammen. Fabio war also der Mann, mit dem Amalia kurz vor ihrem Verschwinden zusammengeprallt war. „Sie haben ihren Auftraggeber also angerufen und dann?", hakte Neil nach. „Dann hat er gesagt, ich solle so schnell wie möglich verschwinden. Falls ich geschnappt werde, soll ich der Polizei nichts erzählen, denn wenn er herausfindet, dass ich geredet habe, bringt er mich um." In Fabios Stimme schwang Angst mit. „Aber ich weiß weder, wer David umgebracht hat, noch wo das Geld jetzt ist.", sagte er bestimmt. Er sagte die Wahrheit.

„Na gut. Geben Sie uns die Nummer, die Sie angerufen haben. Dann können Sie gehen." Davis klang ein wenig enttäuscht, da sich ihr Verdächtiger als Opfer entpuppt hatte. Fabio nahm den Stift und das Papier, das Davis ihm hinschob und schrieb eine Nummer auf. Als er fertig war schob er seinen Stuhl zurück und stand auf. „Ach, sollte Ihnen noch etwas einfallen, oder Ihr Auftraggeber Sie kontaktieren, dann rufen Sie uns bitte an." Davis hielt ihm eine Visitenkarte hin. Er nahm sie an. Dann öffnete er die Tür und ging hinaus. Davis und Neil sahen sich an. Sie waren Amalias Entführern auf der Spur. Doch sie hatten weder konkrete Hinweise auf den Täter noch auf das Motiv. Sie standen auf und gingen aus dem Raum.

5

Mein Bauch tat weh und meine Kehle war trocken. Seit ich versucht hatte zu fliehen hatte ich keinen der Brüder gesehen. Einmal war ich zur Tür gerobbt und hatte versucht sie aufzubekommen. Ich hatte mich dagegen geworfen und geschrien, während Tränen mein Gesicht hinunterliefen. Es war zwecklos gewesen, sie war immer verschlossen und keiner hatte mich beachtet. Seither hatte ich mich nicht mehr bewegt und starrte nur melancholisch Löcher in die Betonwände. In den letzten Tagen hatte ich so viel geweint und geschrien, dass meine Stimme wahrscheinlich ganz heiser war. Aber ich sprach sowieso nichts, auch nicht mit Mila, obwohl sie es immer wieder versuchte, wenn sie Essen brachte. Ich glaube, ich war schon mehrere Tage in diesem Keller. Mein Zeitgefühl war total durcheinander und meine einzige Orientierung war das schummrige Licht, das durch das kleine Fenster fiel. Ich war so verwirrt und fühlte mich klein, machtlos und verzweifelt. Mila war heute nur einmal gekommen, um mir etwas zu essen und zu trinken zu bringen. Das war aber auch schon Stunden her. Ich legte mich hin und versuchte zu schlafen, aber meine Gedanken rasten. Dann ging die Tür auf. Schritte, jemand kam auf mich zu. Ein Schatten beugte sich über mich. Ich zwang mich, ruhig weiter zu atmen und meine Augen geschlossen zu halten. Mein Herz schlug zu schnell und ich hatte Angst, er könne es hören.

„Schläft sie?", hörte ich Miraks Stimme vom Fenster. „Ja.", antwortete Tyron leise. Er ging in die Hocke, zupfte meine Decke zurecht und strich mir eine Haarsträhne aus dem Gesicht. Vorsichtig öffnete ich meine Augen einen Spalt weit. Tyron bemerkte nicht, dass ich wach war, sondern stand auf und ging zu seinem Bruder ans Fenster. Er schien nervös zu sein und sah sich immer wieder zu mir um. Schließlich blieb er vor seinem Bruder stehen. „Hör zu Mirak. Ich mach bei dem Plan nicht mehr mit. Eine Entführung war ja noch okay, aber das geht einfach zu weit! Warum können wir Amalia nicht einfach in Ruhe lassen?" Tyron sah seinem Bruder in die Augen. „Es geht dir also um die Kleine?", fragte Mirak. Ein böses Lächeln stahl sich auf seine Lippen. Er stieß sich von der Wand ab und kam auf mich zu. In Tyrons Gesicht spiegelte sich Wut. „Es reicht Mirak! Ich steig aus!" Tyron war laut geworden, doch mit einem Blick auf mich senkte er sie wieder. „Das kannst du nicht und das weißt du auch! Denk daran, was er sonst mit dir macht.", antwortete Mirak mit ruhiger, fast schon weicher Stimme. Er machte einen Schritt nach vorn und packte seinen Bruder bei den Schultern. „Für das hier wurdest du ausgebildet! Wir haben einen Deal. Er hat seinen Teil längst erfüllt, jetzt sind wir dran." Ich konnte seine Augen sehen, in denen ein fanatischer Glanz stand. Tyron stieß Miraks Hände von sich und machte ein paar Schritte in meine Richtung. „Denk nicht mal dran mit ihr zu fliehen. Ein paar unserer Leute haben ein Auge auf dich." Mirak grinste seinen Bruder unschuldig an. „Es wäre doch zu schade, wenn er etwas davon mitbekommen würde, oder?", fragte er.

Aus Tyrons Gesicht wich die Farbe. „Das würdest du nicht wagen!", schrie er Mirak an. Dieser nahm langsam sein Handy aus der Hosentasche und hielt es seinem Bruder vor die Nase. Dort ließ er es hin und her baumeln. „Nein!" Mirak zog es schnell aus Tyrons Reichweite, als er danach schlug. „Du hast die Wahl. Entweder du machst, was ich dir sage oder er erfährt von deiner kleinen Freundin." Tyron sah seinen Bruder kalt an. „Du erpresst mich, Bruder.", stellte er nüchtern fest. Mirak sah ihn lächelnd an, aber seine Augen blieben kalt. „Dafür wurden wir ausgebildet.", wiederholte er. Es schien ihm Spaß zu machen. Mirak legte Tyron versöhnlich einen Arm um die Schulter. „Nimm es nicht so schwer, Bruder. Aber er lässt mir keine andere Wahl." Tyron schnaubte und wand sich aus seinem Arm. Mirak lachte, was mir einen Schauer über den Rücken trieb. Er drehte sich zu mir um und ich schloss schnell die Augen. Dann ging er und die Tür fiel hinter ihm ins Schloss.

Ich öffnete meine Augen wieder. Staub drang mir in die Nase und ich versuchte verzweifelt ein Niesen zurückzuhalten. Doch ich konnte es nicht. Es hallte durch den Raum. Tyron drehte sich erschrocken zu mir um. „Du hast gelauscht.", stellte er fest. Ich richtete mich auf und die Decke rutschte mir über die Schultern. Meine wirren Haare hingen mir ins Gesicht. Ich spürte wie mir das Blut in die Wangen schoss. Ein kleines Lächeln stahl sich auf seine Lippen, doch im nächsten Moment war es wie weggewischt. Sein Gesicht wurde ausdruckslos. „Wie viel hast du gehört?", fragte er. Mit wenigen Schritten hatte er den Raum durchquert. Ich senkte ängstlich meinen Kopf. Er kniete sich neben mich auf den Betonboden. „Also, wie viel hast du gehört? ", fragte er wieder, eindringlicher diesmal. „Alles.", murmelte ich heiser. Tyron fuhr sich mit der Hand übers Gesicht. „Du hast also alles gehört.", wiederholte er und fluchte laut. Ich sah ihm in die Augen. So viele Fragen schwirrten mir im Kopf umher. Kaum öffnete ich meinen Mund, sprudelten sie auch schon aus mir hinaus. „Was ist das für ein Deal, von dem ihr gesprochen habt? Wofür wurdet ihr ausgebildet? Wer hat euch ausgebildet? Und vor allem: Was hat das um Himmels Willen mit mir zu tun?!" Er starrte mich perplex an, da ich bei den letzten Worten lauter geworden war, als ich beabsichtigt hatte. Nach einer Weile sah er nervös zur Tür. Tyron atmete tief durch und blickte mir eindringlich in die Augen. „Wenn Mirak von unserem Gespräch erfährt, dann reißt er uns beiden den Kopf ab. Du darfst also niemandem etwas erzählen. Verstanden?" Ich nickte, denn meine Kehle war zu trocken, als dass ich einen Ton hervorgebracht hätte. Er bohrte seinen Blick in meinen, als wolle er in meinen Kopf hineinsehen. Dann wandte er sich ab. „Wie du sicherlich gehört hast, haben einige meiner Leute ein Auge auf uns beide. Vertraue keinem!" Wieder sah er mich an, wieder nickte ich, doch dann dachte ich an Mila. Tyron hatte mein Zögern bemerkt. Er zog eine Augenbraue hoch. „Niemandem, auch Mila nicht!", sagte er bestimmt. Es kam mir so vor, als hätte er meine Gedanken gelesen.

„Also, vor ein paar Jahren wurde eine Bank überfallen…", begann er mit gesenkter Stimme. Doch es klopfte an der Tür. Genervt verdrehte er die Augen. „Herein.", rief er, ohne sich umzudrehen. Die Tür ging auf und Mila trat ein. „Ich hoffe, ich störe nicht. Aber ich bringe Essen und Trinken für Amalia." Bei diesen Worten lief mir das Wasser im Mund zusammen. Tyron stand auf und ging zum Fenster. Ich sah ihm enttäuscht hinterher. Als Mila näherkam, wurde mein Gesicht zu einer ausdruckslosen Maske. Sie stellte ein Tablett neben mich und löste meine Fesseln. Ich rieb meine Handgelenke, die aufgescheuert waren und massierte meine tauben Hände. Dann nahm ich den Becher mit Wasser und trank ihn leer. Das Brot war hart wie immer, doch ich schlang es hinunter. Neben dem Becher stand eine ganze Flasche Wasser. Mila hatte mich bisher schweigend beobachtet. Als ich mir gierig noch etwas Wasser einschenkte, lächelte sie. „Langsam. Du kannst noch mehr haben." Ich verschluckte mich und rang nach Luft. Tyron drehte sich zu mir um und sah mich warnend an. Ich nickte und sah dann weg. Mila versuchte ein belangloses Gespräch mit mir anzufangen, aber ich antwortete ihr kaum. Dazu stand ich zu sehr unter Spannung. Als ich fertig war, verschwand sie mit dem leeren Tablett im anderen Raum. Den Becher und die Wasserflasche ließ sie neben mir stehen. Gedankenverloren schraubte ich die Flasche auf und trank noch einen Schluck Wasser. Tyron kam wieder zu mir und setzte sich auf den Boden. „An dem Überfall war mein Vater beteiligt, oder?", fragte ich ihn. Er sah mich an und nickte langsam. „Ja, das stimmt. Er und seine Komplizen landeten wenige Tage danach im Gefängnis."

Ich war in Gedanken versunken. An meinen Vater konnte ich mich nicht mehr wirklich erinnern. Wenn ich an ihn dachte waren da nur eine tiefe Stimme und der Geruch von Harz und Pfeifenrauch, was allerdings mehr eine Vorstellung, als eine Erinnerung war. Meine Mutter hatte mir einmal Bilder von ihm gezeigt. Er war ein stattlicher Mann mit Schnurrbart und einem herzlichen Lachen gewesen. Von dem Überfall hatte sie mir nur wenig erzählt. Als ich zehn war, hatte ich einmal so lange nachgebohrt, bis sie mir wenigstens grob gesagt hat, was damals passiert war. Mein Vater hatte mit zwei Freunden die Bank überfallen, in der meine Mutter arbeitete. Sie hatte nicht s davon gewusst, wie sie mir immer wieder versichert hat, da sie mit mir beschäftigt gewesen war. Damals war ich gerade ein Jahr alt gewesen. Der Überfall war schiefgelaufen und einer der Freunde meines Vaters war umgekommen. Wenig später hatte sich mein Vater bei der Polizei gestellt und auch sein anderer Freund war gefasst worden. Sie mussten beide ins Gefängnis. Ich hatte aber immer das Gefühl gehabt, dass das nicht alles gewesen war und, dass sie mir etwas verschwieg.

Ein Klopfen holte mich in die Wirklichkeit zurück. „Herein!", rief Tyron zum zweiten Mal. Ein Mann erschien in der Tür. Ich hatte ihn noch nie gesehen. Er trug dunkle Jeans und eine schwarze Jacke, die er bis obenhin geschlossen hatte. „Was gibt es?", fragte Tyron und stand auf. „Ein Anruf für dich. Dein Bruder hat gesagt, dass du augenblicklich erscheinen sollst." Der Mann sah unbehaglich über die Schulter. Tyron sah zu mir und seufzte. „Sag meinem verehrten Bruder, ich komme sofort." Der Mann verschwand. „Tut mir leid, Amalia. Ich erzähle es dir ein anderes Mal.", sagte er. Er ging zur Tür. „Ach und noch etwas. Bleib hier, egal was du hörst. Und lausche nicht nochmal. Verstanden?" Ich nickte gehorsam. Er sah mich eindringlich an und runzelte die Stirn. „Versprochen?" Ich nickte noch einmal. Er gab sich damit zufrieden und verschwand im Nebenraum. Als die Tür zugefallen war, lehnte ich mich erschöpft an die Wand. Hoffentlich kam Tyron bald wieder und erklärte mir alles. Ich hoffte so sehr, dass ich irgendwann den Sinn hinter alldem verstehen würde. Momentan fühlte ich mich wie eine Marionette, mit der man alles machen konnte, ohne, dass sie sich wehren kann.

6

Mrs. Fleer packte, wie der Entführer es von ihr verlangt hatte, das Geld in eine Tasche und stellte sie unter die Treppe. Sie hatte es am Nachmittag nach stundenlangen Anrufen dank polizeilicher Hilfe besorgt. Die Kirchenglocke schlug Mitternacht. Auf der anderen Straßenseite saßen Davis und Neil in einem schwarzen Wagen und beobachteten das Haus. Plötzlich klopfte es an einem Seitenfenster. Davis schreckte aus seinem Halbschlaf hoch und sah sich verwirrt um. Es klopfte wieder. Langsam kurbelte er die Scheibe runter. Eine Faust schoss aus dem Dunkeln hervor und traf ihn mitten ins Gesicht. Sein Kopf sank auf seine Brust und Blut tropfte aus seiner Nase. Erschrocken sprang Neil aus dem Auto und zog seine Waffe. „Kommen Sie langsam und mit erhobenen Händen ins Licht.", sagte er, doch seine Stimme zitterte. Eine Faust traf ihn am Hinterkopf und er fiel mit einem leisen Schrei auf den Gehsteig. Eine dunkle Gestalt löste sich aus dem Dunkeln und nahm seine Waffe. Dann packte er den ohnmächtigen Neil unter den Armen und zerrte ihn in den Wagen. Er schlug die Tür zu und ging auf die andere Seite des Autos. Dort kurbelte er das Fenster wieder hoch. Zufrieden schlug er auch diese Tür zu und ging mit schnellen Schritten über die Straße. Die Waffe drückte an seine Hüfte. Er sah sich um, dann klingelte er. Der Ton hallte gespenstisch durch die Nacht.

Die Tür wurde vorsichtig von innen geöffnet. Als Mrs. Fleer die Gestalt sah, weiteten sich ihre Augen und sie wollte sie sofort wieder schließen. Doch er war schneller und stellte seinen Fuß dazwischen. Mrs. Fleer wich zurück, ins Innere des Hauses. „Das war aber nicht freundlich." Tadelnd zog er eine Augenbraue hoch. Er trat ein und schloss die Tür hinter sich. Sein Blick war unverwandt auf sie gerichtet. Mit geschmeidigen Schritten näherte er sich. Mrs. Fleer

36

drehte sich um und rannte ins Wohnzimmer. Schon nach wenigen Schritten hatte er sie eingeholt. Keuchend blieb sie stehen und wich an die Wand zurück. „Wer bist du und was willst du von mir?", presste sie hervor. Er lächelte sie an. Mrs. Fleer musste zu ihm aufblicken, da er einen Kopf größer war als sie. „Was ich von dir will? Das weißt du doch sicherlich noch, oder? Es ist zwar schon ein paar Jahre her, aber für deine Tochter tust du sicherlich alles, nicht wahr?" Sie zitterte am ganzen Körper, hob jedoch trotzig das Kinn. „Ich weiß nicht, wovon du redest!" Ihre Stimme bebte. Seine behandschuhte Hand schloss sich um ihre Kehle. „Sicher?", fragte er. Mrs. Fleer zerrte verzweifelt an seinen Fingern. Er lachte kalt. „Okay, okay, ich weiß es doch.", röchelte sie. Er ließ sie los und grinste. Sie war ihrer Tochter wirklich sehr ähnlich. „Wo?", fragte er. Sie schluckte. „Ich schreib es dir auf." Sie machte einen Schritt zur Seite, Richtung Küche. Er folgte ihr und ließ sie nicht aus den Augen. In der Küche machte sie einen Schrank auf. Sie kramte darin herum und fuhr dann mit einem langen Messer zu ihm herum.

„Keine Bewegung. Ich rufe die Polizei und du wirst dich nicht rühren. Verstanden?" Ihre Stimme war laut, aber in ihren Augen stand Verzweiflung. Er zog die Waffe und richtete sie auf Mrs. Fleer. „Lass das Messer fallen und mach keine Dummheiten. Oder deine Tochter wird dafür bezahlen." Das Messer fiel mit einem dumpfen Poltern zu Boden. Sie hatte ihren Blick angstvoll auf den Lauf der Waffe gerichtet. Tränen strömten über ihre Wangen. „Los, zurück ins Wohnzimmer.", befahl er. Rückwärts ging sie durch die Tür. Sie stieß gegen den Tisch, ein Glas fiel zu Boden und zerbrach klirrend. Der Inhalt ergoss sich auf den Teppich. Er senkte die Waffe und schob sie wieder in seinen Gürtel. „Bitte tu meiner Tochter nichts.", sagte sie leise. Er lachte nur, holte aus und schlug sie nieder. Schließlich zog er einen Zettel und ein Foto aus seiner Tasche und legte es neben ihr auf den Boden. Leise schlich er aus dem Haus und ging die Straße hinunter. Dort stand ein Wagen. Der Motor erwachte mit einem Schnurren und er stieg ein. Das Auto verschwand Augenblicke später in der Dunkelheit. Im Haus der Familie Fleer war alles still und unter der Treppe stand noch immer die Tasche mit dem Lösegeld. Auf dem Zettel standen drei Worte: *Ich komme wieder.*

Neils Handy klingelte. Er stöhnte und schlug die Augen auf. Sein Kopf tat weh und als er sich in die Haare fasste, fühlte er Blut. Das Handy klingelte wieder. Davis, der neben ihm auf dem Fahrersitz saß, regte sich nicht. Sein Kopf war auf seine Brust gesunken und an seiner Nase klebte geronnenes Blut. Sein Auge war angeschwollen. Neil sah auf sein Handy, es war die Nummer des Reviers. Dann nahm er den Anruf an. „Wo seid ihr denn? Seit Stunden versuchen wir euch zu erreichen! Wir haben uns Sorgen gemacht!" Der Anrufer schwieg. „Ist alles okay bei euch?", fragte er schließlich. „Nichts ist okay!", rief Neil aufgebracht. „Wir wurden von einem Typen überfallen, der hat sich meine Dienstwaffe unter den Nagel gerissen und ist abgehauen, Mrs. Fleer hat sich auch noch nicht gemeldet und Davis sitzt regungslos neben mir!" Neils Kopf brummte. „Wir schicken euch mal vorsichtshalber einen Krankenwagen.", sagte der Anrufer und legte auf. Seufzend verstaute Neil das Handy in seiner Tasche und lehnte seinen Kopf gegen die Nackenstützte. Kurze Zeit später, als der Krankenwagen kam, wachte Davis auf. Es war Mittwochmorgen und dunstige Nebelschleier hingen über dem Boden. Die Sanitäter versorgten ihre Wunden. Neil hatte eine Platzwunde am Kopf und Davis ein blaues Auge und eine gebrochene Nase. Der Angreifer hatte fest und gezielt zugeschlagen. „Lass uns nach Mrs. Fleer sehen. Sie hat sich die ganze Zeit nicht gemeldet.", schlug Davis vor. Neil bat die Sanitäter, einen Moment zu warten. Dann machte er sich zusammen mit Davis zum Haus auf. Die Tür war angelehnt. Die Polizisten blickten sich an und Davis zog seine Waffe aus dem Holster. Er ging voran. Langsam betraten sie die Wohnung.

Im Wohnzimmer herrschte Unordnung. Es sah aus, als hätte ein Kampf stattgefunden. In der angrenzenden Küche lag ein Messer am Boden. Neil nahm Handschuhe aus seiner Tasche und hob es auf. Davis reichte ihm eine Tüte und er packte es ein. Sie gingen zurück ins Wohnzimmer. Hinter dem Sofa lag Mrs. Fleer bewusstlos. Auch an ihrer Nase klebte geronnenes Blut, außerdem war an ihrem

Hals ein Bluterguss und sie war sehr bleich. Neil kauerte sich neben sie und fühlte ihren Puls. Sie lebte. „Schnell hol die Sanitäter. Die sollen sie ins Krankenhaus bringen.", sagte Neil. Davis lief über den Teppich zur Tür und verließ das Haus. Er überquerte die Straße und lief auf die Männer vor dem Krankenwagen zu. Diese holten die Trage und eilten hinter ihm her. Als die Sanitäter mit Mrs. Fleer Richtung Krankenhaus gefahren waren, rief Neil die Spurensicherung. Die traf wenige Minuten später ein. Zwei Kollegen hatten den hungrigen und durchgefrorenen Polizisten Kaffee und Sandwiches mitgebracht.

Neil übergab ihnen das eingetütete Messer. Während die Spusi ihrer Arbeit nachging saßen Neil und Davis im Park und machten sich über ihr verspätetes Frühstück her. Dann kam ein Mann von der Spurensicherung mit einer Tüte in der Hand. Die Polizisten sahen ihm neugierig entgegen. „Was gibt's?", fragte Neil ihn. „Wir haben einen Zettel und ein Foto gefunden. Das solltet ihr euch einmal anschauen." Er hielt ihnen die Tüte entgegen. Neil legte sein Sandwich aus der Hand und nahm sie. Darin befand sich der gelbe Zettel. *„Ich komme wieder.",* las Davis vor. „Er wurde mit einem Computer geschrieben. Der Erpresserbrief auch. Vielleicht ist der Erpresser auch der Angreifer.", überlegte Neil. „Möglich. Oder es war ein anderer, immerhin hat heutzutage jeder einen Computer. Wir tappen im Dunkeln.", sagte Davis kauend. Dann bemerkte er das Foto. Darauf war ein Mädchen zu sehen, das zweifellos Amalia Fleer war. Ihre Hände waren gefesselt und sie hatte einen blauen Fleck, aber sonst schien sie weitestgehend unverletzt. Sie saß in einem dunklen Kellerraum und sah mit weit aufgerissenen Augen in die Kamera. Neben ihr lag eine Zeitung, mit dem gestrigen Datum. Die Kommissare sahen sich an. „Immerhin ist es ein Lebenszeichen." Der Mann trat frierend von einem Fuß auf den anderen. „Ich muss das wieder mitnehmen. Wenn die Ergebnisse aus dem Labor da sind, werden die euch bestimmt anrufen." Er nahm die Tüte und verschwand im Nebel. Ein Windstoß pfiff durch die wenigen Blätter an den Bäumen. Es wurde unaufhaltsam Winter. Amalia war inzwischen seit sechs Tagen in den Händen der Entführer, was wirklich ungewöhnlich war. Die Polizisten aßen ihre Sandwiches auf und gingen zu ihrem Wagen. Auch hier waren die Kollegen der Spurensicherung zugange. Rotes Absperrband leuchtete ihnen entgegen. „Sorry Leute, aber das Auto ist fürs Erste beschlagnahmt.", sagte ein Mann in einem weißen Anzug der Spurensicherung. „Und wie sollen wir jetzt nach Hause kommen?", fragte Neil gereizt. Der Mann zuckte ratlos mit den Schultern, dann rief er einem Kollegen etwas zu. „Mein Kollege kann euch mit aufs Revier nehmen. Und dort wird sich bestimmt jemand finden.", meinte er zuversichtlich. „Das Auto bekommt ihr wahrscheinlich nicht vor übermorgen.", fügte der Mann hinzu. Murrend duckte Neil sich unter dem Absperrband hindurch und folgte Davis zu dem besagten Kollegen.

7

Ich hatte Stunden darauf gewartet, dass Tyron zurückkommt. Doch er kam nicht. Nur Mila war vorhin bei mir gewesen und hatte meine Fußfesseln gelöst. Durch das Fenster fiel allmählich mehr Licht. Ich hatte keine Ahnung, wie viel Uhr es war oder wie lange ich eigentlich schon hier war. Es kam mir wie eine Ewigkeit vor, als mich der Anrufer im Park zur Kapelle gelockt hatte. Aber vielleicht war es auch nur einige Stunden her. Ich wusste es nicht und begann an meinem Verstand zu zweifeln.

Völlig in Gedanken versunken, hörte ich plötzlich ein Geräusch. Ich sah auf. Es war Miraks Stimme, sie klang gedämpft durch die Tür, er schien mit jemandem zu telefonieren. Langsam stand ich auf. Tyron hatte mir zwar das Versprechen abgenommen, nicht mehr zu lauschen, aber ich konnte nicht nur hier herumsitzen. Ich ging in die Hocke und atmete flacher. Jetzt war seine Stimme deutlich zu hören. „Natürlich, das habe ich ihm auch gesagt. Er weiß das." Der Anrufer sagte etwas, doch es war zu leise. „Das wird nicht nochmal passieren. Dafür sorge ich." Redeten sie etwa über Tyron? Ich schnappte nach Luft. „Wir werden sie in die Villa bringen sobald wir hier fertig sind. Ja, dann melde ich mich nochmal." Er legte auf, dann hörte ich nichts mehr. Ich lauschte angestrengt.

Plötzlich drehte sich der Schlüssel im Schloss. Ich schreckte hoch und versuchte schnell zu meinem Platz zurückzukehren. Doch die Tür traf mich, als ich aufstehen wollte und ich fiel zu Boden. Mirak starrte mich erst überrascht, dann wütend an. „Du hast gelauscht." Ich sah, wie ein Muskel an seinem Kiefer zuckte. Ich schluckte. „Ich hab nichts gehört, ehrlich." Ich wich vor ihm zurück, aber er packte meinen Arm und zog mich hoch. „Au, du tust mir weh." Ich wand mich in seinem Griff. Er schleifte mich zur Wand und stieß mich dagegen. Ich schrie auf. „Was hast du gehört?" Der raue Putz bohrte sich in meinen Rücken. „Nichts ehrlich!" Er drückte mich mit dem Unterarm gegen die Wand. „Das glaube ich dir aber nicht. Also, was hast du gehört?" Ich konnte kaum mehr atmen. Miraks Gewicht drückte auf meinen Brustkorb. „Nur irgendwas von einer Villa, in die du mich bringst, wenn du fertig bist. Mehr hab ich nicht verstanden.", erwiderte ich gepresst. Er ließ mich los und ich sank zu Boden. Mein Atem ging schnell. Mirak ging neben mir in die Hocke. „Du wirst nie wieder lauschen sonst wird es dir leidtun. Ist das klar?" Ich nickte ängstlich. Tränen stiegen mir in die Augen. Sein Blick bohrte sich in meinen und ich sank weiter zusammen. Dann holte er aus. „Hey." Mirak drehte sich verärgert zu Tyron um, der in der Tür stand. „Lass sie in Ruhe." Er kam in den Raum und verschränkte die Arme vor der Brust. Mirak ließ seine behandschuhte Hand sinken, stand auf und ging langsam auf seinen Bruder zu. „Warum platzt du hier rein? Das hier geht dich nichts an." Tyron öffnete den Mund, um etwas zu sagen, doch Miraks Handy klingelte. Er nahm es aus seiner Hosentasche und sah auf das Display. Fluchend steckte er es zurück.

„Wir müssen hier weg. Schnell. Die kleine Ratte hat uns verraten." Er ging auf mich zu, aber Tyron packte ihn am Arm und stoppte ihn. „Oh nein. Wir gehen nirgendwo hin. Ich habe es dir gesagt. Es ist ein für alle Mal Schluss." Er stellte sich schützend vor mich. Mirak sah ihn kalt an. „Du hast mir gar nichts zu sagen, kleiner Bruder." Es lag eine gefährliche Atmosphäre im Raum, ich konnte mich nicht bewegen. Wie gebannt sah ich auf die Brüder, die sich mit berechnenden Blicken gegenüberstanden. Tyron hielt noch immer den Arm seines Bruders fest. Plötzlich zog Mirak ein Messer hervor und stach Tyron damit blitzschnell in den Bauch. Er fiel mit weit aufgerissenen Augen zu Boden und hielt sich die Seite. Unter seiner Hand quoll Blut hervor und tropfte auf den Boden. „Nein!" Ich starrte auf das Blut. Erst begriff ich gar nicht, dass ich es war, die geschrien hatte. Tyron hustete und verzog das Gesicht vor Schmerzen. Ich konnte mich nicht bewegen, stand unter Schock. Mirak sah mich an und legte das Messer und das Handy neben seinem Bruder ab.

„Komm her.", befahl er mir. Ich schüttelte den Kopf. Als hätte das meine Starre gelöst, stolperte ich zu Tyron und kniete mich neben ihn. „Tyron." Ich konnte nur flüstern. Meine Kehle schmerzte vor unterdrückten Schluchzern. Meine Sicht verschwamm. Zitternd streckte ich eine Hand nach Tyrons Gesicht aus, doch ich konnte ihn nicht berühren. Etwas hielt mich davon ab. Tränen liefen mir heiß die Wangen entlang. Und endlich kamen auch die Schluchzer. „Hey. Hör auf zu weinen." Tyron sah mir fest in die Augen und versuchte zu lächeln. Doch sein Gesicht verzog sich vor Schmerzen und sein Atem ging stoßweise. „Mach dir keine Sorgen um mich. Lauf weg. Beeil dich." Ich konnte mich nicht bewegen. „Geh.", presste er hervor. Ich stand auf und drehte mich um. Aber die einzige Fluchtmöglichkeit war die Tür und dort stand Mirak. Ich hatte nicht bemerkt, wie er dorthin gekommen war. „Komm her und mach keinen Ärger." Ich schüttelte den Kopf und wich an die Wand zurück. Er verdrehte die Augen und kam auf mich zu. Ich wollte an ihm vorbeirennen, doch er packte meinen Arm. Ich versuchte mich zu befreien, aber er hielt mich mühelos fest. Er zog mich zu sich heran. „Wenn du nochmal Ärger machst muss ich dir wehtun. Verstanden?" Sein Atem streifte meinen Arm und ich bekam eine Gänsehaut. „Nein, lass mich los. Lass mich los. Bitte.", schluchzte ich, während mir Tränen übers Gesicht rannen. Mirak verzog keine Miene und schubste mich auf die Tür zu. Ich drehte mich nochmal zu Tyron um. Er war bewusstlos und lag auf der Seite, sein Shirt war voller Blut und dunkle Strähnen seiner Haare verdeckten sein Gesicht. Wieder stiegen Tränen in mir auf.

Mirak zerrte mich in den angrenzenden Raum und die Tür fiel zu. Wir durchquerten die große Lagerhalle, ich wand mich so lange in seinem Griff, bis die Schmerzen in meiner Schulter unerträglich wurden. Er schob mich auf die nächste Tür zu und öffnete sie. Wir standen in einem dunklen Treppenhaus. Mila leuchtete mit einer Taschenlampe auf die Stufen und wir gingen weiter. Ich konnte durch die Tränen, die meine Sicht verschleierten, kaum etwas erkennen und so stolperte ich immer wieder. Nur Miraks Hand, die meinen Arm immer noch wie ein Schraubstock umschloss, hinderte mich am Hinfallen. Als wir die Treppe hinter uns gelassen hatten, standen wir in einem düsteren Gang. Wir folgten ihm immer weiter geradeaus, bis wir vor einer Doppeltür ankamen. Mila öffnete sie und wir durchquerten den nächsten Raum. Hier befanden sich alte Farbeimer und es roch streng nach Lösungsmitteln. Ich war wie in Trance und vor meinen Augen sah ich immer wieder Tyron, wie er bewusstlos da lag. Mein Arm wurde langsam taub und ich war erschöpft. Meine Augen brannten, aber die Tränen waren versiegt. Ich wollte stehen bleiben, doch Mirak zog mich unerbittlich weiter. Wir gingen durch die letzte Tür und Sonnenlicht strömte in den Raum.

Stöhnend kniff ich die Augen zu. Er stieß mich ins Freie und ich taumelte, blind vom Licht. Als ich mich langsam an die beißende Helligkeit gewöhnt hatte, sah ich mich um. Wir waren in einer Art Hinterhof, überall waren Müllcontainer und es stank erbärmlich. Vor uns standen zwei schwarze Autos mit getönten Scheiben. Hinter uns kamen zwei weitere Männer aus dem Gebäude, sie nickten Mirak zu und gingen zu den Autos. Mila kam zu mir und stellte sich neben mich. Ihre Nähe tat gut. Mirak kam auf uns zu. „Steig ein.", befahl er mir und deutete auf den hinteren Wagen. Ich schüttelte meinen Kopf und sah ihn an. Ein Muskel in seinem Kiefer zuckte. „Ich sag es nur noch ein Mal. Steig jetzt ein." Seine Stimme war lauter geworden und ich sah, dass er sich nur mit Mühe unter Kontrolle halten konnte. Wut stieg in mir auf. Dieser Kerl hatte gerade seinen eigenen Bruder niedergestochen und jetzt erlaubte er sich, mir zu befehlen in ein Auto zu steigen, das mich sonst wohin bringen würde.

„Nein. Ich werde da sicher nicht einsteigen." Ich ging langsam rückwärts auf das Tor zu, das zur Straße führte. Ich konnte schon das Verkehrsrauschen hören. Mirak verdrehte die Augen und war mit wenigen Schritten bei mir. Ich drehte mich um und rannte los, aber er packte meinen Arm und riss mich herum. Ein stechender Schmerz fuhr in meine Schulter und ich schrie. Durch den Schwung prallte ich gegen seine Brust. Er nahm meine beiden Arme und hielt sie fest. Dann zog er mich näher, bis unsere Gesichter nur noch wenige Zentimeter auseinander waren. „Langsam reicht es mir."

Sein Kiefer war verkrampft und sein Blick bohrte sich in meinen. Wieder begann ich zu weinen. Ruckartig drehte er mich herum, ich stemmte mich gegen seinen Griff, aber ohne Erfolg. Er schleifte mich zum Auto und stieß mich dagegen. Ich schrie auf, als sich der Türgriff in meine Rücken bohrte. Mirak baute sich vor mir auf und schlug mir mit der flachen Hand ins Gesicht. Mein Kopf knallte gegen das Auto und alles wurde für einen Moment schwarz. Starke Arme packten mich unsanft und ich wurde in das Auto gesetzt. „Pass auf sie auf. Ich habe noch was zu erledigen." Mirak schlug die Tür zu und ging zu dem anderen Wagen. Dort stieg er ein. Der Mann am Steuer startete das Auto und fuhr los.

Mila hatte sich neben mich gesetzt und stützte meinen Kopf. Blut lief mir aus der Nase und versickerte in einem Taschentuch, das sie hielt.

8

Nachdem Neil und Davis mit einem Kollegen der Spurensicherung zum Revier gefahren waren, holten sie sich erst einmal einen weiteren Kaffee zum Aufwärmen. Davis stellte sich ans Fenster und nahm einen Schluck. Es hatte angefangen zu regnen und der Wind wehte die nassen Blätter durch die Luft, die Wolken hingen tief, was eine düstere Stimmung erzeugte. Er betrachtete sein Spiegelbild im Fenster. Sein linkes Auge schwoll immer mehr an und leuchtete blau. Als sie hereingekommen waren hatte das schon für viel Gesprächsstoff unter seinen Kollegen gesorgt. Über seiner Nase klebte ein dickes Pflaster, sie war gebrochen. Die Sanitäter hatten ihn eigentlich mit ins Krankenhaus nehmen wollen, aber er hatte sich geweigert. Zuerst musste er das Mädchen finden und dann hatte er Zeit, sich Sorgen wegen seiner Gesundheit zu machen. Vorsichtig betastete er seine Nase, dann verzog er das Gesicht. Es tat weh. Das Telefon klingelte, er sah zu seinem Kollegen. Neil, der mit der Kaffeetasse auf seinem Schreibtischstuhl saß, nahm ab. „Hallo? Ja verstanden, wir kommen sofort. Ist das SEK vor Ort?" Er bedankte sich und legte auf. „Davis, wir müssen los. Das Handy des Entführers ist gerade in einem alten Fabrikgelände am Stadtrand geortet worden. Das SEK ist unterwegs." Er knallte seine Tasse auf den Schreibtisch, sodass der Kaffee überschwappte und schnappte sich seine Jacke. „Na los. Beeilung." Davis löste sich aus seiner Starre und holte ebenfalls seine Jacke. Unschlüssig sah er auf seinen Kaffee und stelle ihn dann auf seinem Schreibtisch ab. Er musste sich beeilen, um Neil einzuholen, der schon an der Treppe stand und ungeduldig mit den Fingern auf das Geländer trommelte.

Einige Minuten später kamen sie vor dem großen Fabrikgelände an. Es standen schon einige Polizeifahrzeuge davor. Neil schaltete den Motor seines Privatwagens aus und sie stiegen aus. Er ging auf einen hochgewachsenen Mann zu, der eine schusssichere Weste des SEKs trug und gerade seine Waffe überprüfte. „Wer hat hier das Kommando?", fragte er. Der Mann drehte sich um. „Ich. Kommissar Files." Die beiden schüttelten sich die Hand. „Hauptkommissar Neil und das hier ist mein Kollege Davis." Dann wandte Files sich wieder dem Papier zu, das auf der Motorhaube des Autos lag, vor dem er stand. „Das hier ist der Gebäudeplan. Wir brauchen drei Teams. Das erste sichert den Keller, das zweite das Erdgeschoss und das dritte geht in den ersten Stock. Früher waren das hier Lagerräume einer Firma, die Farben hergestellt hat. Das Gebäude steht jetzt seit über zehn Jahren leer. Sie beide kommen mit mir mit. Alles klar?" Er sah Neil und Davis forschend an. Die Männer nickten. „Gut. Meine Männer und ich gehen vor und sichern die Räume, wenn wir Ihnen ein Zeichen geben, können Sie nachkommen." Ohne auf eine Antwort der Kommissare zu warten ging er zu seinen Männern und gab ihnen die Befehle. Sie machten sich fertig, überprüften ihre Ausrüstung und rückten dann ins Gebäude vor. Kommissar Files winkte Neil und Davis zu sich und bedeutete ihnen, hinter ihm zu bleiben.

Das SEK öffnete die Tür und die Männer hielten ihre Waffen im Anschlag, als sie sicher waren, dass sich niemand in dem angrenzenden Raum befand, gab Files das Zeichen und die beiden Kommissare folgten ihnen. Im Inneren war es düster, da kaum Licht durch die alten verstaubten Fenster fiel und nur die Taschenlampen der Männer vor ihnen erhellten das Halbdunkel. Auch Davis hatte seine Pistole gezogen und lief vor Neil, dessen Waffe ja von dem Unbekannten, der sie überfallen hatte, gestohlen worden war. Sie rückten immer weiter ins Gebäude vor und folgten schließlich einer Treppe in den Keller. Hier war es noch dunkler, da es keine Fenster gab. Links der Treppe befand sich eine Doppeltür aus Metall. Ein Mann des SEKs brach sie auf und das restliche Team strömte in den Raum. Neil und Davis warteten auf das Zeichen von Files. Bis auf das leise Geräusch der Stiefel auf dem Betonboden war nichts zu hören.

Die anderen Teams sicherten das erste Stockwerk und das Erdgeschoss. Davis sah sich unbehaglich um. Ohne die Taschenlampen war es stockfinster in dem Treppenhaus und trotz des wenigen Lichts, das aus dem Raum fiel, konnte er nicht viel erkennen.

Dann trat Files aus der Tür und bedeutete ihnen mitzukommen. Davis sah seinen Kollegen an und sie beeilten sich, Files zu folgen, der schon wieder im angrenzenden Raum verschwunden war. Es war eine große Halle, die von den verschmutzten Fenstern nur wenig erhellt wurde. In einer Ecke standen noch Paletten und einige Kisten, sonst war sie leer. Rechts fiel durch zwei Kellerfenster ein wenig Licht herein. Gegenüber war eine weitere Metalltür. Files eilte darauf zu und nickte einem seiner Männer zu, der davorstand. Die beiden wechselten ein paar Worte, dann bedeutete er den beiden Kommissaren, ihm durch die Tür zu folgen.

Es war ein kleiner Kellerraum, rechts befand sich ein schmales Fenster, das Licht auf den Mann warf, der bewusstlos auf dem Boden lag. Seine dunklen Haare fielen ihm ins Gesicht, seine Kleidung und Hände waren blutverschmiert und an seiner Seite hatte er eine tiefe Stichverletzung, aus der noch immer Blut sickerte und auf den Boden tropfte. Neben ihm lagen ein Handy und ein blutiges Messer. „Lebt er?", fragte Neil. Seine Stimme klang seltsam laut. Files stand am Fenster. „Ja, aber sein Puls ist ziemlich schwach. Ich habe schon einen Krankenwagen angefordert." Neil trat näher zu dem Mann und ging neben ihm in die Hocke. „Wissen wir schon, wer er ist?" Files schüttelte den Kopf. „Nein, wir haben ihn schon durchsucht, aber er hat keine Papiere oder sonst irgendwas bei sich. Und bis auf das Handy und das Messer haben wir keine Hinweise auf die Entführer gefunden." Davis zog sein Handy aus der Tasche und wählte eine Nummer. „Was tust du?", fragte Neil. „Ich rufe die Nummer an, die Fabio Gera uns gegeben hat." Als er seinen Satz beendet hatte, klingelte das Handy neben dem Mann. „Bingo. Das ist das Handy des Entführers." Davis ging zu seinem Chef und machte einige Fotos von dem Bewusstlosen. „Ich lasse sein Foto durch die Gesichtserkennung laufen, wenn wir wieder auf der Dienststelle sind. Vielleicht haben wir ja Glück und er ist im System. Dann haben wir zumindest einen Namen und können weiter recherchieren." Neil nickte und stand auf. „Gute Idee. Und das Handy und das Messer nehmen wir auch mit." Er klopfte seine Taschen ab und verzog verlegen das Gesicht. „Könntest du vielleicht auch noch die Spurensicherung verständigen? Ich hab mein Handy auf meinem Schreibtisch liegen lassen." Davis verbiss sich ein Grinsen und verschwand durch die Tür, um zu telefonieren. „Dann ist das hier der Entführer von Amalia Fleer?", fragte Files, der neben Neil getreten war. „Naja, zumindest muss er etwas damit zu tun haben. Ob er es war, der Amalia entführt hat, können wir nicht mit Sicherheit sagen. Er muss noch einen Komplizen haben, denn er hat sich wohl kaum selbst niedergestochen." Über Funk gaben die anderen Teams Files Bescheid, dass sich niemand mehr im Gebäude befand. Neil ging aus dem Raum zu Davis, der gerade sein Telefonat mit den Kollegen beendet hatte. Sie verließen die Halle. Draußen kam gerade der Krankenwagen an und die Sanitäter und der Notarzt eilten mit einer Trage zu dem Bewusstlosen. Die Kommissare stiegen in ihr Auto und fuhren in Richtung der Dienststelle.

Als sie an einer roten Ampel hielten, klingelte Davis' Handy. „Ja? Was? Wir sind unterwegs." Er steckte das Handy ein. „Bieg rechts ab. Wir müssen zum Haus von Fabio Gera. Man hat ihn gerade tot aufgefunden. Er wurde erschossen." Neil setzte den Blinker und die Ampel schaltete auf Grün.

Vor dem Haus stand bereits ein Streifenwagen mit Blaulicht. Ein Kollege in Uniform erwartete sie an der Tür und führte sie wortlos ins Wohnzimmer. Fabio Gera lag mit dem Gesicht nach oben auf dem Teppichboden vor dem Sofa. Seine Arme und Beine waren ausgestreckt und seine rechte Hand war zu einer Faust geballt. Auf seiner Stirn war ein Einschussloch zu sehen, aus dem Blut über seine Augen und seine Nase bis in den Kragen seines weißen T- Shirts gelaufen war. Das Gesicht wies noch weitere Wunden und Blutergüsse auf, er war verprügelt worden, bevor man ihn getötet hatte. Seine Augen starrten blicklos an die Decke. Um seinen Kopf hatte sich eine Blutlache auf dem Teppich gebildet, die wie ein makabrer

Heiligenschein aussah. Davis merkte, wie ihm das Blut in die Beine sackte und ihm schlecht wurde. Er war den Anblick von Leichen noch immer nicht gewohnt. Der Gerichtsmediziner traf ein, ein Mann um die Fünfzig mit einer grauen Brille und machte sich an die Arbeit, während sich Davis und Neil im Haus umsahen. Sie fanden keine Einbruchsspuren und auch sonst nichts, was auf den Täter hingewiesen hätte. Das ganze Haus war aufgeräumt, der Täter war nur gekommen, um Gera zu töten. Und der hatte ihm bereitwillig die Tür geöffnet. Neil ging in die Küche und sah sich um. Fabio Gera war eindeutig ein Junggeselle gewesen. Auf der Spüle standen zahlreiche Teller mit Pizzaresten und leeren Getränkedosen. Davis tauchte in der Tür auf und schüttelte den Kopf. Auch er hatte nichts gefunden.

„Hey Kollegen.", rief der Gerichtsmediziner aus dem Wohnzimmer. Die Kommissare sahen sich an und gingen den Flur hinunter. „Haben Sie was gefunden?" Der Mann stand auf und drehte sich, mit einem Klemmbrett in der Hand, um. Er rückte seine Brille zurecht und blätterte in seinen Unterlagen. „Der Mann hat schwere Prellungen und sogar Brüche im Bereich des Gesichts und des Thorax erlitten. Er wurde ziemlich heftig geschlagen und getreten, bevor er mit einem gezielten Schuss in die Stirn getötet wurde. Der Schuss war aufgesetzt, ich habe Rückstände an seiner Haut gefunden. Der arme Kerl hier wurde regelrecht hingerichtet. Außerdem habe ich das hier", er hielt eine Beweismitteltüte hoch, in der sich eine zusammengeknüllte Visitenkarte befand. „gefunden. Es ist Ihre Visitenkarte, Kommissar Davis. Damit wurde ihm, entschuldigen Sie die Ausdrucksweise, der Mund gestopft." Davis schluckte. Die Botschaft war unmissverständlich. Irgendjemandem hatte es offensichtlich gar nicht gepasst, dass Fabio Gera bei der Polizei gewesen war. Und aus diesem Grund hatte dieser Jemand ihn getötet.

Neil und Davis bedankten sich und gingen. Sie trugen einem Streifenbeamten auf, die Spurensicherung zu verständigen und sie anzurufen, sobald es etwas Neues gab. Dann verließen sie den Tatort und fuhren zur Dienststelle.

Dort angekommen ließ sich Neil schwer in seinen Bürostuhl sinken. Er presste seine Finger gegen die Schläfen und atmete tief durch. Dieser Fall war seltsam. Er hatte das Gefühl, als würden sie in ihren Ermittlungen einfach nicht weiterkommen und als wären sie nur Zuschauer eines Theaters, auf dessen Bühne immer wieder neue Schauspieler auftraten. Ohne, dass sie Einfluss auf den Verlauf der Handlung hatten. Ein Mädchen war entführt worden, doch es schien weder einen Grund dafür noch einen Hinweis auf ihren Verbleib zu geben. Das Einzige, was sie hatten war die Aussage von Fabio Gera, doch der war tot. Vielleicht hatte das alles mit dem Bankraub zu tun, den ihr Vater vor einigen Jahren begangen hatte, doch auch der war tot. Mrs. Fleer schien von alledem nichts zu wissen, außerdem lag sie im Krankenhaus, nachdem sie während der gescheiterten Geldübergabe zusammengeschlagen worden war. Der einzige, der ihnen helfen konnte, war der junge Mann, den sie in der Lagerhalle gefunden hatten, wo das Handy des Entführers geortet worden war. Doch Neil hatte Zweifel daran, dass er ihnen helfen würde, wenn er etwas mit der Entführung zu tun hatte. Außerdem lag er mit einer Stichverletzung im Krankenhaus. Es war zum Verzweifeln.

Neil stand auf und tigerte ruhelos durch den kleinen Raum. An der Glaswand rechts von seinem Schreibtisch klebten Fotos von Amalia, sowie Tatortfotos von der Kapelle. Er stellte sich davor und sah sich jedes Bild an. „Irgendwas müssen wir übersehen haben. Es muss einfach etwas geben, mit dem wir weitermachen können." Davis hatte ihn bisher von seinem Schreibtisch aus beobachtet. Jetzt stellte er sich neben ihn. „Der Fall geht dir ziemlich nahe, oder?" Schnaubend wandte sich Neil ab. „Kann schon sein. Ich konnte bisher jeden meiner Fälle irgendwann lösen. Nur diesen nicht. Es gibt einfach keine einzige Spur. Wir müssen auf die Ergebnisse des Gerichtsmediziners und der Spusi warten, wir müssen darauf warten, dass der Mann aus der Lagerhalle ansprechbar ist und auf die Freigabe unseres Dienstwagens. Und wenn ich eines hasse, dann ist es Warten."

Er drehte sich um und verließ das Büro. Davis sah ihm noch eine Weile nach, dann widmete er sich den Tatortfotos. Der oder die Täter hatten bisher keine Spuren hinterlassen, was vermuten ließ, dass es Profis waren. Doch warum sollten Profis ein junges Mädchen ohne ersichtlichen Grund entführen und dann nicht einmal das Lösegeld annehmen. Davis hoffte inständig, dass der junge Mann mit ihnen kooperieren würde. Er hatte das Gefühl, der Verdächtige hatte Antworten auf seine zahlreichen Fragen. Das Foto, das er in der Lagerhalle von dem Mann gemacht hatte, lief schon durch das Gesichtserkennungsprogramm, doch bisher hatte er noch keinen Treffer.

Das Telefon auf seinem Schreibtisch begann zu klingeln. Er ging hin und meldete sich. „Wie bitte? Das kann doch nicht wahr sein. Was? Ja alles in Ordnung . Wir sind unterwegs." Er knallte den Hörer hin und nahm schnell seine und Neils Jacke vom Haken. Dann beeilte er sich, seinen Kollegen zu finden. Neil stand vor der Kaffeemaschine und schenkte sich eine Tasse ein. Davis räusperte sich. „Tut mir leid, aber das mit dem Kaffee wird nichts. Der junge Mann, den wir gefunden haben, ist aus dem Krankenhaus geflohen und hat eine Krankenschwester niedergeschlagen. Wir müssen los." Neils Gesicht verfinsterte sich noch mehr, aber er nahm seine Jacke von Davis entgegen und sie gingen zügig die Treppe hinunter.

9

Mein Kopf lehnte an der kalten Scheibe des Autofensters. Schon seit Stunden konnte man kaum mehr als Schemen erkennen, die draußen in der Dunkelheit vorbei huschten. Nachdem wir aus der Stadt gefahren waren hatte der Fahrer angehalten und Mirak war ohne ein Wort vorne eingestiegen. Mila saß noch immer neben mir, aber sie war eingeschlafen und gab nur ab und zu ein leises Schnarchen von sich. Das monotone Geräusch des Motors machte mich schläfrig, aber ich durfte nicht einschlafen. Ich hoffte noch immer, dass ich irgendetwas sah, was mir verriet wo wir waren oder wo sie mich hinbrachten. Doch meine Entführer fuhren nur über Landstraßen und holprige Wege, weit weg von den belebten Straßen und Städten. Kurz bevor mir die Augen zufielen hielten wir plötzlich an. Mirak stieg aus und öffnete meine Tür.

Ein Schwall kalter Nachtluft strömte ins Innere des Wagens und ließ mich hellwach werden. „Los raus.", befahl Mirak. Ich schnallte mich ab und stieg aus dem Wagen. Meine Beine waren steif und schmerzten. Der dunkle Parkplatz war leer und ziemlich abgelegen, nur eine schmale Spur führte darauf zu und um uns herum war ein Wald. Wenn sie mich hier umbringen wollten, dann würde es niemand mitbekommen und man würde mich nur durch Zufall viele Jahre später finden. Ich fröstelte und sah zu Mirak. Der erwiderte meinen Blick kalt, doch er machte keine Anstalten, mich zum Wald zu zerren oder Ähnliches. Er drückte mir eine Flasche Wasser in die Hand. „Hier, trink was. Du kannst dir ein bisschen die Beine vertreten. In einer Viertelstunde fahren wir weiter. Aber mach ja keine Dummheiten, klar?" Ich nickte verwirrt und öffnete die Flasche. Mirak wechselte einige Worte mit dem Fahrer, ging dann zur anderen Seite des Parkplatzes und zog sein Handy aus der Tasche. Er wählte eine Nummer und wartete, dabei trat er von einem Fuß auf den anderen. Ich konnte nichts von dem Gespräch verstehen, er stand einfach zu weit weg. Vorsichtig machte ich einen Schritt in Richtung des Waldes, niemand schien mich zu beachten. Mila schlief noch immer im Wagen und der Fahrer lehnte an der Wagentür und starrte auf sein Handy. Das war meine Chance. Ich war jetzt fast am Waldrand, nur ein verwitterter Bordstein trennte mich noch von den Bäumen.

Ich stieg darüber, ließ die Wasserflasche fallen und rannte los. Meine Schritte ließen das Unterholz rascheln und kleine Zweige brachen unter mir. Größere Äste zerkratzten mir das Gesicht und rissen an meinen Haaren, doch ich achtete nicht darauf. Mit den Händen schlug ich sie weg und rannte immer weiter. Mein Fluchtversuch blieb keinesfalls unbemerkt. Der Fahrer folgte mir schnell und auch Mirak kam immer näher. Ich lief noch schneller. Einige Meter vor mir war eine kleine Lichtung, keine Möglichkeit sich zu verstecken. Verzweiflung stieg in mir auf und mir kamen die Tränen, doch ich blinzelte sie weg und blieb stehen. Von meinen Verfolgern war noch nichts zu sehen, aber ihre Schritte kamen immer näher.

Plötzlich packte mich ein starker Arm um die Mitte und eine Hand presste sich auf meinen Mund. Ich wollte mich wehren, aber ich hatte keine Kraft mehr. Ich wurde hinter die ausladenden Äste von zwei Tannen gezogen, die dicht beieinander wuchsen, so war ich von der Lichtung aus nicht mehr zu sehen. Die starken Arme drehten mich um und vor mir stand Tyron. Langsam nahm er die Hand von meinem Mund und sah mich forschend an. Ich schnappte nach Luft. „Du bist wirklich... Aber ich... ich hab doch gesehen wie Mirak dich erstochen hat.", stammelte ich leise. Vorsichtig streckte ich meine Hand aus und berührte ihn am Arm. Dann musste ich lächeln. Auch Tyron lächelte, doch dieser Moment war schnell vorbei. Hinter den Ästen war das Rascheln von Mirak und dem anderen Mann zu hören, die gerade auf der Lichtung ankamen. Sie suchten noch immer nach mir. Tyron sah sich besorgt um. „Hör zu, wir haben nicht viel Zeit. Mirak bringt dich in die Villa zu unserem Onkel Miguel. Sie erpressen deine Mutter, weil sie Informationen hat, die sie nicht haben sollte. Aber egal was sie dir erzählen, glaub ihnen kein Wort. Okay?" Er sah mich eindringlich an. Ich holte Luft, um etwas zu sagen, doch Tyron unterbrach mich. „Versprich es mir. Bitte." Als ich seinem Blick begegnete konnte ich nicht anders und nickte. „Aber was ist mit dir?", fragte ich. Er schüttelte nur den Kopf. „Mach dir um mich mal keine Sorgen.", antwortete er mit einem schmalen Lächeln auf den Lippen, das jedoch seine Augen nicht erreichte und ihn Lügen strafte. Ich wollte etwas erwidern und verlagerte mein Gewicht, um ihn nochmals am Arm zu berühren. Doch ich trat auf einen Ast, der mit einem lauten Knacken unter meinen Schuhen zerbrach. Das Geräusch schien durch den ganzen Wald zu hallen. Ich war wie erstarrt. Miraks Schritte kamen näher. Wenn er Tyron und mich hier fand, waren wir geliefert. Besonders Tyron, denn noch einmal würde Mirak ihn sicher nicht mit dem Leben davonkommen lassen. Unsere Blicke trafen sich und ich spürte, dass auch er die volle Tragweite der Situation, in der wir steckten, begriff. „Wenn du jetzt rauskommst, tun wir dir nichts, Amalia.", rief Mirak und es klang, als würde er direkt hinter den Tannen stehen. Mir wurde kalt und ich fühlte mich, als würde meine Lunge zusammengedrückt werden. Ich bedeutete Tyron zu gehen, aber er öffnete den Mund um etwas zu erwidern. Ich spürte Panik in mir hochsteigen, wenn er jetzt nicht schnellstens verschwand, würde Mirak ihn finden. „Geh, verdammt.", flüsterte ich und sah ihm fest in die Augen. Ich hoffte, dass er meine Verzweiflung und die unterdrückten Tränen nicht sah. Er nahm meine Hand und drückte sie. Ich atmete tief durch und trat zwischen den Bäumen hervor. Dann wandte er sich um und verschwand in der Dunkelheit.

Mirak stand keine zwei Meter von mir entfernt und richtete sofort seine Waffe auf mich. Woher er die hatte, wollte ich gar nicht wissen. „Braves Mädchen.", sagte er mit einem Lächeln, das jedoch gekünstelt wirkte und seine dahinter versteckte Wut kaum verbergen konnte. Ich war nicht fähig meinen Blick von der Mündung loszureißen. Mit einem Ruck bedeutete er mir zu ihm zu kommen. Da mir keine andere Wahl blieb und ich auch nicht mehr die Kraft hatte mich zu wehren, tat ich, was er von mir verlangte. Mirak ging um mich herum und band meine Hände mit einem Kabelbinder auf den Rücken. Er zog ihn so fest zu, dass er mir in die Haut schnitt und ich scharf die Luft durch die Zähne zog. Dann packte er mich grob am Arm und zerrte mich von der Lichtung. Der andere Mann stieß zu uns. Wir liefen den gleichen Weg zurück, auf dem ich gekommen war. Wieder zerrten die Zweige an meinen Haaren und zerkratzten mir das Gesicht, aber diesmal konnte ich sie nicht mit den Händen abwehren. Ich stolperte immer wieder über Wurzeln und Äste am Boden und jedes Mal, wenn ich aus Reflex die Arme nach vorne nehmen wollte, schnitten die Fesseln ein wenig mehr in meine Haut. Doch ich nahm den Schmerz seltsam dumpf wahr. Ich hatte meine wohl letzte Chance zu fliehen verspielt, weil ich Tyron nicht in Gefahr bringen wollte. Ich bereute meine Entscheidung aber kein bisschen. Ich konnte noch immer nicht fassen, dass er lebte. Aber ich fragte mich, warum er zurückgekommen war und ob er sich damit in Schwierigkeiten gebracht hatte. Der Wald vor uns lichtete sich und die Laternen auf dem Parkplatz beleuchteten das schwarze Auto und Mila, die mittlerweile aufgewacht war und an der Tür lehnte. Mirak stieß mich nach vorn und ich knallte mit den Knien hart auf den Asphalt. Er stellte sich vor mich, griff mir unter das Kinn und zwang mich, ihn anzusehen. Sein Griff schmerzte. Ich sah ihm in die Augen und merkte, dass er wütend war, sehr wütend.

Erst jetzt begriff ich so richtig, was ich getan hatte. Ich war vor Mirak weggelaufen und er hatte mich gefunden. Er packte mich an den Haaren und beugte sich dicht zu mir herunter, sodass sein Mund an meinem Ohr lag. Ich stemmte mich gegen seinen Griff, aber er war zu stark. „Mach das nie wieder. Kapiert? Noch einmal so eine Aktion und deine Mutter wird dafür bezahlen." Dann ließ er mich ruckartig los und wandte sich dem Fahrer zu. Langsam stand ich auf. Mirak stand jetzt bei dem Mann, der ihn nervös ansah. „Heute wird aber jemand anders für seinen Fehler bezahlen. Jemand der schuld daran ist, dass du weglaufen konntest." Mirak zog seine Waffe aus dem hinteren Hosenbund und richtete sie auf den Fahrer, dem das Blut aus dem Gesicht wich.

„Nein, bitte. Es, es t…tut mir l…leid. Das w…wird nie wieder vorkommen.", stotterte er. Mirak verzog seinen Mund zu einem ab-
schätzigen Lächeln und entsicherte die Waffe mit einem Klicken.
„Richtig, das wird nie wieder vorkommen.", sagte er nur. Mit einem
Mal wurde mir bewusst, was das bedeutete. „Nein." Der Schock
durchrieselte mich und mir wurde eiskalt. „Hör auf Mirak. Bitte
mach das nicht!" Ich ging einige Schritte auf ihn zu. Er sah mich an,
ohne jedoch die Waffe zu bewegen. Etwas in seinem Blick ließ mich
anhalten. Es war diese Kälte, die nicht den Hauch eines Zweifels
ließ, dass er es ernst meinte. Mein Atem beschleunigte sich, aber
ich war wie festgefroren. Ich konnte meine Augen nicht von den
beiden Männern abwenden. Auch nicht, als Mirak dem anderen mit
einem Ruck seiner Waffe zu verstehen gab, sich umzudrehen und in
den Wald zu gehen. Der Fahrer begann unkontrolliert zu zittern und
zu schluchzen, bevor die dunklen Zweige ihn verschluckten. Dann
verschwand auch Mirak. Einige Zeit hörte man noch das Rascheln
der Bäume, durch das die Stimme des Mannes leise zu uns drang.
Dann war es komplett still. Mila war zu mir gekommen und nahm
mich nun sanft an den Armen. Sie zog mich zum Auto und öffnete
die Tür. Ich nahm alles wie durch einen dichten Nebel wahr. Mit
beruhigenden Worten, die kaum zu mir durchdrangen, setzte mich
Mila ins Auto und schloss sacht die Tür.

Noch immer konnte ich meinen Blick nicht von der Stelle nehmen, an der Mirak und der Fahrer im Wald verschwunden waren.
Mila hatte sich neben mich gesetzt und legte ihren Arm um mich.
Dann hörte ich den Schuss. Er hallte durch den ganzen Wald und
ließ einige Vögel auffliegen. Als ich langsam begriff, was das bedeutete, wurde ich von Schluchzern geschüttelt und Tränen liefen mir
über die Wangen. Ein anderer Mensch hatte sterben müssen, weil
ich versucht hatte wegzulaufen. Ich war schuld an seinem Tod.
Durch die Schleier meiner Tränen sah ich, wie Mirak auf den Wagen
zukam und vorne einstieg. Die Waffe hatte er nicht mehr dabei. Er
startete den Motor und stellte den Rückspiegel ein. Dort begegnete
ich seinem Blick. „Überleg dir das nächste Mal zweimal ob du wegläufst. Klar? Denn auch andere werden für deine Fehler bezahlen."

Dann legte er den Rückwärtsgang ein und wir fuhren über den schmalen Weg zurück auf die Straße. Es war stockfinster und nur die Scheinwerfer des Autos zerschnitten die Dunkelheit. Um diese Zeit war keine Menschenseele mehr unterwegs. Ganz allein folgten wir der Straße.

10

Neil und Davis gingen schweigend die Treppe hoch. Die Stimmung der beiden war gedrückt. Sie kamen gerade vom Krankenhaus, aus dem der junge Mann, den sie verletzt in der Lagerhalle gefunden hatten, gestern entflohen war. Er hatte das Fenster mit einem Stuhl eingeschlagen und war, obwohl er eine Stichwunde im Bauch hatte, scheinbar mühelos hinausgesprungen. Der Polizist, der die Tür bewacht hatte, hatte zwar das Klirren gehört, als er jedoch ins Zimmer gekommen war, war der Verdächtige schon fort gewesen. Er hatte sofort die Kollegen alarmiert, aber keine Streife hatte den jungen Mann gefunden. Auf seiner Flucht hat er draußen noch eine Krankenschwester niedergeschlagen, die ihn festhalten wollte. Jetzt war er zur Fahndung ausgeschrieben. Neil ließ sich auf seinen Bürostuhl fallen und rieb sich mit den Händen über sein Gesicht. Dieser Fall war wirklich zum Verzweifeln. Sie hatten noch immer keine Spur von dem Mädchen und jetzt waren die einzigen Leute, die eine Verbindung zu den Entführern hatten, tot oder verschwunden.

Davis hatte sich an seinen Computer gesetzt und tippte etwas auf der Tastatur. Ein Klicken ertönte und Neil sah auf. Davis' Augen begannen zu leuchten und er winkte seinen Chef zu sich. „Wir haben einen Treffer bei der Gesichtserkennung." Mit einem Mal war Neil wieder hellwach, er stellte sich hinter seinen Kollegen und sah erwartungsvoll auf den Computerbildschirm. Dort war das Foto, das Davis am Tatort aufgenommen hatte zu sehen und daneben ein Passfoto. Es war eindeutig derselbe Mann. „Also, sein Name ist…" In diesem Moment kam Mrs. Fleer durch die Tür. Sie umklammerte ihre Tasche und blieb unsicher stehen. „Guten Tag, ich hoffe ich störe Sie nicht." Sie schien noch dünner zu sein als vor ein paar

Tagen und versank regelrecht in ihrer Jacke. Ihre Wange hatte sich vom Schlag des Angreifers blau verfärbt. Neil richtete sich auf und holte seinen Schreibtischstuhl, den er Mrs. Fleer anbot. „Nein, natürlich nicht.", antwortete er. „Was können wir für Sie tun?" Die Frau nahm Platz und stellte ihre Tasche neben sich. „Ich habe es im Krankenhaus nicht mehr ausgehalten und mich selbst entlassen. Dann bin ich direkt hierhergefahren. Haben Sie denn schon irgendetwas herausgefunden?" Sie sah die beiden Kommissare bittend an. Davis sah zu Neil, der sich gerade auf die Schreibtischkante setzte. „Nun ja, bisher nichts Konkretes." Antwortete er, bevor Neil überhaupt Luft holen konnte. Sein Kollege sah ihn kurz verwundert an, widersprach ihm aber nicht. „Auf dem Laptop Ihrer Tochter konnten die Techniker nichts finden. Und wir haben zwar das Handy orten können, von dem die Entführer Amalia angerufen haben, aber das hat uns auch nicht wirklich weitergebracht." Davis schaltete seinen Computerbildschirm, auf dem das Foto des Verdächtigen zu sehen war, aus. „Wollen wir das Gespräch nicht in unserem Konferenzraum fortsetzen? Da gibt es bequemere Stühle und Kaffee." Er nahm seinen Notizblock und stand auf. Mrs. Fleer nahm ihre Tasche und folgte ihm, als er den Gang entlang ging. Sie nahmen die Treppe, die rechts nach oben führte. Der Konferenzraum lag auf der linken Seite. Neil schloss wieder zu ihnen auf, über dem Arm trug er Mrs. Fleers Jacke, die sie unten vergessen hatte. Davis öffnete die Tür und sie betraten den Raum.

In der Mitte befand sich ein großer ovaler Tisch, um den sechs gepolsterte Stühle standen. Rechts neben der Tür war ein Kaffeeautomat mit Tassen daneben. „Mit Milch und Zucker?", fragte Davis und sie nickte. Mrs. Fleer setzte sich auf den Stuhl an der Stirnseite und Neil ließ sich neben ihr nieder. Das Geräusch der Kaffeemaschine erfüllte den Raum. Davis stellte die dampfende Tasse auf den Tisch und goss auch sich und Neil etwas ein. „Also, wir hätten noch einige Fragen an Sie, die Ihren toten Mann David Kayler betreffen." Mrs. Fleer sah überrascht auf. „Was hat das denn mit der Entführung meiner Tochter zu tun? Das ist ja schon eine Ewigkeit her." Davis öffnete sein Notizbuch und holte einen Stift aus seinem Jackett. „Wir haben die Vermutung, dass die Entführung Ihrer Tochter möglicherweise in Zusammenhang mit dem Überfall vor sechzehn Jahren steht. Können Sie uns nochmal schildern, was damals passiert ist?" Sie stellte ihre Tasse beiseite und legte ihre Hände in den Schoß. „Ich wurde doch damals schon befragt. Aber gut. Also, ich weiß nicht was genau in allen Einzelheiten passiert ist. Ich war ja nicht dabei. Mein Mann hat mit zwei Komplizen eine Bank überfallen. Er und Fabio Gera, mit dem er recht gut befreundet war, sind festgenommen worden. Der dritte Komplize konnte entkommen, ich habe auch keine Ahnung, wer das war. David musste für zehn Jahre ins Gefängnis und ich saß mit Amalia allein da. Die Beute ist anscheinend zusammen mit dem dritten Beteiligten verschwunden. Mehr weiß ich nicht." Neil beobachtete die Frau genau und achtete auf mögliche Anzeichen für eine Lüge. Sie wirkte auf einmal sehr nervös und ihre Augen huschten umher. „Das ist aber nicht alles. Sie haben doch in genau dieser Bank gearbeitet, richtig?" Mrs. Fleer erwiderte Davis' Blick. „Ja das ist richtig, aber ich wusste nichts von den kriminellen Machenschaften meines Mannes. Hören Sie. Ich war damals viel zu sehr mit meiner einjährigen Tochter beschäftigt, als dass ich davon irgendetwas mitbekommen hätte." Das klang plausibel. „Na gut. Aber könnten Sie sich vorstellen, dass die Entführung Ihrer Tochter etwas mit dem Überfall zu tun hat?", fragte Neil, während Davis noch die erhaltenen Informationen aufschrieb. „Nein. Das ist jetzt sechzehn Jahre her. Warum sollte jemand nach all den Jahren noch Rache nehmen? Und vor allem: warum ausgerechnet an meiner Tochter? Das macht doch keinen Sinn." Neil kniff die Augen zusammen und nickte. Mrs. Fleer griff nach ihrer Tasse und trank noch einen Schluck Kaffee. Neil und Davis sahen sich an. „Na gut, dann...", setzte Neil an, aber die Tür wurde geöffnet und ein junger Kollege betrat den Raum. Der junge Mann flüsterte ihm etwas ins Ohr und verschwand wieder. Neil sprang auf und winkte Davis, ihm zu folgen. „Würden Sie noch einen Augenblick warten? Es kommt gleich ein Kollege und kümmert sich um Sie." Dann verließ er gemeinsam mit Davis den Raum und ging zügig auf die Treppe zu. „Was ist denn los verdammt?" Neil blieb mitten auf der Treppe stehen und drehte sich um. Seine Augen glänzten und seine Stimme überschlug sich fast, so schnell redete er. „Der Kollege, der gerade reingekommen ist, hat mir eine fantastische Nachricht überbracht. Der Mann, der aus dem Krankenhaus geflohen ist, wurde von einer Streife aufgegriffen und ist auf dem Weg zu uns. Er ist in einer Viertelstunde hier und möchte mit uns sprechen." Er begann zu grinsen. „Mein lieber Kollege, ich habe das Gefühl, wir sind mit unseren Ermittlungen gerade einen riesigen Schritt weitergekommen." Die Kommissare liefen in ihr Büro und Davis setzte sich an seinen Computer. „Bevor er herkommt sollten wir uns über ihn informieren." Er schaltete seinen Bildschirm ein und öffnete ein Fenster. „Also das hier ist er. Sein Name ist Tyron Cordes. Er ist neunzehn Jahre alt und wohnt bei seinem Bruder Mirak Cordes. Der besitzt eine kleine Wohnung in der Stadt. Bisher nur kleinere Delikte." Neil war hinter seinen Kollegen getreten und blickte ihm über die Schulter. „Sein Bruder Mirak, der ist ein Jahr älter, hat bei uns aber eine ziemlich dicke Akte. Die liest sich wie eine Karriereleiter. Erst Prügeleien in der Schule, dann Diebstahl und später Körperverletzung. Er hat einmal ein paar Monate im Jugendarrest gesessen und musste schon einige Sozialstunden leisten. In einigen ungeklärten Fällen war er ein Verdächtiger, aber es gab nie genügend Beweise für eine Anklage." Neils Telefon begann zu klingeln. Er ging zu seinem Schreibtisch und nahm ab. „Ja? Wir sind sofort da." Dann legte er auf und sah zu seinem Kollegen. „Dann lass uns mal unseren Flüchtigen in Empfang nehmen." Sie verließen das Büro und machten sich auf den Weg zum Eingangsbereich. „Warum hast du vor Mrs. Fleer den Namen eigentlich nicht gesagt?", fragte Neil. „Ich weiß nicht. Irgendwie vertraue ich ihr nicht so ganz. Das sind schon verdammt viele Zufälle, die alle etwas mit ihr zu tun haben. Ich denke sie verschweigt uns was." Neil sah ihn verwundert an. „Wirklich? Ich habe eher Mitleid mit der armen Frau." Davis zuckte mit den Schultern, doch überzeugt sah er nicht aus. Sie kamen in den Eingangsbereich. Dort befanden sich links neben der Tür einige Plastikstühle und auf einem davon saß wirklich der Flüchtige.

Seine schwarzen, etwas längeren Haare fielen ihm ins Gesicht, da er sich mit den Armen auf den Oberschenkeln abstützte. Davis traute seinen Augen kaum. Ein Streifenbeamter in Uniform, der den Mann bis jetzt bewacht hatte, ging auf sie zu. „Seit die Streife ihn hergebracht hat, sitzt er da und bewegt sich kaum. Er hat auch nur einmal was gesagt, als er nach Ihnen gefragt hat." Neil ging auf den Mann zu und blieb vor ihm stehen. Der Flüchtige trug Handschellen und hatte die Augen geschlossen, er öffnete sie erst, als der Kommissar ihn ansprach. „Tyron Cordes? Wir würden Sie bitten, uns zu begleiten." Der Angesprochene erhob sich schweigend und folgte den beiden Kommissaren.

Sie führten ihn in einen Verhörraum, der auf der gleichen Etage lag, wie ihr Büro. Mr. Cordes ließ sich auf dem bereitstehenden Stuhl nieder und Davis setzte sich ihm gegenüber. Neil blieb stehen. „Also, warum sind Sie hier?", fragte Davis. Der Mann richtete sich auf, was die Handschellen zum Klirren brachte. „Ich weiß, dass ich Ihnen einige Unannehmlichkeiten bereitet habe, aber ich brauche Ihre Hilfe." Neil und Davis sahen sich überrascht an. „Wie bitte? Sie haben ein Mädchen entführt und jetzt bitten Sie um unsere Hilfe? Wie genau darf ich das verstehen?" Neil hatte große Mühe, sich unter Kontrolle zu halten. „Hören Sie. Ich war das nicht, zumindest nicht allein. Aber das tut jetzt nichts zur Sache..." Jetzt platzte Neil der Kragen. „Das tut nichts zur Sache? Natürlich tut das was zur Sache! Das ist es, worum es hier geht. Wo ist Amalia?" Tyron Cordes beugte sich nach vorne. „Ich weiß nicht, wo sie jetzt ist, aber Sie müssen mir helfen...", begann er, doch Davis ließ ihn nicht ausreden. „Inwiefern waren Sie an der Entführung beteiligt? Wer sind Ihre Komplizen?" Er hatte wieder seinen Notizblock gezückt und schrieb alles mit. „Ich war nur in der alten Fabrikhalle und habe gewissermaßen auf sie aufgepasst." Neil begann zu lachen. „Gewissermaßen auf sie aufgepasst? Sie haben Amalia also dort festgehalten. Wer hat Ihnen, abgesehen von Fabio Gera, den Sie getötet haben, noch geholfen?" Mr. Cordes runzelte verwirrt die Stirn. „Fabio ist tot? Das wusste ich nicht. Ich... ich kann Ihnen nicht sagen, wer noch dabei war." Neil ging auf die andere Seite des Raumes. „Dann können wir leider auch nichts für Sie tun." Der Verdächtige sprang auf und der Stuhl, auf dem er gesessen hatte schabte über den Boden. „Hören Sie mir doch zu. Ich habe Amalia nicht entführt und ich habe auch Fabio Gera nicht umgebracht, Sie müssen mir glauben. Aber bitte helfen Sie mir sie zu finden." Neil sah dem Verdächtigen fest in die Augen. „Hinsetzen.", befahl er. Die beiden Männer maßen sich mit Blicken, dann setzte sich Mr. Cordes langsam wieder. „Bitte, helfen Sie mir, Amalia zu finden." Davis sah von seinen Notizen auf. „Das versuchen wir gerade. Warum ist es Ihnen so wichtig, dass wir das Mädchen finden? Hat Ihr Bruder Mirak etwas mit der Entführung zu tun?" Neil ging um den Tisch herum. „Haben Sie das gemeinsam durchgezogen? Und die Sache mit dem Messer war nur ein Ausrutscher bei einem Streit unter Brüdern?" Der Mann wurde immer wütender. „Nein verdammt! Sie hören mir nicht zu!" Sowohl die Kommissare als auch der Verdächtige waren immer lauter geworden. Doch jetzt war alles still. „Okay, vielleicht ist mein Bruder beteiligt. Aber wir sollten unsere Zeit nicht mit reden verplempern, sondern Amalia finden." Davis hatte den jungen Mann die ganze Zeit beobachtet und wenn Tyron Cordes über Amalia redete wurde sein Gesichtsausdruck weich. „Ihnen liegt was an dem Mädchen richtig?" Mr. Cordes sah ihn an. „Schon möglich. Aber meinem Bruder nicht und mit dem ist nicht zu spaßen." Neil kniff die Augen zusammen.

„Sie geben also zu, das Mädchen gemeinsam mit Ihrem Bruder entführt und festgehalten zu haben. Und jetzt sind Sie hier, um zu gestehen und zu helfen, Amalia Fleer zu befreien, weil Sie sich in sie verliebt haben?" Mr. Cordes schluckte. „Ja." Auf Neils Gesicht breitete sich ein Lächeln aus. „Dann sind Sie hiermit festgenommen." – „Was? Nein, bitte. Ich kann Ihnen helfen." Der Kommissar öffnete die Tür und holte den Beamten, der davorgestanden hatte, herein. „Der Kollege wird Sie in Ihre Zelle bringen." Der Mann griff ihn beim Arm und zog ihn vom Stuhl hoch. Erst wehrte sich der Verdächtige noch, aber dann ließ er es geschehen und wurde aus dem Raum geführt. Seinen lautstarken Protest hörte man noch einige Zeit.

„Jetzt müssen wir nur noch seinen Bruder finden und dann ist der Fall so gut wie gelöst." Neil schien sehr zufrieden zu sein, aber Davis hatte noch so seine Zweifel. „Glaubst du, ihm liegt wirklich was an Amalia?", fragte er seinen Chef. „Was? Nein, das ist nur Schauspielerei. Der ist nur ein Irrer, der hinter dem Mädchen her ist."

Wir waren jetzt schon ewig unterwegs und hatten kein einziges
Mal Halt gemacht. Draußen ging langsam die Sonne auf, aber ich
hatte kaum geschlafen. Ich fühlte mich innerlich leer und konnte
immer noch nicht fassen, was Mirak getan hatte. Außerdem bekam
ich Hunger und mein Hals war staubtrocken. Die Landschaft draußen hatte sich kaum verändert. Noch immer folgten wir verlassenen
Straßen, denn um diese Uhrzeit war noch kaum jemand wach. Ich
hatte mehrmals versucht, mit Mila ein Gespräch anzufangen, aber
Mirak beobachtete uns mit zusammengekniffenen Augen im Rückspiegel und ich hatte es aufgegeben. Seither starrte ich nur noch
aus dem Fenster. Von dem monotonen Geräusch des Motors wurde
ich müde und mir fielen immer wieder die Augen zu. Mein Kopf
sackte nach vorne, aber ich war nicht mehr wach genug, um ihn zu
heben und mich an den Sitz zu legen. So schlief ich einige Stunden
unruhig.

Als ich aufwachte tat mir mein Nacken weh und ich war nicht
wacher als vorher. Meine Zunge klebte am Gaumen und ich hatte
einen ekligen Geschmack im Mund. Irgendetwas war seltsam. Ich
sah mich im Auto um, Mila und Mirak waren verschwunden und wir
parkten in einer kleinen Garage. Ich wollte aussteigen, aber ich
konnte den Gurt mit gefesselten Händen nicht lösen, also blieb ich
sitzen und überlegte, was ich machen sollte. Warum hatten sie mich
hiergelassen? War das ihre Art mich loszuwerden? Das konnte ich
mir beim besten Willen nicht vorstellen. Der Wald wäre ein viel
besserer Ort dafür gewesen. Ich wartete eine gefühlte Ewigkeit,
aber keiner kam. Langsam bekam ich Panik. Die Garage hatte keine
Fenster und es drang nur wenig Licht durch das geschlossene Tor
herein. Der Raum kam mir immer enger vor und das Atmen fiel mir

schwer. Bisher hatte ich nie unter Platzangst gelitten, aber mit einem Mal verstand ich, was sie bedeutete. Ich begann leise zu rufen und wurde immer lauter. Ich versuchte, die Fesseln zu lösen, aber sie waren zu fest. Ich rutschte auf dem Sitz umher, wollte irgendwie meine Hände befreien und den Gurt loswerden. Am Rand meines Sichtfeldes begannen weiße Punkte zu tanzen. Plötzlich öffnete sich direkt neben dem Wagen eine Tür, die ich bisher in der Dunkelheit nicht bemerkt hatte und Mirak trat heraus. Ich zuckte zusammen und schrie auf. Als er sah, dass ich wach war, öffnete er die Autotür.

Ein Schwall abgestandener und nach Benzin riechender Luft strömte mir entgegen. Ich atmete sie gierig ein und versuchte mich zu beruhigen. Mirak beugte sich zu mir herunter. „Na, gut geschlafen?", fragte er. Ich sparte mir die Antwort. Er löste den Gurt und ließ mich aussteigen, dann nahm er mich am Arm und führte mich durch die Tür ins Innere des Hauses.

Zuerst gingen wir durch eine Art Werkstatt, in der es düster war und nach Holz und Lack roch. Wir kamen in einen hell erleuchteten Gang, der so schmal war, dass Mirak hinter mir gehen musste, doch meinen Arm hielt er weiter fest. Rechts und links führten Türen in weitere Räume, aber sie waren alle geschlossen. Die Wände waren gelb gestrichen und der Teppichboden war abgewetzt. Ich fragte mich wirklich, wo ich hier war. Mirak und ich wechselten kein einziges Wort, das einzige Geräusch waren unsere gedämpften Schritte. Der Gang schien endlos zu sein und kein Mensch kam uns entgegen, doch dann machte er einen Knick und wir standen in einer riesigen Eingangshalle. Überall standen große Topfpflanzen und der Holzboden glänzte in der Sonne. Rechts befand sich eine große Tür, es war wohl die Eingangstür und weit oben ließen große Fenster Licht herein. Es musste schon Nachmittag sein, denn die Sonne stand ziemlich tief. Leider konnte ich nichts von der Landschaft erkennen, sodass ich noch immer keinen Hinweis darauf hatte, wo ich war. Uns gegenüber zweigte ein düsterer Gang ab, der sich schnell in der Dunkelheit verlor. Und links führte eine edle Holztür in einen großen Raum. Die Tür war angelehnt und im Inneren stand ein großer, teuer aussehender Schreibtisch, auf dem sich allerlei Papiere stapelten. Es war wohl das Arbeitszimmer. Auf beiden Seiten führte eine mit einem roten Teppich ausgelegte Treppe nach oben in den ersten Stock, von dem man die Eingangshalle, wie von einem Balkon, überblicken konnte. Was sich noch auf der Galerie, hinter der hölzernen Brüstung befand, war von unten nicht zu erkennen. Mirak schubste mich vorwärts und ich stolperte die Stufen hinauf. Oben angekommen sah ich mich weiter um, jetzt konnte ich den ersten Stock näher betrachten. Auch hier lag ein weicher roter Teppich, von dem unsere Schritte gedämpft wurden, auf dem Holzboden. Direkt vor uns befand sich eine große Holztür und von drinnen war leise eine tiefe Stimme zu hören. Rechts und links befanden sich noch jeweils zwei Zimmer. Mirak folgte meinem Blick. „Meinen Onkel wirst du noch früh genug kennenlernen. Er freut sich schon darauf." Ich konnte sein anzügliches Lächeln beinahe spüren und schauderte angewidert. Dann stieß er mich nach rechts, auf eine Tür zu, die ganz am Ende im Schatten lag. Er öffnete sie und wir gingen hindurch.

Das Zimmer war düster, denn die Vorhänge waren zugezogen. Mirak öffnete meine Fesseln mit einem Messer und ich rieb meine wunden Handgelenke. „Fühl dich wie zuhause.", sagte er und knallte die Tür zu. Ich hörte, wie der Schlüssel im Schloss herumgedreht wurde und Schritte, die sich entfernten. Dann war alles still. Ich ging erst einmal zum Fenster und zog die schweren blauen Vorhänge zurück. Die Sonne schien mir ins Gesicht und zum ersten Mal seit Tagen musste ich lächeln. Ich legte den Kopf in den Nacken und genoss die Wärme. Draußen vor dem Fenster lag ein kleines Waldstück, die Sonne blinzelte gerade noch über die Baumwipfel. Ich versuchte es zu öffnen, aber ein Schloss, das im Griff eingelassen war, verhinderte, dass ich es aufbekam. Also wandte ich mich vom Fenster ab und sah mich im Zimmer um.

Gegenüber war die Tür, durch die ich hereingekommen war. Links an der Wand stand ein großes Bett, auf dem eine hellblaue Tagesdecke lag. Daneben befand sich ein kleines Nachttischchen mit einer Lampe. In der Mitte des Raumes lag ein flauschiger ovaler Teppich auf dem Holzboden. Rechts von mir stand ein großer Kleiderschrank und daneben war eine kleine Tür. Ich ging darauf zu und öffnete sie, dahinter lag das Badezimmer. Darin war eine große Dusche, ein Waschbecken und eine Toilette. Ein kleines Fenster unter der Decke ließ etwas Licht in den weiß gefliesten Raum, der sehr steril wirkte. Nachdem ich die Tür wieder geschlossen hatte, ging ich über den Teppich zum Bett. Ich schlug die Tagesdecke zurück und ließ mich in die weiße Bettwäsche fallen. Das Bett war sehr bequem. Ich streifte meine Schuhe ab und rollte mich zusammen. Gedankenverloren sah ich aus dem Fenster. Die Sonne verschwand langsam hinter den Baumwipfeln und mit ihr auch die Wärme. Mich fröstelte und so zog ich mir die Daunendecke bis unters Kinn. Wo ich hier wohl war? Ich dachte an mein Zimmer zuhause und an meine Mutter und meine Freundinnen. Plötzlich bekam ich Heimweh. Ob sie mich wohl vermissten? Oder hatten sie noch gar nicht bemerkt, dass ich nicht da war? Wie lange war ich eigentlich schon verschwunden? Ich hatte absolut kein Zeitgefühl mehr. In der Lagerhalle war nur etwas Licht durch das Kellerfenster gefallen. Es war unmöglich gewesen festzustellen, ob es Tag oder Nacht war. Ich vermutete, dass meine Entführer meine Mutter erpressten, denn sie hatten immer wieder Fotos von mir mit der Tageszeitung in der Hand gemacht. Da waren wir noch in dieser Lagerhalle gewesen. Aber wie lange sind wir mit dem Auto gefahren? Nach dem Vorfall auf dem Parkplatz war ich in eine Art Schock gefallen und hatte alles um mich herum nur noch wie von weit weg mitbekommen. Als ich die Augen schloss, kamen die schrecklichen Bilder und Stimmen hoch und so riss ich sie schnell wieder auf. Mein Herz klopfte und die Bilder drohten mich zu verschlingen. Ich atmete immer schneller. Ich versuchte an etwas Anderes zu denken und rief mir meine Freundinnen vor Augen. Erinnerungen, an all die Dinge, die wir gemeinsam unternommen hatten, kamen hoch. Doch irgendwie munterte mich das auch nicht auf, sondern machte mich eher traurig. Ich drehte mich auf die andere Seite. Die Einsamkeit lastete schwer auf mir und langsam beschlich mich die Angst. Was wollten diese Männer nur von mir? Ich rollte mich zu einer Kugel zusammen und vergrub mein Gesicht im Kissen. Glücklicherweise war ich so müde, dass ich bald einschlief.

Gähnend schlug ich die Augen auf. In der Nacht hatte ich wirres Zeug geträumt und war immer wieder aufgeschreckt, weil ich dachte, Stimmen in meinem Zimmer gehört zu haben. Langsam schälte ich mich aus der Decke und schwang die Beine aus dem Bett. Draußen war es schon wieder hell und es musste noch sehr früh sein. Die Sonne hatte mich geweckt, da ich gestern vergessen hatte, die Vorhänge zuzuziehen.

Ich ging in das Badezimmer und schloss die Tür hinter mir, leider hatte ich keinen Schlüssel zum Absperren. Hinter mir hing ein großer Spiegel und ich betrachtete mich darin. Ich bereute es sofort, denn ich sah wirklich schrecklich aus. Meine Klamotten waren dreckig und teilweise zerrissen, von meiner Flucht im Wald. Ich hatte Kratzer und Blutergüsse im Gesicht und an den Armen und meine Wange war geschwollen. Meine Lippen waren spröde und aufgeplatzt und meine braunen Haare hingen mir strähnig und verfilzt über die Schultern. Ich war wirklich ein Bild des Elends und irgendwie brachte mich das zum Lachen. Meine Freundinnen würden mich jetzt wahrscheinlich als Vogelscheuche bezeichnen. Das Lachen tat weh und sofort begann meine Lippe zu bluten. Ich sah mir nochmals entschlossen in die Augen und begann dann mich auszuziehen. Auch das war eine Herausforderung. Meine Arme und Schultern taten weh und protestierten bei jeder Bewegung, weil sie so lange gefesselt gewesen waren. Ich betrachtete den jämmerlichen Haufen meiner schmutzigen Klamotten. Hoffentlich gab es hier etwas Frisches zum Anziehen für mich. Doch darum würde ich mich später kümmern. Ich stieg in die Dusche und schloss die Schiebetür. Erstaunt stellte ich fest, dass Shampoo, Spülung und Duschgel bereitstanden. Das hatte ich gestern gar nicht bemerkt. Ich drehte das Wasser auf und ließ es heiß über meinen Rücken laufen. Ich blieb eine Ewigkeit so stehen, dann wusch ich meine Haare mit reichlich Shampoo und Spülung. Doch selbst nach dem zweiten Mal fühlte ich mich noch nicht sauber. Das Duschgel brannte in den Kratzern, aber ich ignorierte es. Erst als sich meine Haut krebsrot gefärbt hatte und ich vor Dampf kaum mehr die Tür erkennen konnte, drehte ich das Wasser ab. Neben der Dusche hing ein weißes Handtuch, in das ich mich einwickelte. Als der Wasserdampf langsam verschwand betrachtete ich mich erneut im Spiegel und strich mir die nassen Haare aus dem Gesicht. Ich fühlte mich zwar sauberer, sah aber noch genauso ramponiert aus wie vorher. Seufzend rubbelte ich meine Haare trocken und drehte mich zum Waschbecken um. Auf einer kleinen Ablage unterhalb des Spiegels lagen eine Zahnbürste, Zahnpasta und eine Haarbürste. Auch das hatte ich gestern nicht bemerkt. Alles war noch neu und in Plastikfolie verpackt. Einige Minuten später stand ich mit geputzten Zähnen und -endlich wieder- frischem Atem in meinem Zimmer. Ich war noch immer in das Handtuch eingewickelt und hatte meine schmutzigen Klamotten in der Hand. Meine Haare hatte ich mit einem Haargummi, den ich auch im Badezimmer gefunden hatte, zu einem Zopf geflochten, der mir nun nass über die Schulter hing.

Mein Blick fiel auf den Kleiderschrank. Zögernd trat ich darauf zu und öffnete ihn. Er war über und über mit Klamotten gefüllt und auf dem Boden standen zahlreiche Schuhe. Ich nahm einen schwarzen Wollpullover heraus und prüfte die Größe. Überrascht zog ich weitere Teile heraus; sie passten alle. Ich wählte Unterwäsche, eine bequeme Jeanshose und den Pullover aus und zog mich an. Alles passte wie angegossen. Meine alten Sachen warf ich kurzerhand in den Mülleimer, der im Badezimmer stand. Ratlos stand ich in der Mitte des Raums. Ich wusste nicht, was ich jetzt machen sollte.

Plötzlich klopfte es an der Tür. Erschrocken sprang ich vom Bett auf, auf das ich mich gerade gesetzt hatte. Der Schlüssel wurde im Schloss gedreht und Mirak trat durch die Tür. „Mein Onkel schickt mich. Er möchte mit dir frühstücken." Keine Begrüßung, kein „Guten Morgen". Sein Ton machte klar, dass das keine Bitte war. Ich schlüpfte in meine dreckigen Schuhe, die noch immer vor dem Bett standen und ging auf ihn zu. Immerhin hatte er vorher geklopft, was wenigstens den Anschein von Höflichkeit erweckte. Er ließ seinen Blick an mir herunter wandern und blieb an meinen Schuhen hängen. Missmutig schüttelte er den Kopf. „Zieh dir andere an.", befahl er. Soviel zur Höflichkeit. Ich zog die Augenbrauen zusammen. „Warum?", fragte ich und sah ihm direkt in die Augen. Er trat einen Schritt auf mich zu, seine Augen wurden dunkel. „Weil ich es dir sage. Ganz einfach." So einfach würde ich mich nicht geschlagen geben. Als ich mich nicht bewegte, packte er mich grob am Arm und zerrte mich zum Kleiderschrank. Ich schrie auf und wand mich in seinem Griff, was jedoch nur dazu führte, dass er mich fester packte. Er öffnete den Schrank und zog Turnschuhe heraus. „Zieh die an. Sofort." Er stieß mich auf den Boden. Mit zitternden Fingern befreite ich mich aus meinen alten Schuhen und zog die neuen an. Krampfhaft versuchte ich, die Tränen zurückzuhalten, die meine Sicht trübten. Sobald ich aufgestanden war, packte Mirak mich wieder am Arm und zog mich aus dem Zimmer.

Wir gingen den Gang entlang und die Treppe nach unten. Dann betraten wir den Raum, der links von der großen Holztür lag, hinter der sich das Arbeitszimmer verbarg. Direkt vor uns stand ein großer ovaler Tisch, der mit allerlei Speisen gedeckt war. Mein Magen begann schon allein beim Anblick zu knurren. Große Fenster, die von Vorhängen umrahmt waren, ließen Licht herein und an der Decke war ein kristallener Kronleuchter angebracht, der das Licht brach und die Wände in den Farben des Regenbogens schillern ließ. Rechts und links hingen zahlreiche Gemälde in allen Größen und Farben. Alles in diesem Haus war so protzig, dass ich mich in meiner einfachen Jeans und dem Wollpullover ziemlich underdressed fühlte. Doch trotz der vielen Farben wirkte die ganze Einrichtung kalt und ungemütlich. Ich war so damit beschäftigt, mich umzusehen, dass ich erst nicht bemerkte, dass ein Mann durch die Tür hinter uns getreten war.

Er hatte schwarze Haare, die allerdings an den Schläfen grau wurden, und eisblaue Augen, die Miraks sehr ähnlich waren. Er trug einen maßgeschneiderten Anzug und stützte sich auf einen schwarzen Gehstock mit einem silbernen Knauf. Alles an ihm wirkte auf eine merkwürdige Weise einschüchternd, vor allem die auffällige Narbe in seinem Gesicht. Sein Blick ruhte die ganze Zeit auf mir, ein kalter Schauer lief mir den Rücken hinunter. Mirak hielt noch immer meinen Arm schmerzhaft fest umschlossen. „Behandelt man so etwa einen Gast Mirak?" Seine Stimme war drohend. Mirak drehte sich zu seinem Onkel um und ließ mich los. Der Mann lächelte, aber es wirkte irgendwie falsch. Dann wandte er sich mir zu und sein Lächeln wurde wärmer. „Guten Morgen, Amalia. Ich hoffe deine Reise war einigermaßen angenehm. Setzten wir uns doch erst einmal und frühstücken. Danach können wir reden." Ich war so perplex, dass ich nicht antworten konnte.

12

Davis stand vor der Wand, an der die Bilder und Infos zum aktuellen Fall hingen und ließ seinen Blick über die krakelige Schrift seines Vorgesetzten wandern. Gerade als er seinen Kopf schmerzhaft schief gelegt hatte, um eine Bildunterschrift zu entziffern trat Neil mit einer Mappe in der Hand ins Büro und sah ihn befremdet an. Der herrliche Duft von Kaffee breitete sich im Raum aus und ließ Davis aufschauen. Bis dahin hatte er seinen Kollegen noch gar nicht bemerkt. Er nahm die Tasse entgegen und Neil stellte fluchend seine eigene ab. Er schüttelte die verbrannten Finger. Davis musste sich ein schadenfrohes Grinsen verbeißen. Dann fiel sein Blick auf die Mappe, die vergessen auf dem Schreibtisch seines Kollegen lag.

„Was ist das?", fragte Davis und schlug sie auf. „Das sind die restlichen Laborergebnisse von den Tatorten.", antwortete Neil und nahm einen Schluck aus seiner Tasse. Davis sah verwirrt auf. „Wie, die restlichen Ergebnisse? Wir haben doch noch gar keine bekommen." Jetzt war es an Neil verwirrt zu schauen. „Doch natürlich. Schon vor zwei Tagen. Aber die habe ich dir doch gezeigt, da bin ich mir ganz sicher." Davis schüttelte den Kopf. „Nein, also ich habe noch gar keine Ergebnisse zu Gesicht bekommen." Neil kratzte sich am Kopf und ging zu seinem Schreibtisch. Dort setzte er sich auf seinen Bürostuhl und begann in den Schubladen zu kramen. „Warte, irgendwo hier müssen sie sein." Davis lehnte sich an seinen eigenen Schreibtisch gegenüber. Das konnte dauern. Neil war mittlerweile komplett hinter dem Möbelstück verschwunden und man hörte nur noch sein Murmeln.

Davis schlürfte gemütlich seinen Kaffee und sah aus dem Fenster. Die Spur von Amalias Entführern wurde kalt. Seit der gescheiterten Geldübergabe und der Handyortung war nichts mehr passiert. Tyron

Cordes saß in Untersuchungshaft und das seit mittlerweile 24 Stunden. Er versuchte noch immer sie davon zu überzeugen, dass er ihnen bei der Suche helfen könne. Davis schnaubte. Glaubhaft klang das allerdings nicht. Sie würden ihn später nochmal verhören. Ein Scheppern kam von dem Schreibtisch gegenüber und Neil tauchte mit schmerzverzogenem Gesicht wieder auf. Er rieb sich seinen Kopf und streckte dann triumphierend seinen Arm nach oben. In der Hand hielt er eine beige Mappe, die identisch zu der vor ihm war.

„Ich wusste doch, dass ich sie in die Schublade getan habe." Die beiden blickten sich an und brachen in Gelächter aus, das so laut war, dass ein vorbeilaufender Kollege sie erschrocken ansah. „Also was steht denn jetzt in dem Laborbericht?", fragte Davis schließlich, als sie sich wieder beruhigt hatten. „In welchem?" Neil hielt die beiden identischen Mappen hoch. „Egal." Neil schlug eine der beiden auf und fasste zusammen. „Das ist die von vor zwei Tagen. Hier sind die Ergebnisse von den Proben, die die Spusi am Montag genommen hat. Das Taschentuch, das wir bei der Kapelle im Park gefunden haben, war, wie wir schon vermutet haben, mit Chloroform getränkt. Man konnte die DNA des Mädchens daran sicherstellen. Sie wurde wohl damit betäubt und, wie Reifenspuren zeigen, in einem Auto weggebracht. Sonst haben die Kollegen im Park nichts mehr gefunden." Er schlug die Mappe zu und öffnete die andere. „Jetzt die Ergebnisse der Proben von unserem Dienstwagen und Mrs. Fleers Wohnung." Er überflog den Text und sah Davis mit gerunzelter Stirn an. „Es wurden weder DNA-Spuren noch Fingerabdrücke sichergestellt. Der Typ muss ein echter Profi gewesen sein. Das macht es uns nicht unbedingt einfacher." Er blätterte eine Seite weiter. „In der Fabrikhalle wurden nur Spuren von Amalia Fleer und Tyron Cordes gefunden, die eindeutig zugeordnet werden konnten. Aber da wimmelte es von DNA und anderen Spuren, wahrscheinlich von Jugendlichen, die in den verlassenen Hallen Partys feiern. Das können wir also vergessen, da brauchen wir schon eine Vergleichsprobe, um weitere Beweise zu finden. Und von Tyrons Bruder keine Spur." Neil klappte die Mappe wütend zu und stand auf. „Das kann nicht sein. Er hat doch gestanden, dass sein Bruder sein Komplize ist. Aber man findet einfach nichts über diesen Mann außer der Geburtsurkunde und der Anschrift. Kein aktuelles Foto, kein Social Media Account, keinen Arbeitgeber. Nichts. Der Mann ist ein verdammtes Phantom." Er tigerte unruhig im Raum auf und ab. Davis stieß sich von seinem Schreibtisch ab und schnappte sich die Mappe. Er schlug sie auf und las weiter. „Die Gegenstände, die neben dem Verletzten sichergestellt wurden, sind frei von Fingerabdrücken und sonstigen Spuren. Wahrscheinlich wurden sie abgewischt." Davis blätterte wieder eine Seite weiter. „Das Projektil, mit dem Fabio Gera getötet wurde stammt aus deiner Dienstwaffe Neil. Der Schuss war, wie der Gerichtsmediziner schon gesagt hatte, aufgesetzt, es waren Schmauchspuren am Opfer. An meiner Visitenkarte waren sonst auch keine Auffälligkeiten, außer natürlich dem Speichel des Opfers. Die Kollegen der Spurensicherung konnten feststellen, dass der Täter nicht eingebrochen ist, ihm wurde also die Tür geöffnet." Er schloss die Mappe und legte sie zur anderen auf Neils Schreibtisch. „Na super. Wir haben also keine Spuren des Täters und wissen nichts über ihn. Außer natürlich, dass er Tyrons Bruder ist, wenn wir dem Gefasel dieses Verrückten Glauben schenken wollen." Er trat zum Fenster und verschränkte die Hände hinter dem Rücken. Neil lief noch immer im Raum umher. „Immerhin wissen wir, dass Amalia noch am Leben ist. Mrs. Fleer bekommt jeden Tag mit der Post ein Foto von ihrer Tochter mit der aktuellen Tageszeitung. Aber wir können die Briefe leider zu keinem Absender zurückverfolgen. Die Techniker prüfen natürlich jedes Bild und bisher ist keines gefälscht. Alle wurden mit einem handelsüblichen Drucker auf handelsüblichem Fotopapier gedruckt, das kann man nicht zurückverfolgen.", murmelte Davis vor sich hin. „Ja immerhin lebt das Mädchen noch. Das ist aber auch die einzige gute Nachricht.", gab Neil bitter zurück. „Vielleicht sollten wir wirklich nochmal mit Tyron Cordes reden. Wer weiß, möglicherweise ist er nicht ganz so verrückt, wie er scheint und kann uns wirklich helfen.", überlegte Davis weiter. Als er sich umdrehte sah er in Neils zweifelndes Gesicht. Schließlich seufzte sein Kollege und zuckte mit den

Schultern. „Na von mir aus." Die beiden Männer verließen das Büro und gingen zu den Verhörräumen.

Ein Beamter in Uniform brachte Mr. Cordes zu den Kommissaren. Die Handschellen klirrten gegen die Stuhllehne, als er sich setzte. „Warum wollen Sie jetzt auf einmal mit mir sprechen?", fragte der Gefangene und ließ seinen Blick zwischen den Polizisten hin und her wandern. Davis saß ihm gegenüber und zog seinen Notizblock aus der Tasche. Neil lehnte an der Wand und beobachtete die Szene.

„Was können Sie uns über Ihren Bruder Mirak Cordes sagen?", begann Davis, ohne Tyrons Frage zu beachten. „Ich antworte Ihnen gerne, aber zuerst will ich diese Dinger loswerden" Tyron bewegte seine Hände und die Handschellen klirrten. Davis nickte dem uniformierten Kollegen zu, der neben der Tür stand und daraufhin die Fesseln löste. Dann verließ der Mann auf ein weiteres Zeichen hin den Raum. „Also was genau soll ich Ihnen über meinen Bruder erzählen?" Davis lehnte sich zurück. „Fangen wir doch mal mit Ihrer Kindheit an. Wie war ihr Bruder so? Wie sind Sie aufgewachsen?" Mr. Cordes verzog verwirrt das Gesicht. „Warum interessiert Sie das?", als Davis jedoch den Mund öffnete, um etwas zu erwidern, hob er abwehrend die Hände, „Na schön, ist ja auch egal. Unsere Mutter ist kurz nach meiner Geburt abgehauen und unser Vater ist recht früh gestorben. Wir sind bei unserem Onkel in der Stadt aufgewachsen." Davis machte sich fleißig Notizen. Nun sah er auf. „Ihr Onkel? Wie heißt der?" Der Mann verzog abschätzig seinen Mund. „Das müssten Sie als Polizist doch wissen. Aber gut ich will mal nicht so sein, er heißt Miguel Cordes." Mit einem Nicken gab der Kommissar ihm zu verstehen, fortzufahren. „Als wir mit der Schule fertig waren, hat er uns, sagen wir mal, ausgebildet." Neil stieß sich von der Wand ab und trat zu seinem Kollegen. „Wie ausgebildet?" Er ließ Mr. Cordes nicht aus den Augen. „Er hat uns beigebracht, wie man mit Waffen umgeht und, wie wir uns verteidigen." Davis' Stift flog über das Papier und die kratzenden Geräusche füllten den Raum. „Und weiter?", fragte er ohne aufzusehen. „Anfangs mussten wir nur kleine Aufgaben erledigen, wie Pakete abholen und ausliefern. Was da drin war, hat man uns nie gesagt." Er schüttelte den

Kopf, sah die Kommissare an und lächelte sarkastisch. „Naja, Blumen waren es jedenfalls nicht." Neil kniff die Augen zusammen, als er dem Blick begegnete. „Wenn wir nicht gemacht haben, was unser Onkel wollte, dann hat er uns geschlagen." Der Mann zuckte mit den Schultern. „Später mussten wir Leute bedrohen. Wir waren sowas wie die Laufburschen unseres Onkels. Wenn er in seiner hübschen Villa mit dem Finger geschnippt hat, mussten wir springen. Irgendwann habe ich mich geweigert weiterzumachen und Mirak ist zu Miguels rechter Hand geworden. Mein Bruder hat fast schon Spaß an der Sache, er war immer der Typ für sowas. In der Schule hat er sich ständig geprügelt." Sein Ton wurde abschätzig. „Mittlerweile hat unser Onkel andere Leute für die Drecksarbeit gefunden und ich bin nur noch das schwarze Schaf der Familie. Oder eher das weiße. Aber immerhin lässt er mich weitestgehend in Ruhe. Das hat er zumindest bis zu Amalias Entführung, die nebenbei gesagt, nicht sein Stil ist. Und ich weiß wirklich nicht, wo Amalia hingebracht wurde." Neil hatte sich wieder an die Wand gelehnt und ließ seinen Blick durch den Raum schweifen, während sein Gehirn versuchte, langsam die ganzen Informationen zusammenzusetzen. „Ihr Onkel ist also eine Art Drogenboss.", fasste der Kommissar knapp zusammen. Mr. Cordes nickte.

Eine Ader begann an Neils Schläfe zu pochen und sein Gesicht lief rot an. „Und das sollen wir Ihnen glauben? Für wie bescheuert halten Sie uns eigentlich?", er wurde immer lauter. Ruhelos tigerte er durch den Raum und gestikulierte wild. „Wollen Sie uns für dumm verkaufen? Uns, die Polizei." Davis setzte an, um seinen Kollegen zu beruhigen, aber er wurde unterbrochen. Neil trat an den Tisch, an dem Tyron Cordes mit unbewegter Miene saß. „Dann erklären Sie mir doch bitte mal eins. Warum haben wir noch nichts von diesen florierenden Drogengeschäften gemerkt?" Sein Gesicht war nur noch wenige Zentimeter von dem des Gefangenen entfernt. „Ganz einfach. Weil er für gewöhnlich nicht hier tätig ist." Er regte sich noch immer nicht und war augenscheinlich ganz ruhig. „Wo genau er die Drogen herstellt und verkauft, weiß ich nicht. Das Zeug dort zu verticken, wo man wohnt, wäre ja auch schön blöd. Außerdem habe ich keine Ahnung von seinen Geschäften, ich bin nie mehr, als der Laufbursche gewesen. Wenn Sie mehr wissen wollen, müssen Sie schon meinen Bruder fragen." Neil rückte von ihm ab und verließ den Raum ohne ein weiteres Wort. Die Tür knallte ins Schloss. Davis sah ihm kurz nach, fasste sich aber schnell wieder. „Wo ist Ihr Bruder jetzt?", fragte er schließlich. Tyron richtete seinen Blick auf den Kommissar. „Ich weiß es wirklich nicht. Wir wohnen zusammen in einer kleinen Wohnung in der Stadt, aber da war er schon seit Wochen nicht mehr. Ich habe ihn erst wieder in der Fabrikhalle gesehen. In der Bar, wo wir beide arbeiten, ist er auch ewig nicht mehr aufgetaucht, aber das interessiert da eh keinen." Der Mann rieb sich müde über das Gesicht. „Was wird jetzt aus mir? Komme ich in den Knast?" Davis tippte nachdenklich mit dem Stift auf seinen Block. Einige Sekunden verstrichen und keiner der beiden sagte etwas. Die Worte hingen schwer in der Luft. Schließlich zog Davis die Augenbrauen zusammen und stand auf. „Ich bin gleich wieder da.", sagte er, packte seinen Notizblock und ließ Mr. Cordes allein im Verhörzimmer zurück.

Davis zog die Tür ins Schloss und sagte dem Streifenbeamten daneben Bescheid, dann suchte er Neil. Er ging den Gang entlang bis zur Treppe und stieg die Stufen hinab. Davis folgte dem Geräusch der Kaffeemaschine und dort fand er seinen Kollegen. Neil hatte noch immer ein rotes Gesicht und rührte abwesend löffelweise Zucker in seine Tasse. „Ich glaube gleich schmeckst du nichts mehr von dem Kaffee.", meinte Davis und Neil erwachte aus seiner Trance. Er legte den Löffel weg und probierte einen Schluck. Angewidert verzog er das Gesicht und leerte die Brühe in das Waschbecken neben ihm. Davis nahm die Kanne und füllte zwei neue Tassen. „Alles klar?", fragte er seinen Chef, als der sich an den kleinen Tisch gesetzt hatte. „Ja. Es ist nur, dieser arrogante…" Neil beendete den Satz nicht, sondern atmete einmal tief durch. „Der schafft es immer wieder mich zu provozieren. Wir suchen hier mit allen Mitteln nach Amalia und er, der sie gemeinsam mit seinem Bruder entführt hat, spaziert hier einfach rein und stellt Forderungen. Und jetzt tischt er uns eine herzzerreißende Geschichte von seinem bösen Onkel dem

Drogenboss auf. Der ist doch komplett durchgeknallt." Neil umklammerte seine Tasse und atmete schwer. Davis nahm einen Schluck. „Ich weiß, aber trotzdem glaube ich nicht, dass er lügt. Zumindest konnte ich keine Anzeichen feststellen. Also da müsste er schon ein verdammt guter Schauspieler sein." Er schüttelte überzeugt den Kopf. „Nein. Was er uns erzählt stimmt, auch wenn es verrückt klingt. Außerdem ist es plausibel, wenn man darüber nachdenkt. Sowas kann man sich nicht ausdenken." Als er dem zweifelnden Blick seines Kollegen begegnete, verdrehte er die Augen. „Wenn du meinst, dann prüfe ich seine Geschichte. Über seinen Onkel müsste man ja was finden." Dann schien Davis sich wieder zu erinnern, warum er eigentlich hergekommen war. „Hör zu. Ich habe eine Idee, die sowohl uns, als auch Mr. Cordes hilft. Was zwar nicht unsere Priorität ist, uns aber auch nicht schadet.", fügte er schnell hinzu, als Neil widersprechen wollte. „Vertraust du mir?", fragte Davis. Sein Gegenüber warf ihm einen finsteren Blick zu, nickte dann aber. „Gut. Dann mal los." Er stürzte seinen Kaffee hinunter und stand auf. Sein Kollege folgte ihm, nachdem er die Tassen auf die Spüle gestellt hatte. Die Kommissare gingen in ihr Büro. Dort setzte sich Davis an seinen Computer und erklärte Neil, was er vorhatte. Dann begann er, Tyron Cordes' Geschichte zu überprüfen, während Neil einige Anrufe tätigte. Etwa eine Stunde und drei weitere Tassen Kaffee später waren sie fertig.

Sie gingen die Treppe wieder hinauf, das Koffein machte Davis ganz unruhig und er nahm die letzten zwei Stufen auf einmal. Er nickte dem Streifenbeamten vor dem Verhörzimmer zu und öffnete die Tür. Tyron Cordes blickte auf, als sie hereinkamen. Neil schloss die Tür hinter sich und lehnte sich an die Wand daneben. Davis ließ sich wieder auf dem Stuhl nieder und nahm seinen Notizblock aus der Tasche. „Also Mr. Cordes, wir können Ihnen ein Angebot machen, das sowohl Ihnen, als auch uns hilft." Der Gefangene beugte sich nach vorne. „Sie haben doch sicherlich Kontakte zu den Leuten, die Amalia entführt haben und sie jetzt festhalten, oder können zumindest welche herstellen. Nicht wahr?" Mr. Cordes nickte langsam mit misstrauischem Blick. „Gut. Wenn Sie uns Informationen über ihren Aufenthaltsort und die Lage dort liefern, sodass wir Amalia befreien können und helfen, Ihren Bruder, Ihren Onkel und seine Leute hinter Gitter zu bringen, dann können wir Ihnen garantieren, dass Sie nicht ins Gefängnis kommen." Neil beobachtete Tyron Cordes ganz genau und war erstaunt über seine Reaktion. In den Augen des jungen Mannes sah er so etwas wie Hoffnung, die dieser jedoch schnell wieder verbarg. „Wo ist der Haken?", fragte er nüchtern. Davis sah ihm fest in die Augen. „Es gibt keinen Haken." Er zog einen Brief aus der Tasche und legte ihn so hin, dass Mr. Cordes ihn sehen konnte. „Hier steht alles genau drin. Wir brauchen nur Ihre Unterschrift und Sie können auf der Stelle gehen. Natürlich werden wir Sie überwachen, für den Fall, dass Sie gegen die Auflagen verstoßen. Aber sonst haben Sie nichts zu befürchten." Er legte seinen Kugelschreiber auf den Tisch. „Lesen Sie sich alles in Ruhe durch.", sagte er und lehnte sich zurück. Tyron sah misstrauisch zwischen dem Brief und den Kommissaren hin und her. „Ich soll also den Maulwurf spielen und meine Familie verraten?", fragte er. „Richtig. Dafür kommen Sie dann nicht ins Gefängnis und können uns helfen Amalia zu befreien." Tyron Cordes blickte wieder auf den Brief und begann zu lesen. Wieder und wieder huschten seine Augen über das Papier. Langsam nahm er den Stift und ließ ihn um die Finger kreisen, ohne das Lesen zu unterbrechen. Davis saß ihm scheinbar locker gegenüber, seine Nerven waren aber zum Zerreißen gespannt. Endlich setzte Mr. Cordes seine Unterschrift unter den Brief und legte den Stift weg. Anschließend stand er auf und schob seinen Stuhl zurück. „Dann kann ich ja jetzt gehen, oder?", fragte er und ging zur Tür. Als keiner der Kommissare ihn zurückhielt, verließ er den Raum. „Sie werden von uns hören.", rief Davis ihm hinterher, kurz bevor die Tür zu fiel.

13

Ich hatte kaum einen Bissen heruntergebracht. Der Hunger war verflogen und meine Kehle fühlte sich rau an, egal wie viel Wasser ich trank. Die angespannte Stimmung verdarb mir wirklich den Appetit. Miguel und Mirak beobachteten mich die ganze Zeit, aber keiner hatte auch nur ein Wort gesagt. Das ganze Frühstück über herrschte Schweigen, nur meine Gabel klapperte ab und zu auf dem Teller. Als ich sie endlich zur Seite legte, kamen sofort zwei Frauen, die wohl für Miguel arbeiteten aus einer versteckten Tür und räumten den Tisch ab. Dann verschwanden sie wieder genauso geräuschlos, wie sie erschienen waren. Ich fühlte mich innerlich wie taub. So lange hatte ich mir überlegt, was ich meinem hinterhältigen Entführer sagen würde und dann stellte er sich als so... nett heraus.

„Gehen wir doch ins Kaminzimmer, da ist es gemütlicher. Ich denke, wir haben einiges zu besprechen, Amalia.", sagte Miguel und ging zu einer Wendeltreppe, die links von den großen Fenstern lag. Mirak packte mich wieder am Arm und zog mich hinterher. Vor einer kleinen Holztür am Ende der Treppe drehte sich Miguel um und sah Mirak streng an. Seine Augen glitzerten kalt und mir lief ein Schauer über den Rücken. „Lass sie gefälligst los. Sie ist immer noch unser Gast und so werden wir sie auch behandeln." Die beiden maßen sich mit Blicken und schließlich nahm er die Hand von meinem Arm. Miguel öffnete die Tür und bat mich mit einer Geste, einzutreten. Als Mirak mir folgen wollte, hielt sein Onkel ihn zurück. „Wir reden später noch." Dann schloss er die Tür vor seiner Nase und drehte sich zu mir um.

Ich betrachtete staunend die Einrichtung. Das Zimmer war recht klein, aber gemütlich. In einem hohen Kamin brannte ein Feuer und warf zuckende Schatten an die Wände. Die kleinen Fenster ließen nur dämmriges Licht herein, was aber die heimelige Atmosphäre verstärkte. Die schweren Vorhänge waren ausgeblichen und passten zu den abgewetzten Ohrensesseln vor dem Kamin. Der Raum wurde wohl schon lange nicht mehr benutzt. Ich ging langsam zu einem der Sessel und ließ mich darin nieder. Dieses Zimmer passte so gar nicht zum restlichen Haus, es schien irgendwie fehl am Platz. Miguel betrachtete mich mit schräggelegtem Kopf. Und dann lächelte er. Bei diesem Lächeln zerbrach etwas in mir. Die ganze Wut, die Angst und die Anspannung, die ich seit meiner Entführung in mir trug, bahnten sich ihren Weg nach draußen. Ich sprang auf und stapfte auf Miguel zu, um dieses Lächeln aus seinem Gesicht zu verbannen. „Wie kannst du nur? Warum?" Ich war unfähig auch nur einen ganzen Satz zu bilden. Deshalb hob ich meine Hände und stieß sie ihm vor die Brust. Immer und immer wieder, bei jeder Frage. Miguel wehrte sich nicht, er stolperte nur überrascht zurück. „Warum hast du mich entführen lassen? Warum hast du mir das angetan? Du hast gesagt, dass du meine Fragen beantwortest. Also rede mit mir. Rede verdammt!" Ich schrie die letzten Worte nur so und schlug dabei blind auf ihn ein. Er war stehengeblieben und versuchte meine Hände zu greifen, aber ich schüttelte ihn ab. Tränen nahmen mir die Sicht, ich hatte gar nicht bemerkt, dass ich weinte. Und dann schlug ich ihm mit der flachen Hand ins Gesicht. Ich erstarrte erschrocken und wartete ängstlich auf seine Reaktion. Auch er starrte mich an und legte die Hand auf seine Wange, dort wo sich die roten Abdrücke meiner Finger zeigten. Der Moment schien sich auszudehnen.

Ich begann zu schluchzen, unfähig meine Gefühle zurückzuhalten. Ich konnte einfach nicht mehr, diese ständige Anspannung war zu viel für mich. Meine Beine knickten weg und ich lag auf dem Boden. Schluchzer schüttelten mich und ich schlug die Hände vors Gesicht. Ich blendete alles um mich herum aus. Miguel ging durch den Raum und plötzlich spürte ich seine Hände an meinen Schultern. „Schscht, alles wird gut. Vertrau mir.", sagte er mir leise ins Ohr. Dann half er mir aufzustehen und setzte mich in den Sessel, wo ich zuvor gesessen hatte. Wie in Trance ließ ich es geschehen. Er gab mir ein Taschentuch und ich wischte mir über die Augen. „Ich komme gleich wieder.", sagte er und verließ den Raum. Meine Schluchzer ließen nach und es wurde still, nur das Knacken des Holzes im Kamin war zu hören. In meinem Kopf war es einfach nur leer, ich fühlte mich ausgelaugt. So als wären gerade alle Dämme gebrochen und jetzt war nichts mehr da. Ich war unfähig, die Situation zu verarbeiten, in der ich mich gerade befand. Mir wurde trotz des Feuers, vor dem ich saß, kalt. Ich streifte meine Schuhe ab und winkelte die Knie an, dann legte ich mein Kinn darauf und umarmte mich. So saß ich eine ganze Weile da und starrte in die Flammen.

Die Tür wurde leise geöffnet und Miguel trat mit einer Decke und einem alten Notizbuch ein. „Hier.", sagte er und legte mir sanft die Decke um die Schultern. Ich musste mich immer wieder daran erinnern, dass er mein Entführer war. In dem dunklen Raum, wo ich gefangen gewesen war, hatte ich mir so lange überlegt, was ich sagen würde, wenn ich ihm gegenüberstand. Ich hatte mir die Worte zurechtgelegt. Die ganze Energie hätte ich mir sparen können. Denn nicht einmal in meinen kühnsten Träumen hätte ich mir vorstellen können, dass mein Entführer nett und fürsorglich ist. Miguel setzte sich in den Sessel neben mir. Einige Zeit lang sagte niemand etwas, wir starrten nur in die Flammen.

„Mirak hätte nie so mit dir umgehen dürfen, Amalia. Das tut mir wirklich leid und ich möchte mich dafür entschuldigen, auch wenn ich weiß, dass es dafür zu spät ist." Er sah mich an und irgendwie glaubte ich ihm. Nur seine ausdruckslosen Augen machten mich stutzig, doch ich hatte keine Kraft, jetzt darüber nachzudenken. Ich nickte nur und starrte weiter in die Flammen. „Die ganze… Sache war so nicht geplant, musst du wissen. Auch Tyrons Verletzung war nicht beabsichtigt. Obwohl er nicht so nett ist, wie er auf den ersten Blick scheint. Er hat schon vielen Leuten… wehgetan und wäre sicher auch nicht davor zurückgeschreckt dir etwas anzutun. Das musst du dir merken. Deine Entführung…", begann er, aber dann schüttelte er den Kopf. „Du hast sicher hunderte Fragen, aber ich kann sie dir nicht alle beantworten. Das ist nicht so einfach." Er griff zu dem alten Notizbuch, das er zwischen uns auf einen kleinen Holztisch gelegt hatte. „Hier drin wirst du bestimmt einige Antworten finden. Wenn du dann noch Fragen hast, werde ich sie dir beantworten, aber ich möchte, dass du zuerst das Buch hier liest." Er hielt es mir hin.

Es war recht klein und verschwand fast in seiner Hand. Der grüne Umschlag war abgegriffen und einige der vergilbten Seiten standen ein wenig heraus. Vorn stand in geschwungener Handschrift *Tagebuch*. Ich betrachtete es lange, so als könnte es plötzlich zu sprechen anfangen und mir alles sagen, was ich wissen will. Ich atmete einmal tief durch und nahm es. Ein flüchtiges Lächeln huschte über Miguels Gesicht, aber als ich ihn ansah, war es verschwunden. Vielleicht hatte ich es mir auch nur eingebildet.

Der Tag hatte gerade erst angefangen und ich wollte mich am liebsten jetzt schon wieder in meinem Bett verkriechen. Ich zerknüllte das Taschentuch, das ich noch immer in der Hand hielt und warf es ins Feuer. Die Flammen verschlangen es gierig, bis es nur noch ein Haufen Asche war. Ich schwor mir, nie wieder vor Miguel zu weinen. Langsam fing mein Gehirn wieder an zu arbeiten und ich wurde wütend. Wütend auf mich selbst, dass ich mich so wenig unter Kontrolle hatte, dass ich geweint hatte und vor allem, dass ich vorhin nicht härter zugeschlagen hatte. Bei dem Gedanken musste ich insgeheim lächeln. Miguel betrachtete mich nachdenklich. „Versprich mir, dass du wenigstens einen Blick in das Tagebuch wirfst. Okay?" Ich nickte und nahm mir aber vor, es sofort in den Mülleimer zu werfen, wenn ich wieder in meinem Zimmer war. Allmählich setzt auch mein Verstand wieder ein und ich konnte wieder klar denken. „Kann ich jetzt gehen?", fragte ich ausdruckslos und sah ihm in die Augen. Er lächelte und dabei lief mir wieder ein Schauer über den Rücken. Ich konnte mir einfach nicht helfen, aber dieser Mann bereitete mir Gänsehaut. „Natürlich. Aber heute Abend werden wir wieder gemeinsam essen." Ich musste ein weiteres Frösteln unterdrücken und nickte. Miguels zufriedenem Blick nach zu urteilen, hatte er es nicht bemerkt. Er stand auf und öffnete mir die Tür. Ich setzte mich auf, zog meine Schuhe an und ging nach draußen. Das Tagebuch steckte in meiner hinteren Hosentasche. Wir gingen gemeinsam wieder in das Esszimmer, wo Mirak auf uns wartete. Dann stiegen wir die breite Treppe nach oben. Mirak lief zwar hinter mir, berührte mich jedoch nicht mehr. Oben verschwand Miguel in dem Zimmer, direkt hinter der Treppe, jedoch nicht, ohne Mirak einen warnenden Blick zuzuwerfen. Der brachte mich, in eisernes Schweigen gehüllt, zu meinem Zimmer und schloss mich ein.

Als er weg war, legte ich mich aufs Bett und starrte eine Weile an die Decke. Ich schämte mich noch immer dafür, dass ich vor Miguel, meinem Entführer, zusammengebrochen war. Aber er hatte so ganz anders reagiert, als ich dachte. Ich hatte ihn mir als jemanden vorgestellt, der mich anbrüllt und vielleicht sogar schlägt, der aber garantiert nicht zu Mitleid oder Freundlichkeit fähig ist. Irgendwie mochte ich ihn sogar, trotz seiner gruseligen Art zu lächeln. Immer wieder musste ich mich daran erinnern, dass dieser Mann mich entführen ließ und jetzt festhält. Er war mehr wie der Vater, den ich nie hatte für mich, als der böse Entführer. Und das, was er über Tyron gesagt hatte machte mich nachdenklich. Er hatte mir zwar gesagt, dass sein Onkel ihn ausgebildet hatte, aber er war so nett gewesen, dass ich nicht mehr daran gedacht hatte. Wenn ich genauer überlegte, war er am Anfang sogar recht grob gewesen. Ich schlug die Hände vors Gesicht und stöhnte frustriert. Warum war das Leben so kompliziert? Ich ging ins Bad und wusch mir das Gesicht mit eiskaltem Wasser. Dann trocknete ich mich mit dem flauschigen weißen Handtuch ab. Ich fühlte mich zwar erfrischt, aber nicht wirklich besser. Mein Spiegelbild sah mir mit rotgeränderten Augen entgegen und bestätigte mir meinen Gemütszustand. Da ich aber nirgends Makeup fand, zuckte ich die Schultern und ging zurück ins Zimmer. Es klopfte leise, ich zögerte.

„Herein.", rief ich schließlich. Der Schlüssel wurde herumgedreht und Mila steckte ihren Kopf durch die Tür. „Hey, kann ich reinkommen? Ich habe Kekse und Milch, wenn du magst." Ich bedeutete ihr einzutreten. Insgeheim freute ich mich, dass sie da war und ich nicht mehr allein war. Wir setzten uns aufs Bett und sie stellte das Tablett ab. „Ich soll dich ein bisschen aufmuntern.", sagte sie mit einem kleinen traurigen Lächeln. Als ich den Mund öffnete, schüttelte sie den Kopf. „Ich bin nicht hier um dir irgendwelche Fragen zu beantworten. Also versuch's erst gar nicht. Miguel hält sein Wort immer, er gibt dir Antworten, wenn er es für richtig hält." Damit war das Thema wohl erledigt. Sie drückte mir ein Glas Milch in die Hand und hielt mir den Teller hin. „Garantiert ohne Betäubungsmittel. Versprochen. Aber dafür weder vegan noch gluten- oder lactosefrei. Aber zu einhundert Prozent vegetarisch." Ich musste gegen meinen Willen so lachen, dass ich mich furchtbar verschluckte. Die Laute, die ich von mir gab waren irgendwas zwischen Lachen und Ersticken. Mila klopfte mir breit grinsend auf den Rücken, bis ich mich wieder erholt hatte. „Mission erfüllt. Oder?" Da konnte ich ihr nur zustimmen. Die junge Frau war für mich der einzige Rettungsanker, der mich durchhalten ließ, seit Tyron weg war. Sie schaffte es in diesem Wechselbad der Gefühle mein fröhliches, lachendes Ich zu bewahren, ohne sie würde ich das nicht überstehen, da war ich mir sicher. Obwohl sie so loyal gegenüber Miguel war, war sie mir doch zu einer Art Freundin geworden. Auf eine seltsame verdrehte Art und Weise, aber das schien hier auch die einzige Option zu sein. Seltsam und verdreht wie die ganze Situation. Da war das auch nicht weiter ungewöhnlich. Wir redeten noch einige Zeit über belanglose Dinge und als die Kekse aufgegessen waren, verabschiedete sich Mila.

Ich blieb allein mit der erdrückenden Stille zurück, die anfangs nur durch das Schaben des Schlüssels durchbrochen wurde. Draußen hatten sich dunkle Wolken vor die Sonne geschoben und kleine Regentropfen glitzerten an der Fensterscheibe. Ich streifte meine Schuhe ab und warf sie in Richtung Kleiderschrank, dann setzte ich mich aufs Bett. Meine Beine verschwanden unter der Daunendecke und ich umarmte das Kissen, trotzdem war es unbequem. Ich rutschte hin und her, aber es wurde nicht bequemer. Dann erinnerte ich mich an das Büchlein in meiner hinteren Hosentasche und holte es raus. Wütend starrte ich es an und warf es hinter den Schuhen her. Es polterte auf den Boden und blieb offen liegen. Einige Minuten saß ich mit zusammengezogenen Augenbrauen so da und erdolchte Miguel durch die Wände mit meinen Blicken.

Schließlich seufzte ich und vergrub mein Gesicht im Kissen. Ich hatte das Bedürfnis zu schreien, aber ich war mir nicht sicher, wie lange Miguels Freundlichkeit anhielt und war nicht scharf darauf wieder in einem Keller zu landen. Also schrie ich nur in Gedanken. Ich seufzte wieder und stand widerwillig auf. Ich ging zum Kleiderschrank und hob das Buch auf. Einige Seiten waren verknickt und ich starrte es an, als ob es schuld an meiner Situation war. Dann glättete ich das Papier und schlug die erste Seite auf. Ich setzte mich wieder aufs Bett und begann zu lesen.

Ich weiß wirklich nicht, wo ich anfangen soll. Also mein Name ist Lida Fleer und ich bin 19 Jahre alt. Ich wohne bei meinen Eltern in einem kleinen Vorort und gehe in die 12. Klasse des Gymnasiums. Heute hatte ich ein Date mit einem echt süßen Jungen aus meiner Jahrgangsstufe. Er heißt David. Wir waren Eis essen und dann haben wir uns sogar geküsst. Ich hoffe, dass wir zusammenkommen. Er ist einfach so süß und witzig und charmant. Er hat mir sogar seine Jacke gegeben, als mir kalt war. Als wir uns an meiner Haustür verabschiedet haben, hat er gesagt, dass er sich freuen würde, wenn wir uns bald wiedersehen würden. Meine Mutter hat mich ganz komisch angeschaut, als ich reingekommen bin und da hab ich erst gemerkt, dass ich seine Jacke noch hatte. Jetzt müssen wir uns wohl nochmal treffen, wenn er die wiederhaben möchte. Ich hab mal meine Freundinnen gefragt, ob sie irgendwas über ihn wissen, die sind echte Tratschtanten. Die haben gemeint, dass er wohl der Ziehsohn der Familie Cordes ist. Seine Eltern sind bei einem Autounfall vor vier Jahren ums Leben gekommen und seitdem wohnt er bei den Cordes'. Das sind die Reichen, die in der Villa am Wald wohnen und waren anscheinend gute Freunde seiner Eltern gewesen. Die zwei Söhne Karim und Miguel sind ein paar Jahre älter und jedes Mädchen im Ort schwärmt für die. Abgesehen von mir natürlich... Ich habe andere Pläne... Egal, es gibt jedenfalls Gerüchte, dass die Cordes' ihr Geld nicht ganz legal bekommen haben. Aber das sind sicher nur Gerüchte. Karim, Miguel und David sind wie Brüder. Richtig gute

Freunde. Und sie scheinen ganz nett zu sein, wenn man meinen Freundinnen glauben kann.

Oh. Mein. Gott. Ich schlug das Buch mit einem Knall zu und warf es auf die Bettdecke, als hätte ich mir die Finger daran verbrannt. Das Tagebuch war von meiner Mutter. Und sie hat Miguel gekannt. Ich zog wieder die Knie an und umarmte mich. Heute war wirklich einer der beschissensten Tage, die ich je erlebt hatte.

14

Neil stand am Fenster und schlürfte seinen Kaffee. Das Büro hinter ihm war so gut wie leer, es war schon recht spät am Abend. Davis hatte er seit Stunden nicht mehr gesehen, wahrscheinlich war er nach Hause gegangen. Draußen war es stockdunkel, nur unter den Straßenlaternen waren kleine Inseln aus Licht, durch die hin und wieder ein Schatten huschte. Dieser Fall raubte ihm wortwörtlich den Schlaf. Jeden Abend, wenn er versuchte einzuschlafen, dachte er an Amalia Fleer, an die Ängste, die sie gerade ausstehen musste. Ganz allein. Er hoffte so sehr, dass sie sie rechtzeitig finden würden und lebendig befreien konnten. Aber mit jeder Minute, mit jeder Sekunde schwanden ihre Überlebenschancen. Auch wenn er Tyron Cordes überhaupt nicht leiden konnte und ihn für einen verrückten Stalker hielt, vielleicht hatten sie durch ihn eine Möglichkeit das Mädchen bald zu befreien.

Mrs. Fleer bekam noch immer jeden Tag ein Bild ihrer Tochter. Die Techniker überprüften jedes der Fotos und bis jetzt war noch keines gefälscht gewesen. Noch lebte Amalia also. Das war ungewöhnlich, denn normalerweise wurden Entführungsopfer innerhalb der ersten Tage getötet und sie war schon seit einer Woche in den Händen der Entführer. Was also hatten sie mit ihr vor? Dass sie sie am Leben ließen musste einen bestimmten Grund haben. Neil bekam schon wieder Kopfschmerzen. Er trank seine Tasse aus, es war schon mindestens die zehnte heute, und stellte sie auf seinem Schreibtisch ab. Er sollte eindeutig weniger Kaffee trinken, vor allem, weil es seinen Schlafproblemen sicher nicht dienlich war. Vielleicht würde er morgen weniger davon trinken, oder übermorgen. Dann setzte er sich vor seinen Computer und schaltete den Bildschirm ein. Das halb fertige Verhörprotokoll von Tyron Cordes' letztem Verhör erschien. Neil seufzte. Das würde er wohl oder übel noch fertig machen müssen. Er hasste Papierkram, aber er gehörte nun einmal leider zum Job. Obligatorisch, nicht optional. Seine Augen wanderten über den Text, den er bisher verfasst hatte, dann lehnte er sich in seinem Ledersessel zurück. Das Angebot, das sie Mr. Cordes unterbreitet hatten, war wirklich gut. Dafür hatte er aber auch einige Gefallen einfordern müssen und fast hätte der Staatsanwalt alles ins Wasser fallen lassen. Glücklicherweise konnte Neil sehr überzeugend sein, vor allem mit einem Ass im Ärmel. Das war das Gute am Job des Kriminalkommissars. Man war einfach gut darin, Dinge auszugraben, die manchmal besser nicht ans Licht gekommen wären. Jetzt mussten sie nur noch Tyron Cordes dazu bringen, Kontakt mit den Entführern aufzunehmen und der Fall war so gut wie erledigt. Dann würde er sich erst einmal ein paar Tage frei nehmen. Er schloss für einen kurzen Moment die Augen.

„Neil, hey Neil, aufwachen.", sagte eine Stimme in seinem Kopf. Immer und immer wieder. Sie war hartnäckig, er zog die Augenbrauen zusammen und brummte unwillig. Jetzt begann auch noch jemand, ihn zu schütteln. Er öffnete langsam seine schweren Augen und blinzelte erstaunt. Es war hell und Davis stand über ihm. Der versuchte beim Anblick seines verschlafenen Kollegen nicht zu lachen. „Wie war die Nacht?", fragte Davis schließlich, als Neil sich gähnend streckte. „Naja, hätte besser sein können.", antwortete er und rieb sich den schmerzenden Nacken. Es war ihm schon lange nicht mehr passiert, dass er im Büro eingeschlafen war. Unauffällig sah er sich um, doch glücklicherweise schien keiner der anderen Kollegen seine unfreiwillige Büroübernachtung bemerkt zu haben. Gut, denn das hätte nur Gerede gegeben. „Hast du das Protokoll fertig?", fragte Davis, der sich mittlerweile an seinen Schreibtisch gegenüber gesetzt hatte. „Ähm, das Protokoll. Welches Protokoll?", stammelte er und kratzte sich schuldbewusst am Hinterkopf. Davis sah von seinem Bildschirm auf und zog beide Augenbrauen hoch. „Na das Verhörprotokoll. Das wolltest du doch gestern schreiben und dann beim Chef abliefern." Neil wich dem Blick seines Kollegen aus. „Ach ja richtig. Wollte ich das? Das muss ich wohl vergessen haben. Sicher, dass du das nicht schreiben wolltest?", auf Davis' bösen Blick hin sprach er weiter, „Okay, ich habe es vergessen. Ich weiß, aber ich war so müde und dann hab ich nur kurz die Augen zugemacht. Und naja... Das Protokoll hat sich halt irgendwie nicht von selbst geschrieben." Davis verdrehte nur die Augen. Das war mal wieder typisch für Neil. Obwohl er der Dienstältere war, musste man ihn an alles erinnern. Selbstdisziplin war für seinen Chef eben ein Fremdwort. „Dafür war ich gestern noch fleißig und habe mit den Kollegen gesprochen, die für Tyron Cordes' Überwachung zuständig sind. Bisher ist er nur in seine Wohnung in der Stadt gefahren, die unsere Techniker übrigens verkabelt haben, und hat sie nicht mehr verlassen. Er hat auch weder telefoniert noch gechattet oder gemailt. Sein Handy war die ganze Zeit über aus.", berichtete Davis. „Ich denke, wir sollten ihm mal einen Besuch abstatten und ein bisschen Dampf machen." Neil sah ihn überrascht an und nickte. „Könnten wir noch einen Abstecher zu meiner Wohnung machen, dann kann ich mich umziehen." Davis verdrehte erneut die Augen und sie gingen zum Auto.

Die Wohnung von Mr. Cordes war direkt über einer Bar, wo er gemeinsam mit seinem Bruder Mirak arbeitete. Sie lag in einer zwielichtigen Ecke am Rand der Stadt. Auf der anderen Straßenseite parkte ein silberner Wagen, in dem Kollegen zu Observation saßen. Sie grüßten kurz. Vor dem Eingang zur Bar stand ein schwarz gekleideter, breit gebauter Mann und beobachtete die Kommissare misstrauisch. Er hatte die Arme vor der Brust verschränkt und in seinem hinteren Hosenbund steckte eine Waffe. Neil sparte sich die Frage, ob der Mann einen Waffenschein besaß und ob die Waffe angemeldet war. Deshalb waren sie nicht hier. Man musste einmal das Haus umrunden, um zur Haustür zu gelangen. Die Klingel war alt und rostig – so klang sie auch - und sie fiel schon halb auseinander. Kurze Zeit später erschien Tyron Cordes barfuß in einer weiten Jeans und einem schlabbrigen T- Shirt. Seine Haare hingen ihm unordentlich ins Gesicht und auf seinen Wangen waren Bartstoppel zu sehen. „Was wollen Sie?", fragte er ohne Umschweife, nachdem er die Tür geöffnet hatte. „Ich denke das wissen Sie. Wir haben einiges zu besprechen. Können wir reinkommen?" Mr. Cordes lehnte sich an den Türrahmen, und sah die Kommissare herausfordernd an und lächelte kalt. „Nein. Wenn Sie etwas besprechen wollen, dann können wir das genauso gut hier tun." Neil warf Tyron einen tödlichen Blick zu, verkniff sich aber eine Antwort. Davis trat vor seinen Kollegen. „Sie erinnern sich doch sicher noch an das Dokument, das Sie unterschrieben haben, oder?" Mr. Cordes nickte und blickte sich wachsam um, wich aber nicht von der Stelle, um die Kommissare in die Wohnung zu lassen. „Gut. Sie wissen doch auch, dass uns die Zeit für solche Sachen fehlt. Setzen Sie sich so bald wie möglich in Kontakt mit den Entführern, sonst ist der Deal gestorben. Und halten Sie uns auf dem Laufenden." Das Lächeln auf Tyron Cordes' Lippen gefror und er stellte sich aufrecht hin. Davis griff in seine Jackentasche und holte ein Prepaidhandy hervor. „Hier. Vielleicht können Sie das brauchen. Damit können Sie die Anrufe tätigen, die nötig sein werden." Er hielt ihm das Handy hin und sein Blick machte klar, dass das kein freundliches Angebot, sondern ein Befehl war. Als der junge Mann das Handy entgegengenommen hatte, drehten sich die Kommissare um und gingen, ohne sich zu verabschieden zurück zu ihrem Wagen.

Kaum, wieder in ihrem Büro angekommen, bekam Davis eine Nachricht, dass das verkabelte Handy angeschaltet war. Und keine Minute später wurde der erste Anruf damit getätigt, die Botschaft war also angekommen. Der Anruf ging an ein zweites nicht zurückverfolgbares Prepaidhandy und dauerte fast zehn Minuten. Dann bekam Davis eine SMS auf sein Diensthandy, dessen Nummer er im Telefonbuch des verkabelten Mobiltelefons gespeichert hatte. *Kontakt hergestellt. Treffen um halb zwei im Park an der Kapelle.* Davis zeigte den Text seinem Chef. „Wie geschmacklos.", war das Einzige, was der dazu sagte. „Wissen wir, wer der Gesprächspartner war?", fragte er dann. Davis schüttelte den Kopf. „Leider nicht. Der Anruf konnte nicht zurückverfolgt werden. So einfach machen sie es uns leider nicht. Sagen wir den Kollegen Bescheid und dann machen wir uns auf den Weg. Das Treffen ist in einer halben Stunde." Sie tätigten die Anrufe und gingen dann mit ihrer Ausrüstung zum Wagen. Die Fahrt verlief schweigend. Neil parkte in der Nähe des südlichen Eingangs, dort, wo auch die Kapelle war. Als sie ausgestiegen waren und den Kiesweg entlang gingen, blieb Davis stehen. „Hast du das Verhörprotokoll eigentlich noch fertig geschrieben? Du weißt doch, dass das bis heute Nachmittag beim Chef liegen muss, oder?", fragte er. Neil drehte sich schuldbewusst zu ihm um und stotterte herum. „Naja, weißt du, also vorhin, da war dann so viel los und ich habe es einfach nicht mehr geschafft. Ich mache es aber ganz bestimmt, sobald wir hier fertig sind. Außerdem bin ich bis jetzt noch immer damit durchgekommen, warum sollte es diesmal anders sein. Richtig?" Davis schüttelte ungläubig den Kopf und ging ohne zu antworten weiter. Sie setzten sich auf eine Bank, die gegenüber dem Weg lag, der zur Kapelle führte. „Die Kollegen folgen Mr. Cordes und stoßen später zu uns. Ich bin wirklich gespannt, wer da aufkreuzt. Wir sollten das Gespräch auf jeden Fall aufnehmen." Davis kramte in seiner Tasche, die er mitgenommen hatte und zog ein kleines Aufnahmegerät heraus. „Das hat eine Reichweite von einigen Metern. Wir verstecken uns am besten im Unterholz, so können wir mithören. Die Kollegen sollen hier im Park bleiben, damit sie notfalls eingreifen können." Er sah auf seine Uhr und rückte dann seine Brille zurecht. Sie hatten noch fünf Minuten bis zum Treffen.

Die Kommissare saßen schweigend nebeneinander und hingen ihren Gedanken nach. Im Park war glücklicherweise nicht viel los, denn die Sonne war hinter dunklen Wolken verschwunden und es sah nach Regen aus. Der Wind frischte auf und wehte durch die wenigen noch verbliebenen Blätter an den Bäumen. Es ließ sich nun endgültig nicht mehr leugnen, dass der Winter vor der Tür stand. Das Klingeln von Neils Handy riss sie zurück in die Wirklichkeit. „Ja? Okay, wir gehen auf Position." Er legte auf und sah Davis an. „Das waren die Kollegen. Sie sind jetzt am anderen Ende des Parks und kommen mit Mr. Cordes her." Davis nickte und sie gingen über das hohe Gras in Richtung der Kapelle.

Sie war verwittert und das Dach war moosbewachsen. In einem der Bäume flatterte noch der Rest der Polizeiabsperrung im Wind. Links war etwas höheres Gestrüpp, in dem sich Neil und Davis positionierten. Kurz darauf erschien Tyron Cordes. Er schaute immer wieder auf sein Handy und blickte sich nervös um. Davis schaltete das Aufnahmegerät ein und drückte Neil eine Kamera in die Hand, die er aus seiner Tasche gezogen hatte. Neil behielt durch den Sucher den Kiesweg im Auge, der an der Kapelle vorbeiführte.

Eine junge Frau lief vorbei, doch dann blieb sie stehen, blickte sich um und kam auf Mr. Cordes zu. Die Kamera klickte leise und fing ihre schwarze Bobfrisur mit lila Strähnen ein. Ihre Hände hatte sie in den Hosentaschen ihrer weiten Hose vergraben und die schwarze Jacke war bis oben zugezogen, sie schien ein wenig älter als er zu sein. Als sie bei ihm war, umarmte sie ihn stürmisch. „Oh Gott, es geht dir gut. Ich habe mir echt Sorgen um dich gemacht." Tyron befreite sich aus der Umarmung und schob sie ein wenig von sich weg. „Ja Mila, mir geht's gut. Aber deshalb habe ich dich nicht angerufen. Es ist wegen Amalia. Ich brauche deine Hilfe." Auf seiner Stirn bildete sich eine steile Falte. „Ihr geht's doch gut, oder?", fragte er mit angespannter Stimme. Mila lächelte beruhigend. „Ja, sagen wir, ihr geht's den Umständen entsprechend. Aber mach dir keine Sorgen. Ich pass schon auf sie auf. Also, warum wolltest du mit mir sprechen?", wollte sie wissen und sah sich wachsam um. Neils Kamera klickte wieder und Bild um Bild landete auf der Speicherkarte. Nachdem Tyron Cordes erleichtert aufgeatmet hatte, wurde er ernst. „Ich wurde von der Polizei geschnappt und sie haben mir einen Deal angeboten. Halt warte!", rief er, als Mila erschrocken zurückwich. „Was hast du denen gesagt?", fragte sie und blickte sich wieder um. „Nichts. Wirklich. Lass es mich erklären. Sie können helfen, meinen Onkel und meinen Bruder hinter Gitter zu bringen. Dann ist dieser ganze Terror vorbei. Und sie werden Amalia befreien. Jetzt warte doch mal!" Die junge Frau war immer weiter zurückgewichen und wollte sich umdrehen. Doch Tyron packte sie am Arm und hielt sie fest. Sie wehrte sich und schaffte es ihren Arm auf seinem Griff zu winden. Die Kamera fing jede Bewegung ein.

„Bist du wahnsinnig? Du denkst doch nicht allen Ernstes, dass das irgendwas bringen wird, oder? Nur, weil die beiden im Gefängnis sitzen heißt das noch gar nichts. Und halte mich da bloß raus. Schon allein dieses Treffen kann mich den Kopf kosten und das weißt du ganz genau." Das Gespräch wurde immer lauter. Mr. Cordes hob abwehrend die Hände. „Willst du da nicht raus? Die können uns wirklich helfen. Und denk doch mal an Amalia. Keiner weiß, was in Miguels krankem Kopf vorgeht und was er mit ihr vorhat. Wenn wir ihr nicht helfen, ist sie so gut wie tot. Du kennst ihn gut genug, um das zu wissen. Komm schon, bitte hilf mir." Mila zögerte, endlose Sekunden verstrichen. Dann seufzte sie. „Du warst mir schon immer sympathischer als dein Bruder. Wenn ich dir helfe, was müsste ich da machen?" Als sich ein Lächeln auf Tyron Cordes' Gesicht ausbreitete, fügte sie hinzu: „Das war keine Zusage. Nur reine Neugier." Er zog eine Augenbraue hoch. „Natürlich. Also *wenn* du mir hilfst, wärst du sozusagen mein Insider, der mir Infos zuspielt. Ich habe so gut wie keine Erinnerungen an die Villa, zuletzt war ich da als Dreijähriger zusammen mit Mirak. Und, da Miguel es tunlichst vermieden hat, mich in irgendwas einzuweihen, weiß ich nicht einmal, wo sie ist. Ich würde diese Infos an die Polizei weitergeben und die denken sich was aus, wie sie Amalia befreien und alle anderen einsperren." Als er Milas misstrauischem Blick begegnete, bemerkte er seinen Fehler. „Warte, das heißt alle, bis auf dich und mich. Ich werde mit den Kommissaren verhandeln. Hey, bleib da. Oder gib mir wenigstens eine Antwort."

Die junge Frau hatte sich wortlos abgewandt und ging in Richtung des Kieswegs. „Mila!", rief Tyron. Kurz bevor sie den Weg betrat, drehte sie sich nochmal um. „Versuch nicht mich zu kontaktieren. Ich ruf dich an. Vielleicht." Dann wandte sie sich ab, schlug ihre Kapuze hoch und lief zum Ausgang. Mr. Cordes fluchte und strich sich die Haare aus dem Gesicht. „Ich hab's voll vermasselt." Wütend kickte er einen Stein weg. Davis stoppte die Aufnahme und packte das Gerät gemeinsam mit der Kamera zurück in seine Tasche. Die Kommissare kamen aus dem Gebüsch und klopften sich die Blätter ab. „Unsere Kollegen verfolgen sie, vielleicht führt sie uns direkt zur Villa und wir können Amalia noch heute befreien."

Einige Minuten später klingelte Neils Handy. Davis beobachtete gespannt, wie sein Chef das Telefonat annahm. „Was? Seid ihr sicher? Und habt ihr... Ja okay. Danke." Neils Stimme klang frustriert und als er aufgelegt hatte schüttelte er fassungslos den Kopf. „Die Kollegen haben die Frau verloren. Sie ist in einen Bus gestiegen und dann war sie wie vom Erdboden verschluckt. Das gibt's doch nicht." Tyron Cordes begann zu lachen. „Mila wurde genauso wie mein Bruder und ich von meinem Onkel ausgebildet. Sie haben doch nicht ernsthaft geglaubt, dass es so einfach werden würde, oder? Sie wird nur gefunden, wenn sie will und offensichtlich möchte sie das im Moment nicht. Jetzt bleibt uns nichts anderes übrig, als auf ihren Anruf zu warten. Alles Andere macht keinen Sinn."

15

Ich fühlte mich innerlich taub. Meine Mutter kannte meinen Entführer, der der Onkel von Tyron war. Das klang so... verdreht. So falsch. Ich wusste nicht, was ich jetzt tun sollte. Mein Bedürfnis zu schreien wurde beinahe übermächtig und gleichzeitig wurde ich wütend. Wütend auf meine Mutter, weil sie mir nie etwas von ihrer Kindheit erzählt hatte. Wütend auf Miguel, der mich ohne mit der Wimper zu zucken ins kalte Wasser geworfen hatte. Er hatte ja noch nicht einmal durchblicken lassen, dass er mich in irgendeiner Weise kannte. Wütend auf das Tagebuch, weil dort genau so viel stand, dass ich neugierig wurde und weiterlesen würde. Ich spürte, wie mir die Tränen kamen und blinzelte sie weg. Hier in diesem Haus würde ich nie wieder weinen, das schwor ich mir. Ich ließ das Kissen los, das ich umarmt hatte und kroch langsam über die Bettdecke. In der Ecke lag das kleine Büchlein, es schien mich regelrecht zu verhöhnen. Ich hob es auf und legte es aufs Bett. Im Schneidersitz setzte ich mich davor und starrte es an. Was da wohl sonst noch so alles drin stand? Entnervt seufzte ich und nahm es in die Hand. Dann blätterte ich zurück zu der Stelle, wo ich aufgehört hatte. Auf manchen Blättern war die Schrift verwischt oder hatte Wasserflecken und ich hatte Mühe den Text zu entziffern. Doch glücklicherweise hatte meine Mutter schon immer eine ordentliche Handschrift gehabt.

Ich habe David endlich wiedergesehen. Er war ein paar Tage nicht in der Schule und ich habe mir echt schon Sorgen gemacht, aber heute war er wieder da. Ich bin in der Pause zu ihm, als er allein war und hab ihm seine Jacke wiedergegeben. Wir haben uns fürs Wochenende bei ihm verabredet, weil seine Familie eine Grillparty veranstaltet. Eigentlich müsste ich ja für die Schule lernen, weil wir schon bald die ersten Prüfungen haben, aber das schaff ich schon. Das kann ich mir einfach nicht entgehen lassen. Ich kann es gar nicht erwarten und muss mir unbedingt überlegen, was ich anziehe. Ich werde gleich mal mit meinen Freundinnen telefonieren. Am Wochenende werde ich dann seine Familie kennenlernen. Und dann kann ich mir endlich mal die Villa von innen anschauen. Ich bin schon echt gespannt, immer wenn ich mit dem Rad vorbeifahre, stelle ich mir vor, wie es wohl ist da zu leben. Muss schon toll sein. Riesige Zimmer, große Fenster und Bedienstete, die alles aufräumen. Das wäre ein Leben. Aber es gibt auch Gerüchte über das Haus und die Familie. Der Vater soll ja angeblich ein Mafiaboss sein und die Mutter war schon mal im Irrenhaus. Und der Ältere, Miguel, war schon mal im Knast, weil er jemanden umgebracht hat. Nur über den kleinen Bruder, Karim, hört man nichts, vielleicht ist er ja ganz nett. Irgendwie ist mir schon ein bisschen mulmig, wenn ich daran denke, die alle kennenzulernen, aber es sind ja nur Gerüchte.

Vielleicht sah die Villa von außen ja ganz schön aus, aber so toll war sie von innen auch wieder nicht, dachte ich trotzig. Ich weigerte mich einzugestehen, dass die Zimmer ein Traum waren und ich mir vorkam, wie eine Prinzessin. *In ihrem goldenen Käfig*, fügte ich in Gedanken bitter hinzu. Wenn ich die ganze Entführungssache beiseiteließ, dann stimmte ich meiner Mutter sogar zu. Aber das würde ich vor niemandem zugeben. Das schwor ich mir. Dass die ganze Familie etwas mit der Mafia zu tun hatte bezweifelte ich jedoch in keinster Weise. Auch wenn Miguel sehr nett zu mir war, war ich mir sicher, dass er auch ganz andere Seiten hatte. Und Mirak kam wohl sehr nach seinem Onkel. Ich sah wieder Tyron vor mir, wie er in dem Keller zu mir gekommen war, nachdem ich versucht hatte wegzulaufen. Das Blut an seiner Wange und, wie er mir gesagt hat, dass das Mirak gewesen war. Ich schluckte. Das, was er mir angetan hatte, sprach wohl auch für sich. Und gegen ihn. Ich musste aufhören, mich von ihrer Freundlichkeit täuschen zu lassen. Dann runzelte ich die Stirn. Warum glaubte ich einfach so, was in einem blöden Tagebuch stand, nur weil es von meiner Mutter war. Sie hatte mir einfach Dinge verschwiegen, wichtige Dinge. Und trotzdem war sie immer noch meine Mama, der ich mehr vertraute, als irgendwelchen Verbrechern. Denn wenn auch nur ein Fünkchen Wahrheit in dem Tagebuch steckte und man den Gerüchten glaubte, dann hatte die ganze Familie nicht gerade eine weiße Weste. Trotzdem nagten Zweifel an mir. Ich zwang mich, sie zu verdrängen und las weiter.

Heute war es endlich so weit: die Grillparty stand vor der Tür. Ich habe mein schönes rotes Sommerkleid angezogen und dazu Riemchensandalen. Meine Mutter war zwar nicht sonderlich begeistert, als sie von der Einladung erfahren hat, aber sie hat sonst nichts gesagt. Die Villa ist echt der Hammer! Sie ist noch viel schöner, als ich sie mir vorgestellt habe. Als ich geklingelt habe, hat David mir aufgemacht und ich bin in die Eingangshalle getreten. Auf dem Fußboden lag ein roter Teppich, und alles war ganz hell von den großen Fenstern. Eine breite Holztreppe führte zu einer Art Galerie hoch. Wir sind aber unten geblieben und durch eine Tür rechts neben der Treppe gegangen. Da war ein Billardzimmer, wie David mir erklärte und durch eine Glastür ist man auf die Terrasse gekommen. Daran grenzt ein riesiger Garten und am Ende, hinter einem weißen Zaun, der Wald. Auf der Terrasse saß die ganze Familie verteilt auf einer Hollywoodschaukel und verschiedenen Stühlen um einen großen Tisch herum. Mr. Cordes stand mit einer dreckigen Schürze am Grill, in der einen Hand eine Grillzange und in der anderen eine Flasche Bier. Im Hintergrund lief leise Musik. Die Stimmung war total locker und ich war echt überrascht. Mrs. Cordes kam sofort auf mich zu und hat mich umarmt und gemeint, dass sie sich total freue mich kennenzulernen. Karim saß mit seiner Freundin auf der Hollywoodschaukel und hat mir nur kurz zugenickt, die beiden waren anderweitig beschäftigt. Und Miguel, der seinem Vater half, hat mir zugelächelt. Als das Essen fertig war, haben wir uns um den Tisch gesetzt. Alle waren gut gelaunt und ich habe mich wie ein richtiger Teil der Familie gefühlt. Später, nachdem wir abgeräumt haben (ja richtig, wir haben *selber* abgeräumt... Keine Bediensteten...), sind David und ich noch spazieren gegangen. Wir haben uns wieder geküsst und ich glaube, wir sind jetzt wirklich zusammen. Abends hat er auf dem ganzen Weg zu mir nach Hause meine Hand gehalten und es hat ewig gedauert, bis wir uns verabschiedet haben.

Diese Szene konnte ich mir leider bildlich vorstellen. Es gab einfach Dinge, die man über seine Eltern nicht wissen wollte. Trotzdem musste ich schmunzeln. Meine Mutter hatte mir nie viel über sie und meinen Vater erzählt, aber, dass er so romantisch war fand ich einfach süß. Plötzlich überkam mich eine tiefe Sehnsucht nach meinem Vater, den ich nie bewusst kennengelernt habe. Ich hatte nur wenige Bilder von ihm gesehen und meine Mutter sprach selten von ihm. Aber ich stellte ihn mir oft vor. Eine tiefe Stimme, die liebevoll meinen Namen sagte, große Hände, die mich auffingen. Und natürlich der Geruch nach Pfeifenrauch und Harz, der immer an ihm haftete. Ich versuchte mir vorzustellen, wie meine Eltern damals ausgesehen hatten. Es gelang mir nicht. Eine tiefe Traurigkeit überkam mich. Ich konnte mir nicht einmal mehr das Gesicht meiner Mutter vor Augen rufen. Verzweifelt kniff ich die Augen zu und versuchte mich an Einzelheiten zu erinnern. Ihre Lachfalten um den Mund, ihre Nase, ihr Geruch, ihr strenger Blick. Je mehr ich es versuchte, desto mehr entglitten mir die Erinnerungen. Schließlich öffnete ich die Augen wieder und sah mich im Zimmer um. Rastlosigkeit hatte Besitz von mir ergriffen und ich hatte das Bedürfnis etwas zu tun. Nur um mich von meinen trübsinnigen Gedanken abzulenken. Ich wusste noch immer nicht, welcher Tag heute war oder wie lange ich schon hier war. Mirak hatte mich an einem Freitag entführt, da war ich mir sicher. Aber wie lange hatten sie mich in dem Keller festgehalten? Seufzend vergrub ich mein Gesicht in den Händen. Beim Abendessen würde ich Miguel fragen. Das nahm ich mir fest vor.

„Schluss jetzt.", sagte ich laut. Ich atmete noch einmal tief durch und legte das Tagebuch zur Seite. Dann stand ich auf und ging zum

Kleiderschrank. Auf halbem Weg blieb ich am Fenster stehen und starrte überrascht hinaus. Ich war so in das Tagebuch und meine eigenen Gedanken vertieft gewesen, dass ich gar nicht bemerkt hatte, wie die Sonne untergegangen war. Die Dämmerung rief ein beklemmendes Gefühl in mir wach und ich ging zum Lichtschalter. Erst als die Deckenlampe mit ihrem warmen Licht das Zimmer füllte, fühlte ich mich besser. Regentropfen begannen gegen die Scheiben zu klopfen und bildeten bald Rinnsale. Das Wetter schien meine Stimmung bestens wiederzugeben. Ich schüttelte den Kopf und öffnete endlich den Kleiderschrank. Bald würde mich Mirak abholen und zum Abendessen bringen. Dafür wollte ich mich umziehen. Zögernd warf ich einen Blick auf die Klamotten, die sich dort stapelten, dann sah ich an mir herunter. Die Jeans und der Wollpullover waren zwar bequem, aber sie passten so gar nicht zu der noblen Villa. Beim Frühstück hatte ich mich ziemlich unwohl gefühlt, als mir Miguel in seinem maßgeschneiderten Anzug in dem prunkvollen Speisesaal gegenübersaß. Selbst Mirak in seiner schwarzen Hose und dem schwarzen Hemd, das er immer trug, passte besser hier her, als ich. Ich griff nach einer Bluse und zog sie vom Kleiderbügel. Dann hielt ich inne. Mit einem Mal wurde mir bewusst, was ich da tat. Ich versuchte mich meinem Gefängnis anzupassen und war dabei gewesen, mich für meinen Entführer hübsch anzuziehen.

Mein Atem beschleunigte sich und ich zerknüllte die Bluse in meinen Händen. Mit wütenden Schritten stapfte ich zum Mülleimer ins Badezimmer und warf sie hinein. Ich blickte in den Spiegel und sah meine weit aufgerissenen Augen. Mit beiden Händen stützte ich mich auf das Waschbecken und sah mir fest in die Augen. „So weit kriegst du mich niemals.", sagte ich zu meinem Spiegelbild. Ich drehte den Wasserhahn auf kalt und klatschte mir eisiges Wasser ins Gesicht. Mit dem weißen Handtuch trocknete ich mich ab und ging zurück zum Kleiderschrank. Ich zog eine ausgebeulte Jogginghose heraus und zog mich um, den Pullover behielt ich an. Dann sammelte ich meine Turnschuhe vom Boden auf und schlüpfte hinein. Ich setzte mich aufs Bett und wartete auf Mirak. Wenige Minuten später drehte sich der Schlüssel im Schloss und er öffnete die

Tür. Ich erhob mich und ging auf ihn zu. Als er mich von oben bis unten musterte, begegnete ich seinem Blick entschlossen. Sein Mund bildete eine schmale Linie und sein Kiefer verkrampfte sich wütend. Mit zusammengekniffenen Augen bedeutete er mir, ihm zu folgen.

Den ganzen Weg nach unten sagte er kein Wort und fasste mich nicht an. Er schien wirklich Angst vor seinem Onkel zu haben. Ich schluckte. Vielleicht war es doch nicht so klug gewesen, sich nur aus Trotz umzuziehen. Doch für Reue war es jetzt zu spät, denn wir standen vor der Tür zum Esszimmer. Mirak klopfte und öffnete sie dann. Der Raum kam mir noch größer vor, als beim Frühstück. In meinem Zimmer war es düster gewesen, aber hier spendete der Kronleuchter an der Decke großzügig Licht, das bis in jede noch so kleine Ecke drang. Geblendet kniff ich die Augen zusammen. Miguel saß auf dem gleichen Platz wie heute Morgen und sah uns entgegen. Langsam ging ich auf ihn zu und setzte mich. „Es gibt Spaghetti Bolognese. Ich hoffe das schmeckt dir.", sagte er mit einem Lächeln, das nicht durchblicken ließ, ob er meine Kleiderwahl bemerkt hatte und ob es ihn störte. Ich entspannte mich ein wenig. Mirak, der bis jetzt hinter mir gestanden hatte, setzte sich nun neben mich. Dieselben Frauen, die morgens den Tisch abgeräumt hatten, brachten das Essen. Die Nudeln dufteten köstlich und mein Magen knurrte hörbar. Trotzdem wartete ich, bis Miguel angefangen hatte zu essen, warum, wusste ich allerdings selbst nicht. Vielleicht aus Höflichkeit oder doch aus Angst etwas falsch zu machen. Ich aß sehr langsam und ließ dabei Miguel nicht aus den Augen. Tausend Gedanken und Fragen kreisten in meinem Kopf und ich schmeckte fast nichts von meinem Essen. Das Tagebuch meiner Mutter hatte bisher rein gar nichts erklärt, im Gegenteil. Jede neue Information, die ich darin fand, warf hunderte von Fragen auf. Warum hatte mir meine Mutter so viel von meinem Vater verschwiegen? Warum kannte sie meinen Entführer und seine ganze Familie? Und was hatte sie verdammt nochmal mit meiner Entführung zu tun? Das waren nur die aufdringlichsten Fragen, die sich nicht vertreiben ließen. Was ich in dem Tagebuch gelesen hatte machte mich traurig und wütend zugleich. Es war wie ein Fenster in eine andere - eine glücklichere – Zeit, an der ich nicht teilhaben konnte und die mir meine Mutter verschwiegen hatte. Ich verstand einfach nicht, warum. Ich war so in Gedanken versunken gewesen, dass ich nicht bemerkte, wie Miguel mich anschaute. Er schien auf etwas zu warten. Verwirrt sah ich in an.

„Was ist los?", fragte ich unsicher und legte die Gabel zu Seite, mit der ich in meinen Nudeln gestochert hatte. „Ich habe dich gefragt, worüber du nachdenkst.", antwortete Miguel. Ich spürte, wie ich rot anlief. „Tut mir leid, ich war so in Gedanken.", stammelte ich und merkte zu spät, dass das wohl offensichtlich war. Ich schüttelte den Kopf und vertrieb die Fragen. „Eigentlich über nichts Besonderes.", antwortete ich schließlich. Er lehnte sich zurück und musterte mich. Ich konnte seinen Blick fast körperlich spüren und ich rutschte unbehaglich auf meinem Stuhl herum. Ich war noch nie gut im Lügen gewesen. „Na los, spuck es aus.", seine Stimme klang zwar unbeschwert, aber sein Blick machte klar, dass er es ernst meinte. Ich wich ihm aus. „Das Tagebuch, naja, es wirft mehr Fragen auf, als es beantwortet.", sagte ich dann vorsichtig. Irgendwie traute ich mich nicht, weiterzusprechen. Trotz seiner Freundlichkeit blieb Miguel nun einmal mein Entführer, ich musste mich daran erinnern, wozu er fähig war. „Welche Fragen zum Beispiel?", scheinbar entspannt schlug er ein Bein über das andere, sein Blick ruhte jedoch noch immer auf mir. Ich holte tief Luft und sah ihm in die Augen. „Du hast meine Mutter gekannt." Keine Frage, eine Feststellung. Woher ich den Mut nahm, ihm das ins Gesicht zu sagen, wusste ich auch nicht. Ich schaffte es sogar, eine versteckte Anklage in die Worte zu legen. Angespannt wartete ich auf seine Reaktion. Ich hatte mit allem gerechnet, aber nicht mit einem Lächeln. Er begann versonnen zu lächeln! Ein kalter Schauer lief mir dabei über den Rücken und ich rückte noch ein wenig mehr von ihm ab.

„Ja das stimmt. Sie war mit meinem Stiefbruder, deinem Vater zusammen. Sie ist eine faszinierende Persönlichkeit. Ich habe dir versprochen, deine Fragen zu beantworten, aber erst sollst du das Tagebuch lesen. Glaub mir, dann wirst du verstehen." Das war alles, was er sagte. Jetzt hatte ich endgültig keinen Hunger mehr. Vor wenigen Minuten hatte in meinem Kopf noch Chaos geherrscht, nun war es komplett still. Mit einem Nicken erlaubte Miguel mir zu gehen. Mirak begleitete mich wieder, wie ein Schatten. Er hatte die ganze Zeit schweigend neben uns gesessen und sagte noch immer kein Wort. Vorhin war mir mein Zimmer eng vorgekommen, ich hatte mich gefühlt, wie in einer Gefängniszelle. Doch nach der Helligkeit und schieren Größe des Speisesaals fühlte ich mich hier geborgen. Zumindest so geborgen, wie sich ein Vogel in seinem Käfig fühlen kann, dachte ich bitter und trat ein.

16

Davis starrte auf das Telefon und wartete darauf, dass es klingelte. Das tat er nun schon seit einer halben Stunde. Tyron Cordes hatte ihnen gesagt, er rufe an, sobald sich die Frau meldet. Also warteten sie. Neil war vor zehn Minuten mit dem – endlich – fertigen Verhörprotokoll zum Chef gegangen. Das Ticken der Uhr an der Wand war Davis noch nie so laut vorgekommen, es machte ihn nervös. Er seufzte und stand auf, um sich neuen Kaffee zu holen. Dann klingelte das Telefon. Der schrille Ton ließ ihn zusammenzucken und er hätte beinahe seine Tasse fallen lassen. Schneller als jemals zuvor hielt er den Hörer in der Hand und meldete sich ein wenig außer Atem.

„Hallo Davis, hier ist Kimon, von der Technik. Die Fotos, die du mir rüber geschickt hast sind ausgewertet. Die Software konnte die Frau identifizieren. Ich hab dir die Informationen per Mail gesendet. Schönen Tag noch." Enttäuscht setzte sich Davis auf die Kante des Schreibtischs und legte, ohne etwas zu erwidern auf. Eigentlich sollten ihn die Neuigkeiten freuen, da sie die Ermittlungen vorantrieben, aber er hatte auf einen anderen Anruf gewartet. Er stand wieder auf und holte sich Kaffee, die Mail lief ihm ja schließlich nicht davon. Auf dem Gang traf er einige Kollegen und grüßte abwesend. Dieser Fall machte nicht nur seinen Chef Neil fertig, auch wenn man es dem mehr ansah. Davis litt unter Schlafproblemen und das Warten auf diesen einen Anruf machte es nicht besser. Er nahm einen großen Schluck Kaffee. Zurück im Büro setzte er sich an seinen Computer und öffnete die E-Mail. Ein Foto erschien auf dem Bildschirm. Es zeigte das Gesicht der jungen Frau, auf dem deutlich ihre Angst zu sehen war.

„Vor wem fürchtest du dich?", zu spät fiel ihm auf, dass er diesen Gedanken laut ausgesprochen hatte. Natürlich kam genau in diesem Moment Neil zur Tür herein. Er sah seinen Kollegen zuerst befremdet und dann belustigt an. „Eigentlich vor nichts und niemandem. Warum fragst du?", antwortete er und grinste. Davis spürte, wie er rot wurde und sah schnell wieder auf den Bildschirm. Er hasste peinliche Situationen und ging ihnen, wenn möglich, aus dem Weg. „Das war gerade nur... Ich wollte nicht... Ich habe nur laut gedacht.", versuchte er sich herauszureden und verhaspelte sich nur umso mehr. Verärgert über sich selbst schüttelte er den Kopf und klickte das Bild weg. „Kimon von der Technik hat mir die Ergebnisse der Gesichtserkennung geschickt. Du weißt schon, von der Frau aus dem Park.", fügte er bei Neils ratlosem Gesichtsausdruck hinzu. „Ach ja. Und, wer ist sie?", fragte er und stellte sich hinter Davis. „Ihr Name ist Mila Juvan. Sie ist vierundzwanzig Jahre alt und wohnt am Stadtrand. Von Beruf ist sie Dolmetscherin und arbeitet in einem kleinen Import- Export- Unternehmen namens Serdoc Trade. Unsere Techniker haben mal weitergeforscht, aber die Firma ist unauffällig. Inhaber ist ein gewisser Miguel Cordes, der Onkel von Tyron Cordes, wenn da aber wirklich etwas mit Drogen läuft, dann unter unserem Radar. Die Frau ist bisher noch nicht polizeilich auffällig geworden. Mehr haben wir nicht." Davis lehnte sich zurück und sah zu seinem Kollegen. Neils frustriertes Gesicht spiegelte genau seine Gemütslage wider. Sie hatten noch immer keine Ahnung, wo die Verbindung zu Miguel oder Mirak Cordes lag. „Das heißt also uns bleibt nichts anderes übrig, als auf Tyron Cordes' Anruf zu warten. Na toll."

Neil ging zu seinem Schreibtisch und setzte sich. Nun starrten sie zu zweit auf das Telefon. Eine Weile sagte keiner von ihnen ein Wort und wieder war nur das Ticken der Uhr zu hören. Schließlich stand Davis auf und hielt seine inzwischen leere Tasse hoch. „Ich hole nochmal Kaffee. Soll ich dir was mitbringen?", fragte er der Höflichkeit halber, auch wenn er die Antwort bereits wusste. Neils Nicken bestätigte seine Vermutung. Zu Kaffee sagte sein Kollege niemals Nein. Er ging aus dem Büro, den Gang hinunter zum Kaffeeautomaten. Ein köstlicher Duft stieg von den zwei randvollen Tassen auf, die er wenig später zurück zu seinem Schreibtisch balancierte. Neil hatte sich keinen Zentimeter bewegt und hypnotisierte noch immer das Telefon, ohne Erfolg. Gerade, als sich Davis setzte wollte, sah er, wie Tyron Cordes draußen vorbeilief. Schnell stellte er die Tassen ab und folgte ihm. Neil sah ihm verwirrt hinterher.

„Mr. Cordes.", rief Davis. Der Mann blieb stehen und drehte sich zu ihm um. „Kann ich Ihnen helfen?", fragte der Kommissar weiter. „Ja, ich habe Sie und Ihren Kollegen gesucht. Ich habe eine Nachricht von…" Mr. Cordes' Blick blieb an etwas hinter Davis' Rücken hängen. Sein Gesichtsausdruck veränderte sich, er wurde wütend, und er marschierte an dem Kommissar vorbei, ohne dessen Protest zu beachten. Davis drehte sich um und sah Mrs. Fleer, die gerade von einem Kollegen in ihr Büro gebracht wurde.

Tyron Cordes schritt auf sie zu. „Mrs. Fleer? Mrs. Lida Fleer?", sprach er sie an und seine Hände ballten sich zu Fäusten. Die Frau drehte sich irritiert um. „Ja? Wer sind Sie?", fragte sie. Mr. Cordes schnaubte. „Ich bin Tyron Cordes. Es ist schon einige Jahre her, dass wir uns gesehen haben, aber ich weiß wer Sie sind und was Sie getan haben." Mrs. Fleer riss erstaunt die Augen auf und wich zurück. Ihre Hände umklammerten die Riemen ihrer Handtasche. „Ich weiß nicht wovon Sie sprechen." Der junge Mann lachte freudlos. „Ach nein? Sie sind schuld, dass Amalia entführt wurde und das wissen Sie nur zu gut. Sie wissen ganz genau, wer dahintersteckt und was Sie tun müssen, um Ihre Tochter nach Hause zu holen. Aber dafür sind Sie ja zu geizig, nicht wahr?" Bei jeder Anschuldigung hatte er mit dem Finger auf sie gezeigt und seine Stimme wurde immer lauter. Mrs. Fleer war ihre Wut ins Gesicht geschrieben, aber Davis meinte auch ein wenig Unsicherheit darin zu erkennen. „Was erlauben Sie sich? Ich habe keine Ahnung wovon Sie sprechen und werde mir solche Anschuldigungen nicht mehr länger gefallen lassen. Außerdem war nicht ich es, die Amalia entführt und festgehalten hat. Sondern du und dein verdammter Bruder. Ich habe mir rein gar nichts zu Schulden kommen lassen, das kannst du deinem Boss ausrichten." Ihre Stimme klang schrill. Neil war aus dem Büro gekommen und versuchte zwischen die beiden Streitenden zu treten und sie zu beruhigen, aber Tyron Cordes drängte ihn einfach zur Seite. *„Du* hast dir nichts zu Schulden kommen lassen? Dass ich nicht lache. Das ist vielleicht die Geschichte, die du den Bullen verkaufen kannst, aber nicht mir. Und jetzt versuchst du nicht einmal Amalia zu helfen, sondern machst alles nur komplizierter." Mr. Cordes hatte Mrs. Fleer gegen die Wand gedrängt und schien sich nur mit Mühe unter Kontrolle zu haben. Die Frau schien aber keine Angst zu haben, im Gegenteil, sie wirkte selbstsicher, fast schon überlegen. Endlich gelang es Neil die Streitenden zu trennen und Davis übernahm Tyron Cordes. Der wehrte sich kaum und warf Amalias Mutter böse Blicke über die Schulter zu. Sie brachten die beiden in getrennte Verhörräume und positionierten jeweils einen Kollegen davor. Ein wenig außer Atem standen Neil und Davis im Gang. Das Ganze war so schnell gegangen, dass die Kommissare keine Chance gehabt hatten, rechtzeitig einzugreifen. „Okay. Wer zuerst?", fragte Davis. Neil lehnte an der Wand und wischte sich mit einem Taschentuch die Schweißperlen von der Stirn. „Zuerst Tyron Cordes.", entschied er.

„Sie müssen uns da einiges erklären.", begann Neil, der sich Mr. Cordes gegenüber gesetzt hatte. Davis stand neben der Tür. „Zuerst mal: woher kennen Sie Mrs. Fleer?" Der junge Mann legte seine mit Handschellen gefesselten Hände auf den Tisch. „Ich kenne Mrs. Fleer durch meinen Onkel. Sie ist früher, als mein Bruder und ich noch klein waren, oft in der Villa gewesen und hat Miguel besucht. Was sie da gewollt hat weiß ich nicht. Und sie ist sicher nicht so unschuldig, wie sie Sie glauben lässt." Neil runzelte die Stirn. „Was meinen Sie damit?", fragte er. „Ich denke, dass der Grund für Amalias Entführung der Banküberfall vor sechzehn Jahren ist. Mrs. Fleer war genauso daran beteiligt, wie ihr Mann. Das ist zumindest das, was uns unser Onkel erzählt hat. Er war sicher auch dabei, aber ich weiß nichts Genaueres. Ich weiß nur, dass Mrs. Fleer wahrscheinlich weiß, wo die Beute ist und glaube, dass Miguel das als Lösegeld verlangt." Tyron Cordes lehnte sich zurück. „Das heißt also, wenn

Mrs. Fleer die Beute an Miguel übergeben würde, würde der Amalia freilassen?" Die Miene des Kommissars drückte dessen Zweifel aus. „Aber warum hat sie das dann nicht schon längst gemacht?" Der junge Mann zuckte nur die Schultern. „Kann ich dann gehen?", fragte er. Neil lachte auf. „Nein. Sicher nicht. Weswegen waren Sie eigentlich hier?" Mr. Cordes verdrehte genervt die Augen. „Einfach so. Ich wollte wissen, ob Sie schon was haben." Davis kniff die Augen zusammen. Er glaubte, dass das nicht der Grund für sein Kommen gewesen war, sagte aber nichts. „Na gut, dann hauen Sie schon ab. Aber rufen Sie an, sobald sich die Frau meldet." Nachdem der junge Mann genickt hatte, schloss Neil die Handschellen auf und ließ ihn gehen.

„Glaubst du seine Geschichte?", wandte sich Neil an Davis. „Ich weiß nicht so recht. Ich konnte keine Anzeichen für eine Lüge erkennen, aber das muss nichts heißen. Sein Onkel kann ihm und seinem Bruder die Geschichte auch eingeimpft haben.", antwortete der. Nach einigem Überlegen fügte er hinzu: „Aber sie klingt ganz plausibel. Ich habe Mrs. Fleer ohnehin nicht geglaubt, als sie sagte, sie habe nichts von der Planung des Überfalls mitbekommen. Und, dass sie zufällig in genau dieser Bank gearbeitet hat, ist schon verdächtig." Die Kommissare verließen den Verhörraum und betraten den nächsten, in dem Mrs. Fleer saß.

Diesmal setzte sich Davis und Neil blieb stehen. „Sie wissen hoffentlich, dass dieser Streit zwischen Ihnen und Mr. Cordes bei uns einige Fragen aufgeworfen hat." Mrs. Fleer nickte. Sie umklammerte wieder die Riemen ihrer Handtasche. „Also, was meinte er damit, als er sagte Sie kennen sich." Die Frau wich dem Blick des Kommissars aus. „Naja. Mein Mann David war früher öfter bei den Cordes'. Da haben Tyron und ich uns eben kennengelernt." Davis lehnte sich scheinbar entspannt zurück. „Dann kennen Sie also Miguel Cordes?", fragte er weiter. Mrs. Fleer rutschte auf ihrem Stuhl herum. „Kennen ist zu viel gesagt. Wir haben uns einmal getroffen. Mehr nicht." Die Kommissare warfen sich einen Blick zu. „Sie haben sich also nur einmal getroffen." Die Frau nickte. „Da hat uns Tyron Cordes aber etwas Anderes erzählt. Er sagte uns, sie seien früher oft mit Ihrem Mann in der Villa gewesen." Nervös begann sie auf ihrer Lippe zu kauen. „Ja, okay. Vielleicht war ich eine Zeit lang mal häufiger dort zu Besuch. Aber ich kenne den Mann trotzdem kaum." Davis ließ nicht locker. „Wenn Sie dort häufiger zu Besuch waren, haben Sie doch auch über einige Dinge geredet. Über einen möglichen Bankraub in der Bank, in der Sie gearbeitet haben vielleicht?" Langsam änderte sich Mrs. Fleers Gesichtsausdruck von nervös zu wütend. „Ich habe Ihnen doch schon gesagt, dass ich nichts von dem Raub wusste und auch nichts damit zu tun hatte. Das müssen Sie mir glauben. Kann ich jetzt bitte gehen?" Neil kam auf die beiden zu. „Nein, Sie können jetzt noch nicht gehen. Erst möchte ich wissen, wo die Beute ist." Die Frau sah ihn an und hob in einer wütenden Geste die Arme. „Ich weiß nicht, wovon Sie sprechen. Ich weiß nicht, wo die Beute ist." Ihre Stimme klang angespannt. Davis lehnte sich vor und legte seine Hände auf dem Tisch ab. „Mr. Cordes vermutet, dass Miguel Ihre Tochter gehen lassen würde, wenn Sie ihm die Beute geben." Mrs. Fleer schloss die Augen. „Ich weiß wirklich nicht, wo die Beute ist.", wiederholte sie nochmals kraftlos. „Darf ich jetzt endlich gehen? Sie haben keinen Grund, mich hier länger festzuhalten." Neil sah zu Davis und nickte ihr schließlich zu. „Wir informieren Sie, wenn wir mit den Ermittlungen vorankommen."

17

Zusammengekauert saß ich in einem Sessel in der Bibliothek. Miguel hatte mich nach dem Essen vorgestern erst einmal eine Weile in Ruhe gelassen. Er schien auch bemerkt zu haben, dass ich mich in seiner und Miraks Gesellschaft nicht sonderlich wohl fühlte und deshalb durfte ich in meinem Zimmer frühstücken. Mila hatte mir ein Tablett mit einem Croissant und einer Tasse Kaffee gebracht und war die ganze Zeit geblieben. Ich hatte sie schon länger nicht mehr gesehen und freute mich irgendwie über ihren Besuch. Endlich Abwechslung. Später hatte sie mir gesagt, dass Miguel mir erlaubt hatte, in die Bibliothek zu gehen und dort zu lesen, wenn ich wollte.

Die Bibliothek war nur zwei Zimmer weiter, direkt hinter der Tür bei der Treppe, die ins Erdgeschoss führte, wo auch der Speisesaal lag. Sie war riesig und über und über mit Büchern in großen Regalen bestückt. Sie waren in ordentlichen Reihen angeordnet, fast wie in einer Stadtbücherei. Einige waren Klassiker von Goethe und Schiller, aber auch Krimis, Romane und sogar Kinderbücher fand ich dort. Am anderen Ende war eine hohe Fensterfront, vor der sich einige Sessel und Stehlampen befanden. In einer Ecke stand ein großer Schreibtisch, auf dem eine alte Lampe stand. Ich sah aus dem Fenster. Draußen zogen schwere Wolken über den Bäumen vorüber, angetrieben von einem böigen Wind. Ich zog das Büchlein aus meiner Tasche und schlug es dort auf, wo ich gestern aufgehört hatte zu lesen.

Morgen ist unsere letzte Prüfung (Mathe, igitt) und ich habe jetzt schon Angst. David und ich sind schon seit einem Monat zusammen und ich bin richtig glücklich. Ich könnte mit einem Dauergrinsen rumlaufen, wenn da nicht die bescheuerten Prüfun-

gen wären. Ich muss das unbedingt heute schaffen, weil ich näm-
lich eine Stelle bei der Bank in Aussicht habe. Aber nur, wenn ich
nicht durchfalle. In Mathe war ich immer nur so mittelmäßig und
deshalb muss ich mich jetzt voll reinhängen. David hat es da
leichter. Der ist so ein Streber, manchmal könnte ich ihn dafür
wirklich erwürgen. Aber zum Glück hilft er mir, oder er versucht
es zumindest. Meistens enden unsere Nachhilfestunden aber
schon nach wenigen Minuten, weil er mich einfach ständig... ab-
lenkt. Wir haben aber auch schon Zukunftspläne geschmiedet.
Wenn wir mit der Schule fertig sind, wollen wir zusammenziehen.
Da wir beide volljährig sind, können unsere (Zieh-) Eltern auch
nichts dagegen sagen. Ich werde bei der Bank arbeiten und David
steigt in das Cordes- Familienunternehmen ein. Die machen irgendwas mit Handel oder so. Keine Ahnung... Erst mal können wir
in der Villa wohnen, weil seine Zieheltern irgendwo in den Süden
ziehen und Karim und Miguel haben auch nichts dagegen. Ich
sollte jetzt wirklich Mathe lernen...

Es war so surreal über solche Alltagsszenen meiner Mutter zu lesen. Als sie dieses Tagebuch geschrieben hat, war sie ein wenig
älter, als ich es bin. Sie mir dabei vorzustellen, wie sie für ihre Prüfungen lernt, war einfach seltsam. Ich blätterte weiter.

Ich kann es noch immer nicht fassen. Ich bin frei!!! Nie wieder
Schule, nie wieder nervige Eltern, nie wieder um Taschengeld bet-
teln. Ich bin gestern zu David in die Villa gezogen und hatte
heute meinen ersten Arbeitstag bei der Bank. Letztes Jahr hab
ich schon ein Praktikum dort gemacht und die Arbeit macht mir
wirklich Spaß. Aber jetzt zurück zur Villa. Meine Eltern waren
nicht begeistert, als ich ihnen gesagt habe, dass ich zu David
ziehe. Wie haben sie es ausgedrückt? Ach ja: sie haben Angst um
meine Ehre. Schöne Umschreibung. Ich habe ihnen nur gesagt,
dass das ja wohl meine Sache ist und bin gegangen. Wir wohnen in
einem großen Zimmer auf der Galerie und haben einen wunder-
schönen Ausblick über den See, der gleich neben dem Haus liegt.

Seine Zieheltern sind ausgezogen, sie wohnen jetzt in ihrem Sommerhaus. Ich bin einfach immer wieder überrascht, wie viel Geld sie haben. Miguel, der ältere Bruder, ist echt nett. Aber ich sehe ihn nicht viel, weil er sich jetzt um das Familienunternehmen kümmert und viel auf Geschäftsreisen ist. Karim, der jüngere der Brüder (er ist trotzdem immer noch älter als David) arbeitet irgendwo in einem Büro und ist auch fast nie da. Er hat mit seiner Freundin, die in der Stadt wohnt, zwei kleine Söhne. Ich habe die zwei nur einmal gesehen und mit ihr kurz gesprochen, sie ist nett, und die Kleinen sind echt niedlich. Ich habe aber von David mitbekommen, dass sie und Karim ziemlich Stress haben und, dass sie wahrscheinlich nicht mehr lange zusammen sein werden.

Ein großes Zimmer auf der Galerie? Mit Ausblick auf einen See? Ich fragte mich wirklich, wo das lag. Irgendwo auf dieser Etage jedenfalls, so viel war sicher. Aber weder von meinem Zimmer noch vom Kaminzimmer oder von der Bibliothek aus konnte man einen See sehen. Es musste also weiter den Gang runter sein. Ich hielt inne und schüttelte den Kopf. Vielleicht saßen meine Eltern einmal genau hier, wo ich jetzt saß. Warum hatte meine Mutter mir das alles verschwiegen? Einige Zeit starrte ich gedankenverloren aus dem Fenster. Dann kehrte ich zum Tagebuch zurück. Ich fuhr mit dem Zeigefinger über die sanft geschwungene Schrift meiner Mutter und wurde traurig. Erschien es ihr zu unwichtig, mir von ihrer glücklichen Jugend oder meinem Vater zu erzählen oder gab es einen anderen Grund? Lag es an mir? Ich blätterte einige Seiten weiter.

Heute ist der beste Tag meines Lebens!! Ich kann es immer noch nicht fassen!! Auch David konnte es gar nicht glauben: ich bin schwanger!!! Wir werden Eltern!! Ich habe ja schon erwähnt, dass wir das Haus meistens für uns haben und... naja... das haben wir eben ausgenutzt. Zuerst

Wowwowwow. Ich schlug das Tagebuch zu und warf es auf den Boden. Es gab Dinge, die man unter gar keinen Umständen wissen wollte. Und das gehörte eindeutig dazu! Ich spürte, wie mir die Röte ins Gesicht schoss und musste lachen. Meine Traurigkeit war wie weggeblasen und ich versuchte verzweifelt nicht weiter über das Gelesene nachzudenken. Vorhin hatte ich noch gehofft, dass meine Eltern genau hier gesessen hatten, jetzt betete ich, dass sie es nicht getan haben. Erst nach einigen tiefen Atemzügen konnte ich das Buch wieder anfassen. Ich überblätterte einige Seiten und las vorsichtig weiter, jederzeit bereit es bei weiteren pikanten Details wieder zuzuschlagen. Glücklicherweise hatte ich genügend Seiten übersprungen.

Amalia ist einfach so niedlich! Sie ist ein kleiner Sonnenschein und ständig am Lachen. Abends ist sie zwar echt anstrengend, bis sie im Bett ist, aber dann habe ich für ein paar Stunden meine Ruhe, bis sie Hunger bekommt. Ich könnte ganze Romane über sie schreiben. Aber das wäre dann doch zu viel des Guten. Wir haben in der Nähe des Parks eine kleine Wohnung gefunden, in die wir bald umziehen. Noch länger wollen wir die Gastfreundschaft der Brüder nicht ausnutzen. Mein Mann (ich finde es immer noch komisch ihn so zu nennen und kann noch nicht fassen, dass wir schon seit zwei Monaten verheiratet sind) arbeitet im Familienunternehmen der Cordes'. Mittlerweile sind Miguel und Karim Inhaber von Serdoc Trade, da ihre Eltern vor einiger Zeit ganz überraschend verstorben sind. David regelt den ganzen Papierkram und arbeitet hauptsächlich von zu Hause. Das hilft mir unglaublich. Er ist ein super Papa, ohne ihn würde ich das Ganze gar nicht schaffen. Kinder sind eben anstrengend, egal, wie süß sie sind. Eigentlich redet David nicht viel über seine Arbeit, aber gestern hat er mir erzählt, dass Miguel und Karim ein großes Geschäft mit der Bank planen, in der ich arbeite. Irgendwie hat er dabei seltsam geklungen. Ich habe nachgefragt, aber er sagte alles sei in Ordnung und ich solle mir keine Sorgen machen. Aber er stellt seitdem immer so komische Fragen nach den Geldtransporten und so... Wenn er später aus seinem Büro kommt, werde ich ihn mal ernsthaft fragen, was los ist.

Ich versuchte mir vorzustellen, wie ich meine Eltern wohl auf Trab gehalten hatte und musste grinsen. Dann wurde ich wieder nachdenklich. Serdoc Trade. So hieß also dieses ominöse Familienunternehmen der Familie Cordes'. Und das „große Geschäft" war wohl die schöne Umschreibung für den Bankraub. War meine Mutter etwa daran beteiligt gewesen? Stöhnend vergrub ich mein Gesicht in den Händen. Dieses ständige Wechselbad der Gefühle und das Nachdenken bereiteten mir Kopfschmerzen. Ich wollte doch einfach nur nach Hause und mich in meinem Zimmer verkriechen. Mich zu einer Kugel zusammengerollt ins Bett legen und mir die Decke über den Kopf ziehen. Durch dröhnende Musik aus meinen Kopfhörern alles um mich herum vergessen. Stattdessen saß ich in einer Villa fest, in der mich mein Entführer zwang, das Tagebuch meiner Mutter zu lesen. Es klang einfach so absurd. Ich hätte gleichzeitig lachen und weinen und nie mehr damit aufhören können. Plötzlich hörte ich von unten Lärm. Eine zuschlagende Tür und gedämpfte Schmerzensschreie. Alarmiert stand ich auf und ging langsam durch die Regalreihen. Schritte auf der Treppe. Mein Atem beschleunigte sich. Wären es Mirak, Miguel oder irgendwelche Angestellten, würden sie einfach hereinkommen. Aber die Person draußen blieb stehen, zögerte. Dann das Knarren einer Bodendiele. Langsam kamen die Schritte näher. Vorsichtig wurde die Klinke heruntergedrückt. Ich stand mitten im Raum, unfähig mich zu bewegen. Mit geweiteten Augen und klopfendem Herzen beobachtete ich, wie die Tür geöffnet wurde. Zuerst traute ich meinen Augen kaum. Ich blinzelte mehrmals, aber ich hatte keine Halluzination. Es war Tyron. Ein Schluchzen entwich mir, als alle Anspannung von mir abfiel und ich auf ihn zulief. Eine Armlänge von ihm entfernt blieb ich stehen und streckte langsam meine Hand aus. Ich spürte seine warme Haut unter meinen Fingern, als ich ihn am Arm berührte. Er war real. Er war wirklich hier.

18

Neil hackte auf seine Tastatur ein, bis Davis ihn mit gezwungener Freundlichkeit bat das zu unterlassen. Sie saßen jetzt schon seit einer Stunde vor ihren Rechnern und arbeiteten parallel an den Verhörprotokollen, die eigentlich noch heute Abend bei ihrem Chef auf dem Tisch liegen sollten. Ob Neil das allerdings ausnahmsweise einmal hinbekam war fraglich. Er scheiterte gerade an seinem Computer, da dieser nicht das tat, was er wollte. Und bei dem ständigen Fluchen seines Kollegen konnte Davis einfach nicht arbeiten. Kurzerhand schnappte er sich seinen Laptop und verließ wortlos das Büro. Neil war ohnehin zu abgelenkt, um ihn zu bemerken. Er versuchte das Verhör von Tyron Cordes zu protokollieren. Dieser Mann machte ihn einfach wahnsinnig. Der spazierte einfach in das Polizeirevier, um dann eine arme Frau anzugreifen und haltlose Anschuldigungen zu machen. Seiner Meinung nach gehörte er nicht nur lebenslang ins Gefängnis, sondern in die Klapse. Und dann diese ganzen Geschichten, die er ihnen auftischte. Der Kommissar schnalzte missbilligend mit der Zunge. Nur mit Mühe konnte er die Wut unterdrücken, die ihn immer überkam, wenn er an Mr. Cordes dachte. Trotzdem blieb ihnen wohl nichts Anderes übrig, als seine Geschichte zu überprüfen. Auch den Banküberfall von damals mussten sie sich noch einmal genauer ansehen. Der tauchte immer wieder in ihren Ermittlungen auf.

Verzweifelt versuchte er wieder etwas einzutippen, aber das Programm machte einfach nicht, was es sollte. Es schrieb nur Großbuchstaben, obwohl es das nicht machen sollte. Er war kurz davor, Davis zu Hilfe zu rufen, aber als er aufsah war sein Kollege schon lange weg. Er schlug auf den Tisch und traf dabei aus Versehen seine Tastatur. Erschrocken überprüfte er ihre Funktionstüchtigkeit und war erstaunt: endlich waren die Großbuchstaben weg. Erleichtert machte er sich daran, das Protokoll weiterzuschreiben. Technik war doch gar nicht so schlimm und er hatte bewiesen – vor allem sich selbst – dass er damit ganz gut allein zurechtkam. Die Minuten davor, in denen er verzweifelt mit dem Computer gekämpft hatte, vergaß er einfach lächelnd.

Davis war in den Konferenzraum gegangen und hatte sich auf einem der Stühle niedergelassen. Hier konnte er deutlich besser arbeiten. Kurz genoss er die Ruhe, dann widmete er sich dem fast fertigen Protokoll. Er hatte das Verhör von Mrs. Fleer schon von Hand dokumentiert, der Notizblock lag neben ihm, und nun musste er es abtippen und ausformulieren. Normalerweise hatte er damit kein Problem, aber heute war er zu abgelenkt. Er verzichtete sogar auf seinen Kaffee, denn der machte ihn nur noch nervöser. In Gedanken rekapitulierte er das Verhör noch einmal. Die Aussage von Mrs. Fleer widersprach der von Tyron Cordes. Der hatte behauptet, dass die Frau sowohl ihn, als auch Miguel besser kannte, da sie früher oft in der ominösen Villa gewesen sei. Sie hatte jedoch ausgesagt, dass sie nur manchmal ihren Mann David dorthin begleitet habe. Und überhaupt habe sie mit Miguel nie viel geredet. Irgendetwas störte Davis an dieser Aussage, er konnte nur nicht sagen was. Dass sie von dem Bankraub nichts gewusst haben wollte, glaubte er ihr sowieso nicht, er hatte aber noch keine Beweise gegen sie. Die Frau sah vielleicht sehr zerbrechlich und schwach aus, aber auf diese Fassade fiel er nicht herein. Er misstraute ihr schon, seit die Ermittlungen begonnen hatten, in solchen Fällen hörte er lieber auf sein Bauchgefühl, auch wenn das Neil nicht gefiel. Einige Zeit waren nur das Klappern der Tasten zu hören und draußen ein gedämpftes Gespräch von Kollegen, was aber deutlich weniger störte, als Neils Fluchen. Davis stand auf und öffnete das Fenster, um frische Luft hereinzulassen. Ein kühler Herbstwind blätterte einige Seiten in seinem Notizblock um. Dunkle Wolken trieben langsam am Himmel umher, es würde später sicher regnen. Er riss seinen Blick vom Fenster los und holte sich von dem kleinen Tisch neben der Tür ein Glas Wasser. Dann setzte er sich wieder und vertiefte sich in seine Arbeit. Er war so konzentriert, dass er gar nicht bemerkte, wie Neil zu Tür hereinkam. „Ah, gut, dass ich dich gefunden habe. Auf einmal warst du weg und... Äh, egal." Davis verbiss sich den gemeinen Kommentar, der ihm auf der Zunge lag. Neil kratzte sich am Hinterkopf. „Was ich eigentlich sagen wollte ist, dass ich versucht habe bei Mr. Cordes anzurufen, aber der war nicht da. Obwohl ich ihm doch gesagt habe, er muss für uns immer erreichbar sein. Naja." Es entstand eine kurze Pause. „Aber wir sollten uns mal genauer ansehen, was bei dem Banküberfall vor sechzehn Jahren passiert ist." Davis runzelte die Stirn und zuckte dann mit den Schultern. „Na gut, wir haben ja eh nichts Besseres zu tun. Warte kurz, ich schreibe nur noch das Protokoll fertig. Dauert nicht mehr lange." Neil sah ihn mit großen Augen an. „Was, du hast deins schon fertig?" Davis machte sich nicht einmal die Mühe zu antworten, sondern warf seinem Kollegen nur einen Blick zu, der seinen Standpunkt klarmachte. „Ich hatte Probleme mit meinem Computer.", verteidigte sich Neil und fügte stolz hinzu: „Die habe ich aber selbst gelöst." Davis musste ein Schmunzeln unterdrücken und sparte sich wieder die Antwort. Sein Chef ließ sich ihm gegenüber nieder und hielt dankenswerterweise die Klappe.

Als das Protokoll fertig war, schloss Neil das Fenster und sie gingen zurück ins Büro. Davis hatte seinen Laptop und das Notizbuch in der Hand.

Aus dem Archiv hatten sie die Akten zu dem Bankraub, in den Amalias Vater verwickelt gewesen war geholt und im ganzen Büro verteilt. Der ganze Boden war mit Papier bedeckt und auf ihren Schreibtischen stapelten sich die Beweisstücke. Neil und Davis lasen unterschiedliche Protokolle und arbeiteten sich ein. Nach vier Stunden, in denen Davis seine guten Vorsätze kurzerhand vergessen hatte und wieder einige Tassen Kaffee trank, lehnte er sich erschöpft in seinem Schreibtischstuhl zurück und sah zu seinem Kollegen. Der starrte auch nur noch müde ins Leere. „Und was hast du rausgefunden?", fragte Neil schließlich gähnend. Ein Blick auf die

Uhr verriet ihm, dass es bereits zwanzig Uhr siebenunddreißig war. „Ich habe hier den genauen Ablauf des Überfalls, der anhand der Auswertung der Überwachungskameras rekonstruiert wurde. Ich gebe dir aber die etwas gekürzte Version.", fügte er hinzu, als er den wenig begeisterten Blick von Neil sah.

„Also vor sechzehn Jahren stürmten zwei maskierte Täter, die anhand ihrer Statur als Männer identifiziert werden konnten, am 13. September um 16:27 Uhr die Bank in der Stadt, in der zufällig auch Mrs. Fleer arbeitete. Beide waren mit einer Pistole bewaffnet. Sie zwangen die Leute, sich auf den Boden zu legen und ihre Handys abzugeben. Alles schien gut geplant und die Täter waren ruhig. Einer der Männer blieb bei den Geiseln, der zweite ließ sich von einer Angestellten Geld aushändigen und verschwand dann mit ihr in den Tresorräumen. Später haben die Kollegen festgestellt, dass alle Schließfächer ausgeräumt wurden. Die Bankangestellte fanden sie unversehrt in dem Raum eingeschlossen. Einer der drei Wachleute, die an dem Tag Dienst in der Bank hatten war wohl geistesgegenwärtig genug, den stillen Alarm auszulösen, als die Bankräuber das Gebäude betraten. Er wurde jedoch erschossen aufgefunden. Unsere Kollegen rückten an und es brach Chaos aus, dabei wurden ein weiterer Wachmann und ein Zivilist durch Schüsse getötet. Zwei weitere wurden verletzt. Zum Glück konnten sie schnell in ein Krankenhaus gebracht werden, wo sie schon bald wieder entlassen wurden. Die Täter flohen mit der Beute. Alles zusammengerechnet haben sie drei Millionen Euro geraubt." Davis sah von der Akte auf und begegnete Neils amüsiertem Blick. „Das klingt fast, wie ein Krimi. Wieso haben unsere Leute den Einsatz so vermasselt?", fragte er. Sein Kollege zuckte die Schultern. „Keine Ahnung. Das war wirklich keine Glanzleistung. Aber pass mal auf, es wird noch besser. Es gab keine Hinweise auf die Identität der Täter, bis einer der beiden eine Woche später auf der Dienststelle auftauchte und sich stellte."

Neils Gesichtsausdruck erinnerte an einen Fisch. Riesige Augen und ein Mund, der auf und zu schnappt. „Warte, was? Willst du mich verarschen? Der ist da einfach so rein spaziert und hat gesagt:

Hey Leute, ich glaube ihr sucht mich, hier bin ich. Bitte nehmt mich fest?!" Davis begann zu lachen. „Ganz genau. Nur die Beute ist bis heute verschwunden." Neil schüttelte ungläubig den Kopf. Dann begann er in den Unterlagen zu kramen, die sich auf seinem Schreibtisch stapelten. „Und dieser Kerl war David Kayler und seine Aussage führte zur Verhaftung von Fabio Gera, dem zweiten Bankräuber. Die ermittelnden Kollegen haben zwar vermutet, dass es noch weitere Komplizen gab, aber sie konnten nie etwas nachweisen. Sie haben Mrs. Fleer verdächtigt, da sie in der Bank gearbeitet hat, aber er gab einfach keinen einzigen Beweis. Außerdem war einer der getöteten Wachleute Karim Cordes, der Bruder von Miguel Cordes. Er hat dort zwei Monate zuvor angefangen und sich nie auffällig verhalten, weshalb er aus dem Kreis der Verdächtigen ausgeschlossen wurde. David Kayler ist bei der Cordes Familie aufgewachsen, die ein kleines Unternehmen leitet, aber auch da gab es keine Beweise. Diese ganzen Verbindungen scheinen ein riesengroßer Zufall zu sein. Ich bin mir allerdings sicher, dass auch die Brüder ihre Finger im Spiel hatten." Er kratzte sich am Kopf. „Was das allerdings mit unserem Entführungsfall zu tun haben soll, ist mir ein Rätsel." Davis schlug eine andere Mappe auf, in dem die Gerichtsverhandlung zusammengefasst wurde. „Keine Ahnung, aber schau mal hier. Fabio Gera wurde zu fünfzehn Jahren Haft verurteilt, er hat nicht nur die Bank überfallen, sondern auch die Waffen illegal erworben. David Kayler bekam nur zehn Jahre, weil seine Aussage zur Verhaftung von Gera geführt hat. Er ist jedoch kurz nachdem er ins Gefängnis kam unter seltsamen Umständen ums Leben gekommen." Nachdenklich klappte er die Mappe zu und ging zu seinem Computer. Dabei versuchte er auf möglichst wenige Bilder auf dem Boden zu treten, aber das war so gut, wie unmöglich. Die lagen wirklich überall.

Er setzte sich und schaltete den Bildschirm an. Mit seinem Schreibtischstuhl rollte er nochmal über mindestens zehn Fotos, seufzend gab er alle Vorsicht auf und machte sich mithilfe seines Schuhs ein wenig Platz. Neil kam zu ihm. „Was machst du?", fragte er. Davis begann etwas einzutippen. „Ich versuche mehr über Fabio

Gera herauszubekommen. Wie David Kayler mit den Cordes Brüdern in Kontakt gekommen ist, ist ja klar, aber was Gera mit denen zu schaffen hat, wissen wir noch nicht." Ein neues Fenster öffnete sich und Davis gab den Namen in die Suchleiste ein. „Okay, gut. Fabio Gera ist, oder eher war, ein Kleinkrimineller, der eigentlich in jedem schmutzigen Geschäft in der Stadt seine Finger drin hatte. Für den richtigen Preis konnte er einem alles besorgen. Drogen, Medikamente, Waffen. Aber er hatte wohl nicht das Zeug dazu, größere Dinger zu drehen. So wie es aussieht, ist er auf dieselbe Schule gegangen, wie David Kayler und Miguel und Karim Cordes. Vielleicht kannten sie sich daher." Davis gab einen anderen Begriff in die Suchleiste des Programms ein und wartete, bis die Seite geladen hatte.

„Das Familienunternehmen der Cordes ist ein kleines Import- Export- Unternehmen namens Serdoc Trade. Nach dem Tod der Eltern hat Miguel als älterer Bruder die Leitung übernommen. Was genau die jedoch importieren und exportieren ist nicht bekannt, weshalb sie auch schon des Öfteren ins Visier der Behörden geraten sind. Es konnte jedoch nie etwas Auffälliges gefunden werden. Die Söhne von Karim Cordes, also Tyron und Mirak, sind auch dort angestellt. Sie arbeiten im Büro, zumindest laut Serdoc Trade. Auch Mila Juvan, unsere Kontaktperson arbeitet dort. Ich vermute mal, dass das wieder kein Zufall ist." Davis sah zu seinem Kollegen auf. Neil schwenkte gedankenverloren seine Kaffeetasse. „Das heißt also, sollte Tyron Cordes recht haben, was ich zwar nicht glaube, aber für den unwahrscheinlichen Fall, dass es doch so ist, dann ist das Unternehmen eine Art Tarnung für die Drogengeschäfte seines Onkels. Richtig?", fragte er. Davis nickte langsam. „Damit wissen wir aber immer noch nicht, was Amalias Entführung mit alldem zu tun hat." Er stand auf und begann die Fotos vom Boden aufzusammeln. „Naja, vielleicht ist es eine Warnung an Mrs. Fleer. Oder sie wird erpresst und wir haben es mit einer ganz normalen Entführung zu tun, hinter dem einfach nur die Geldgier steckt." Davis glättete ein Foto, über das er zuvor mit dem Schreibtischstuhl gerollt war. Seine Bemühungen waren jedoch vergebens. Also versteckte er es zwischen zwei anderen Bildern und legte sie gemeinsam in einen der Kartons. „Ich weiß nicht so recht. Für eine normale Entführung halte ich das Ganze nicht. Meiner Meinung nach ist Mr. Cordes' Geschichte recht glaubhaft und ich denke, dass es auch eine Verbindung zu dem Banküberfall gibt." Neil hatte bisher seinen Kollegen beobachtet, nun stellte er seine Tasse beiseite und half ihm beim Aufräumen. „Okay. Aber welche Verbindung soll es da geben? Oder hat Amalia selbst etwas herausgefunden, was sie nicht wissen sollte und wurde deshalb entführt? Denn die Geldübergabe ist ja gescheitert, das kann also nicht das vorrangige Motiv sein. Da hast du wohl recht." Davis hielt inne und sah seinen Kollegen verdutzt an. „Was hast du gerade gesagt? Kannst du das bitte nochmal wiederholen?", fragte er zuckersüß. Neil war eigentlich niemand, der seine Fehler gern eingestand, geschweige denn jemand anderem recht gab. „Ich sagte: Du hattest wohl recht damit, als du gesagt hast, dass es keine normale Entführung ist. Zufrieden?", wollte Neil wissen. Seine Stimme klang jedoch schon wieder leicht genervt, was Davis sogar beruhigte. Alles war wie immer. Er nickte mit einem breiten Lächeln, das er sich für den Rest der Arbeit einfach nicht mehr verkneifen konnte. Dieser Fall ließ wirklich alle verrücktspielen.

19

Ich konnte es einfach nicht fassen. Tyron stand vor mir. Er war wie aus dem Nichts aufgetaucht. Im einen Moment hatte ich noch im Tagebuch meiner Mutter gelesen und im nächsten Moment war er einfach da. Noch immer standen wir wie vom Donner gerührt mitten im Raum. Die Zeit schien stillzustehen oder sie spielte eher einfach keine Rolle mehr. Ich fühlte mich, als würde ich schweben. Schwerelos. Ich umarmte ihn langsam und vergrub mein Gesicht an seiner Schulter. Er legte seine Arme um mich und hielt mich fest, bis ich mich vorsichtig losmachte. Mir war nicht bewusst gewesen, wie sehr ich ihn vermisst hatte, aber jetzt stiegen mir die Tränen in die Augen. Gleichzeitig war ich verwirrt.

„Was machst du hier und wie bist du überhaupt hier reingekommen?", fragte ich mit belegter Stimme. Tyron lächelte mich an und strich mir eine Strähne aus dem Gesicht. Dann ließ er seine Hand wieder sinken. Wir standen uns gegenüber, kaum eine Armlänge trennte uns voneinander. „Ich habe Kontakt mit Mila aufgenommen und sie hat mir den Weg zur Villa beschrieben. Der Rest war nicht so schwer, wenn man meinen Onkel kennt. Außerdem darfst du nicht vergessen, dass ich in solchen Sachen ausgebildet wurde.", fügte er noch sanft hinzu. Diesen Teil vergaß ich wirklich sehr leicht. Bei Mirak war es nicht so schwer sich vorzustellen, wie er in Wohnungen einbrach und andere schlimme Dinge machte. Aber bei Tyron weigerte ich mich mir einzugestehen, dass er das auch konnte und sogar tat. „Ich bin hier, weil ich das Warten nicht länger ertragen konnte." Ich musste lächeln und gleichzeitig rollte mir eine Träne über die Wange. Schnell wischte ich sie weg und blinzelte. „Warten worauf?", wollte ich wissen. Er sah mich lange einfach nur an. Ich fragte mich schon, ob er mir noch antworten würde. „Darauf, dass dich die Polizei hier rausholt.", sagte er schließlich leise. Mein Herz machte einen Satz. „Die Polizei sucht nach mir? Und meine Mutter? Geht es ihr gut?" Ich stellte eine Frage nach der anderen ohne Luft zu holen. Dann sah ich erwartungsvoll zu Tyron auf. Er schmunzelte. „Ja, die Polizei sucht nach dir und sie sind auf einem guten Weg. Aber ich bin schneller. Und deiner Mutter geht es auch soweit ganz gut. Und wie geht es dir?" Er hob wieder seine Hand und berührte sanft mein Gesicht. Dann umschloss er es mit beiden Händen und drehte es hin und her. In seinen Augen lag wachsame Sorge. Zentimeter für Zentimeter suchte er meine Haut nach Verletzungen ab, bevor ich überhaupt die Chance hatte zu antworten. Lächelnd nahm ich seine Hände und hielt sie fest. „Mir geht es gut. Wirklich. Sie haben mir nichts mehr getan, seit ich hier bin." Langsam entspannte er sich wieder. Er ließ seinen Blick durch den Raum wandern und sah zu den Sesseln, wo ich noch kurz zuvor gesessen hatte. Das Tagebuch lag umgedreht auf einem der Sessel, wo ich es vorhin fallen gelassen hatte. Tyrons Blick fiel drauf.

„Was ist das?", fragte er. Ich durchquerte den Raum, nahm das Buch in die Hand und legte das dünne Seidenband, das am Umschlag befestigt war, als Lesezeichen hinein. „Das ist das Tagebuch meiner Mutter. Miguel will, dass ich es lese. Keine Ahnung, warum ihm das so wichtig ist, aber ich habe sonst eh nichts zu tun." Tyron war mir gefolgt und nahm das Buch. Er blätterte darin herum und gab es mir mit einem Schulterzucken zurück. „Mein Onkel hatte schon immer komische Anwandlungen. Aber er verfolgt damit sicher einen seiner verrückten Pläne. Er tut einfach nichts ohne Grund." Er seufzte. Wieder sah Tyron sich um. Er schien jedes Detail des Zimmers in sich aufzunehmen. Dann schien er sich zu besinnen, schüttelte den Kopf und sah mir fest in die Augen. „Hör zu. Ich habe die Männer, die die Treppe bewacht haben, ausgeschaltet und die Alarmanlage lahmgelegt. Mirak und Miguel sind vorhin weggefahren. Wir sollten schleunigst von hier verschwinden." Ich spürte, wie mir das Blut in den Ohren rauschte. Adrenalin durchströmte meinen Körper und ich nickte aufgeregt. Gleich hatte der Alptraum ein Ende. Ich konnte zurück nach Hause, konnte meine Mutter und meine

Freundinnen wiedersehen. Und mit Hilfe der Polizei konnten Mirak und Miguel verhaftet werden. Er hielt mir die Hand hin und ich ergriff sie. Einer Intuition folgend nahm ich auch das Tagebuch und steckte es mir in die hintere Hosentasche. Wir durchquerten den Raum und Tyron öffnete die Tür. Dann traten wir auf die Galerie hinaus, vor uns lag die Treppe. Und an ihrem Ende wartete Mirak. Er zielte mit einer Pistole auf uns und hinter ihm standen drei seiner Männer mit den gleichen Waffen. Ich fühlte mich wieder einmal, als würde ich in ein tiefes dunkles Loch fallen und dieses Gefühl war mir in letzter Zeit nur allzu vertraut geworden. „Nein.", flüsterte ich und umklammerte Tyrons Hand. Wieder stiegen mir Tränen in die Augen und diesmal waren es keine Freudentränen. „Hier ist leider Ende mit eurem romantischen Wiedersehen." Miraks Stimme strotzte nur so vor Selbstgefälligkeit und Ironie. Tyron spannte sich an und ich hatte keine Zweifel daran, dass er sich jederzeit vor mich werfen würde. Fast musste ich lachen, als mir klar wurde, wie gut wir die Klischees erfüllten. „Lass uns gehen Mirak. Wir…", begann Tyron, wurde aber sofort unterbrochen. „Ach hör doch auf damit. Du weißt, dass ich nicht so ein Weichei bin, wie du. Außerdem kann ich dieses Flehen nicht leiden." Er begann zu lachen. „Du kannst froh sein, wenn ich euch beide am Leben lasse und es nicht Miguel erzähle." Mit einem Ruck seiner Waffe bedeutete er Tyron zu ihm zu kommen. Mir sagte er, ich solle oben stehen bleiben. Tyron drehte sich zu mir und nahm mein Gesicht in seine Hände. „Halte durch okay? Versprichst du mir das?", flüsterte er. Ich nickte und konnte nun endgültig meine Tränen nicht mehr zurückhalten. Dann küsste er mich und zum zweiten Mal an diesem Tag blieb die Zeit stehen. Nur widerwillig lösten wir uns voneinander. Traurig lächelnd strich er mir über meine Wange. Ich konnte meinen Blick nicht von ihm wenden. Auch dann nicht, als einer von Miraks Leuten zu mir nach oben kam und mich zurück zu meinem Zimmer zerrte. Die anderen zwei drehten Tyrons Arme auf seinen Rücken und hielten ihn fest. Ich sah noch, wie Mirak ausholte und dann das ekelerregende Geräusch von einer Faust, die auf das Gesicht eines anderen Menschen traf. Ich schrie und wehrte mich gegen den Griff des Mannes, der mich erbarmungslos weiterzog. Mirak holte immer und immer wieder aus. Kurz bevor wir an meinem Zimmer angekommen waren begegneten sich unsere Blicke. Er bohrte sich in meinen und ließ mich zutiefst erschüttert zurück. Es war nicht nur Wut und Ärger in seinem Blick, sondern auch eine Anklage, dass das alles meine Schuld war. Sie zerrten den fast besinnungslosen Tyron nach draußen und warfen ihn auf den vom Regen durchnässten Boden. Er sackte zusammen und wehrte sich nur schwach, als sie auf ihn eintraten. Das letzte, das ich sah bevor die Tür hinter ihnen zuschlug war Mirak, der sich zu seinem Bruder hinunter beugte und ihm etwas ins Ohr flüsterte. Dann fiel die Eingangstür zu und dem Mann gelang es mich in mein Zimmer zu sperren. Mit einem endgültigen Klacken fiel die Tür ins Schloss und der Schlüssel wurde herumgedreht. Ich hämmerte mit den Fäusten dagegen, bis sie taub waren und schrie mir die Kehle aus dem Hals. Alles war vergebens gewesen. Ich war schuld daran, dass sie Tyron wehtaten und wir nicht hier rausgekommen waren. Was wäre gewesen, wenn ich nicht so viele Fragen gestellt hätte? Was wäre gewesen, wenn ich ihm das Tagebuch nicht gezeigt hätte? Wären wir dann entkommen? Wäre dann dieser Alptraum zu Ende? Was ist, wenn sie Tyron umbrachten? Das wäre auch meine Schuld. Ich hatte keine Kraft mehr und meine Schreie gingen in Schluchzen über. Unfähig mich noch länger auf den Beinen zu halten sank ich auf den Boden und lehnte mich gegen die Tür. Mein Gesicht vergrub ich in den Händen und dicke Tränen liefen mir über die Hände. Mir war kalt und ich wollte doch nur nach Hause. Bei dem Gedanken an meine Mutter schüttelten mich noch mehr Schluchzer. Das konnte einfach nicht wahr sein.

Langsam gingen mir die Tränen aus und ich weinte lautlos weiter. Ich stand auf und setzte mich auf das Bett. Draußen verdunkelten schwere Wolken den Himmel und es regnete. Einige Tropfen zogen lange Spuren am Fenster. Mal schneller mal langsamer liefen sie am Glas entlang. Ich fühlte mich ausgelaugt. Innerhalb kürzester Zeit war ich der glücklichste und der traurigste Mensch der Welt gewesen. Und das ging schon seit Tagen immer wieder so. Eine Achterbahn der Gefühle, wie man es so schön ausdrückte. Ich lachte hart.

Die Leute hatten ja keine Ahnung. Ich fühlte mich einfach nur noch leer. Hatte keine Kraft mehr. Manchmal dachte ich, ich hätte schon alle Tränen geweint und hätte keine mehr übrig, doch ich wurde immer wieder eines Besseren belehrt. Einige Zeit hing ich meinen düsteren Gedanken nach und starrte aus dem Fenster. Irgendwann, als mein Rücken wehzutun begann, legte ich mich hin. Ich rutschte hin und her und fand keine bequeme Position. Dann fiel mir ein, dass ich ja das Tagebuch in meiner hinteren Hosentasche hatte. Ich zog es hervor und sah lange darauf. Nahm die geschwungene Schrift wahr, den abgegriffenen Einband und das schmutzige Lesezeichen, das von der intensiven Nutzung zeugte. Wieder einmal stellte ich mir vor, wie meine Mutter es in der Hand hielt, vielleicht sogar im selben Raum auf jeden Fall jedoch im selben Haus. Ob sie sich wohl heute jemals daran erinnerte, dass sie es hiergelassen hatte. Ich fragte mich, wieso es hier war. Hatte meine Mutter es vergessen oder gab es einen anderen Grund dafür? Wollte sie, dass ich es fand oder wusste sie sogar, dass ich eines Tages hier sein würde? Meine Spekulationen wurden immer wilder. Ich schüttelte den Kopf und legte das Büchlein auf das Nachtkästchen. Dann stand ich auf und ging zum Kleiderschrank. Ich zog eine Jogginghose, einen weiten Pullover und Unterwäsche heraus und betrat das Badezimmer. Ich zog mich aus und stand wieder eine Weile vor dem Spiegel. Die Blutergüsse hatten sich verfärbt und die Kratzer von meiner Flucht durch den Wald waren fast verheilt. Meine Haare waren zwar unordentlich und fettig, aber sie hatten wieder an Glanz gewonnen. Die letzten Tage hatte ich den Blick in den Spiegel vermieden, weil ich ihn nicht ertragen konnte. Ich hatte Angst gehabt, meine innerliche Veränderung an meinem Äußeren zu erkennen. Aber ich sah noch genauso aus, wie vor ein paar Tagen. Seltsamerweise beruhigte mich das. Als mir das klar wurde schüttelte ich verärgert über mich selbst den Kopf. Mir wurde kalt und so stieg ich in die Dusche und schloss die Schiebetüren. Ich drehte das Wasser auf und ließ es heiß über meinen Rücken rinnen.

Nachdem ich mich abgetrocknet und angezogen hatte, saß ich mit einem Handtuch um die Haare gewickelt auf dem Bett und beobachtete weiter die Regentropfen am Fenster. Das Duschen war gut gewesen. Ich fühlte mich jetzt irgendwie lockerer und einfach besser. Eine gefühlte Ewigkeit saß ich so da und starrte vor mich hin. Langsam wurde es dunkel, aber ich hatte keine Lust, das Licht anzuschalten. Als ich kaum mehr die Hand vor Augen sehen konnte, stand ich murrend auf. Das Licht blendete und ich kniff die Augen zu. Um später nicht nochmal aufstehen zu müssen ging ich zurück ins Badezimmer und rubbelte meine Haare trocken. Ich kämmte sie flüchtig und band sie zusammen. Danach legte ich mich wieder aufs Bett. Als ich kurz vorm Einschlafen war, klopfte es. Ich hoffte, dass die Person dann wegging, wenn ich nicht antwortete, aber der Schlüssel wurde herumgedreht und die Tür geöffnet. Mirak stand im Türrahmen und ich sah ihn müde an. Die Ereignisse von heute Nachmittag kamen mir wie ein Traum vor und mittlerweile zweifelte ich daran, dass Tyron wirklich hier gewesen war. Ich hatte das Gefühl, ich hätte es mir nur eingebildet. Wunschdenken. Und doch machte ich mir unendlich große Sorgen um ihn. „Was willst du?", fragte ich müde. Er kam ins Zimmer und schloss die Tür hinter sich. „Abendessen.", antwortete er knapp. Ein unangenehmes Gefühl machte sich in meinem Bauch breit. Nach dem, was am Nachmittag passiert war wollte ich Miguel nicht gegenüberzutreten. „Kein Hunger." Ich drehte mich zum Fenster. „Das war keine Bitte. Los zieh dir was Ordentliches an." Mit hartem Blick sah ich ihn an und verschränkte meine Arme. „Ich sagte ich habe keinen Hunger. Lass mich einfach in Ruhe." Mirak ging mit festen Schritten zum Kleiderschrank und zog eine Jeans und eine Bluse heraus. Die Kleidungsstücke warf er mir zu und ich fing sie aus Reflex. „Anziehen. Miguel wartet nicht gern." Mit ebenfalls verschränkten Armen lehnte er am Fensterbrett und sah mich unverwandt an. Herausfordernd reckte ich das Kinn und warf die Sachen auf den Boden. Es war zwar die Geste eines trotzigen Kleinkindes, aber irgendwie schien es mir in dem Moment richtig zu sein. Miraks Mund verzog sich zu einem grausamen Lächeln. „Entweder du ziehst dich selbst an, oder ich helfe dir." Ich biss fest die Kiefer aufeinander und stand auf. Ohne ihn aus den Augen zu lassen hob ich die Kleidungsstücke auf und ging zum Badezimmer. „Du dreckiger Mistkerl.", zischte ich, als ich an ihm vorbeilief. Ich wartete Miraks Reaktion nicht ab, sondern knallte wütend die Tür hinter mir zu und schlüpfte aus den bequemen Sachen. Nur mit meiner Unterwäsche bekleidet lehnte ich mich gegen die kalte Fliesenwand. Ich blinzelte die Tränen weg und schluckte. Dann zog ich die Kleidungsstücke an, die er mir ausgesucht hatte und klatschte mir kaltes Wasser ins Gesicht. Im noch immer leicht beschlagenen Spiegel sah ich mir entschlossen in die Augen. Mit einem flauschigen Handtuch trocknete ich mein Gesicht und trat aus dem Badezimmer. Ohne Mirak zu beachten lief ich zur Zimmertür und nach draußen. Ich hörte seine Schritte hinter mir. Wir gingen die Treppe nach unten und in Richtung des Speisesaals. Plötzlich griff Mirak nach meinem Arm und drehte mich zu sich herum. Um den Schwung abzufangen stützte ich eine Hand auf seine Brust. Nur noch wenige Zentimeter trennten uns und ich konnte seinen Atem auf meiner Wange spüren. Er sah mir in die Augen, dann wanderte sein Blick zu meinem Mund. Mein Atem beschleunigte sich und meine Hände wurden schweißnass. Seine eine Hand umschloss noch immer meinen Arm, mit der anderen strich er mir eine Strähne meiner noch immer feuchten Haare aus dem Gesicht. Er flüsterte meinen Namen. Dann trafen seine Lippen auf meine und er küsste mich. Ich presste meine Lippen zusammen und wollte meinen Kopf zur Seite drehen, aber er hielt mich fest. Ich wehrte mich mit allen Mitteln, stemmte mich gegen seine Brust und schaffte es schließlich aus seinem Griff zu entkommen. Mit aller Kraft schlug ich ihm ins Gesicht und wich vor ihm zurück. Er stand einfach nur da und sah mich an. Ein roter Handabdruck nahm langsam auf seiner Wange Gestalt an. Ich atmete noch immer zu schnell und starrte ihn mit weit aufgerissenen Augen an. „Mach das nie wieder.", sagte ich mit erstaunlich ruhiger Stimme. Dann drehte ich mich um und ordnete meine Klamotten und Haare. Ich streckte die Hand nach der Türklinke aus, aber Mirak hielt mich zurück. Seine Hand auf meinem Arm schien zu brenne. „Fass mich nicht an. Nie wieder. Kapiert?", fauchte ich und schoss ihm einen wütenden Blick zu. Mit einer stoischen Ruhe sah er mich an, nur seine mahlenden

Kiefer straften ihn Lügen. „Wegen meinem Bruder. Miguel weiß es nicht.", sagte er nach kurzem Schweigen. Dann öffnete er mir die Tür und ich trat verwirrt ein.

20

Neil saß auf seinem Schreibtischstuhl und starrte gedankenverloren vor sich hin. Sein Kollege, der ihm gegenübersaß, beobachtete ihn dabei. Vor drei Tagen war das Treffen von Tyron Cordes und Mila Juvan gewesen. Seither hatten sie nichts mehr von den beiden gehört. Auch Mrs. Fleer hatte sich seit dem Streit auf der Dienststelle nicht gemeldet, was seltsam war, da sie sonst beinahe jeden Tag anrief, um nach dem neuesten Ermittlungsstand zu fragen. Kurzerhand nahm Davis das Telefon und gab ihre Nummer ein. Er bestellte sie für einige Stunden später auf das Revier, da sie noch ein paar Fragen an sie hatten. Er verabschiedete sich und legte auf.

„Wir müssen sie unbedingt auf den Banküberfall ansprechen. Ich bin mir sicher, dass sie diesmal einknickt." Neil nickte. Davis nahm von neuer Motivation ergriffen das Telefon und wählte erneut eine Nummer. „Ich versuche jetzt nochmal Mr. Cordes zu erreichen.", erklärte er dabei. Neil blickte nicht einmal auf, als er nickte. Sein Kollege stellte auf Lautsprecher und sie lauschten dem Läuten. Dann erklang eine blecherne Frauenstimme, die erklärte, dass der gewünschte Gesprächspartner vorübergehend nicht erreichbar sei und eine Nachricht nach dem Signalton hinterlassen werden könne. „Hier ist Kommissar Davis. Melden Sie sich, wenn Sie das hören.", befahl Davis und legte auf. „Na toll. Wo steckt der denn? So viel zum Thema, die Stadt nicht verlassen und erreichbar bleiben." Neil erwachte aus seiner Trance und sah seinen Kollegen an. „Hast du ernsthaft geglaubt, er würde auf uns hören? Komm, lass uns zu seiner Wohnung fahren." Er stand auf und nahm seine Jacke, Davis folgte ihm und sie gingen zu ihrem Wagen.

Von einem Fuß auf den anderen tretend standen die Kommissare vor der verschlossenen Wohnungstür und klingelten zum vierten Mal. Der Wind hatte unangenehm aufgefrischt, ein leichter Nieselregen durchnässte langsam, aber sicher ihre Jacken und ließ sie noch mehr frieren. Neil hauchte sich warme Luft in die Hände und steckte sie dann wieder in die Taschen. „Wo ist der denn, verdammt?", fragte er. Davis zuckte nur mit den Schultern und klingelte erneut, diesmal länger. Als auch dann niemand öffnete, wandten sie sich zum Gehen. Verdutzt hielten sie inne. Keine zwei Meter von ihnen entfernt stand Mila Juvan und sah sie an. Sie trug eine schwarze Kapuzenjacke, eine schwarze Hose und schwarze Stiefel. Die einzigen Farbakzente waren ihre lila Strähnen. „Ihr sucht Tyron? Ich weiß, wo er ist.", sagte sie und starrte sie weiter unverwandt an. Neil fing sich als erster wieder und ging auf sie zu. „Gut und wo ist er?", wollte er wissen. Die junge Frau schüttelte den Kopf und sah sich nervös um. „Ich komme in einer halben Stunde zur Kapelle. Bringen Sie Kaffee mit, ein Stück Zucker und keine Milch.", orderte sie. Dann drehte sie sich um, setzte die Kapuze auf und verschwand im immer stärker werdenden Regen. Die Kommissare wechselten einen verdutzten Blick. Davis zuckte erneut die Schultern. „Vertrauen wir ihr?", fragte er seinen Kollegen. „Was Anderes bleibt uns nicht übrig.", antwortete der und ging zum Wagen. „Außerdem habe ich nichts gegen Kaffee." Sie stiegen ein und fuhren zum nächsten Café.

Eine lange Schlange empfing sie, als sie die Tür des kleinen Ladens öffneten. Einige der anderen Gäste warfen ihnen genervte Blicke zu, als der kalte Luftzug, den die beiden mit hereinbrachten, sie erreichte. Die Kommissare reihten sich ein und genossen eine Weile einfach nur die Wärme. Davis hasste den Herbst. Alles wurde trüb und grau, die Tage wurden kürzer und die Dunkelheit ließ sich kaum mehr vertreiben. Und das wirkte sich auch auf seine Laune aus. Außerdem war da noch die Kälte. Obwohl es im Winter viel kälter war, fühlte es sich im Herbst tausendmal schlimmer an. Gerade war noch Sommer gewesen und man lief in kurzen Klamotten durch die Gegend und im nächsten Moment fror man erbärmlich im Nieselregen. Ein Kälteschauer schüttelte ihn. Der Herbst war ganz einfach nicht seine Jahreszeit. Neil hingegen dachte über den Fall nach, der ihn zu jeder Tages- und Nachtzeit beschäftigte. Er hoffte sehr, dass sie ihn bald -mit einem Happy End- abschließen konnten. Seit dem Tag, an dem sie mit den Ermittlungen begonnen hatten, hatte er keine Nacht mehr durchgeschlafen. Normalerweise war das nicht so. Er war schon so lange im Dienst, dass er die Arbeit eigentlich nicht mit nach Hause nahm. Dieser Fall jedoch war anders. Er wusste nicht wieso, aber er war nicht wie die anderen Fälle, die er in seiner bisherigen Laufbahn gelöst hatte. Und das waren immerhin schon eine Menge gewesen.

Die Menschenschlange vor ihnen schien endlos zu sein und die einsame Frau hinter der Theke war heillos überfordert. Einige der Kunden verliehen ihrem Ärger lautstark Ausdruck, was hektische rote Flecken auf das Gesicht der Frau trieb. Irgendwie hatte er Mitleid mit ihr. Als ein älterer Herr vor ihnen anfing die Dame zu beleidigen, griffen die Polizisten ein. Als sie dann endlich an der Reihe waren, wurden sie von der überaus freundlichen Frau nicht nur mit Dank überhäuft, sondern auch noch auf den Kaffee eingeladen. Zuerst wollten Neil und Davis ablehnen, aber sie protestierte so vehement, dass sie einfach nicht anders konnten und das Angebot schließlich annahmen.

Unter einen Regenschirm gedrängt gingen Neil und Davis den Kiesweg entlang. Die Pappbecher in Davis' Hand dampften und verströmten einen köstlichen Duft. Sie hatten in der Nähe von Mrs. Fleers Haus geparkt und waren auf dem Weg zur Kapelle. Der Regen prasselte auf den Schirm und war mit ihren knirschenden Schritten das einzige Geräusch. Ihre Schuhe waren tropfnass und die Kälte saß ihnen mittlerweile in den Knochen. Die Heizung im Auto war nicht angesprungen, was nicht zu ihrer Laune beigetragen hatte. Und dann auch noch die junge Frau, die ihnen sagte, sie wisse, wo Tyron Cordes sei, einen Kaffee bei ihnen bestellte und ging. Nachdem sie endlich den Kaffee bekommen hatten, hatten sie durch den strömenden Regen bis ans andere Ende des Parkplatzes laufen müssen. Natürlich ohne Regenschirm. Und jetzt teilten sie sich einen, wobei Neil drei Viertel davon beanspruchte und Davis' linke Seite klatschnass war. Ihm reichte es für heute. Seine Laune war am Boden. Endlich erreichten sie die kleine Kapelle. Die Holztür stand offen, was seltsam war. Mit einem alarmierten Blick zogen die beiden ihre Waffen und gingen vorsichtig hinein. Neil schaltete seine Taschenlampe an, die den Innenraum erhellte. Alles war verstaubt und voller Spinnweben. Der kurze Mittelgang war rutschig und der Boden knarrte unter ihren Füßen. Als rechts von ihnen eine Bewegung in den Schatten sichtbar war, richteten sie gleichzeitig ihre Waffen auf die Person.

„Kommen Sie langsam und mit erhobenen Händen ins Licht.", befahl Neil. Mila Juvan kam mit spöttischem Blick auf sie zu. „Haben Sie meinen Kaffee dabei?", fragte sie. Die Kommissare entspannten sich und nahmen ihre Waffen runter. Davis reichte ihr den Pappbecher und sie bedankte sich. Die junge Frau nahm vorsichtig einen Schluck und verzog das Gesicht. „Ich sagte ein Stück Zucker und nicht fünf. Aber gut, Kaffee ist Kaffee." Sie streifte ihre Kapuze ab und setzte sich auf eine der Holzbänke. „Setzen Sie sich doch. Fühlen Sie sich wie zu Hause.", einladend klopfte sie auf den Platz neben sich. Eine Spinne krabbelte über die Lehne und verschwand in der Dunkelheit. Davis lehnte dankend ab.

„Sie sagten, Sie wissen, wo Mr. Cordes ist. Sie haben ihren Kaffee, also raus damit." Die Frau nahm noch einen Schluck. „Ja ich weiß, wo er ist und er steckt echt in Schwierigkeiten. Sagen wir mal, er hat seine Rüstung angelegt und sich auf sein weißes Pferd geschwungen um die Prinzessin zu retten." Neil fluchte. „Okay, wo ist die Villa?", fragte er. „Tyron ist nicht mehr in der Villa. Er wurde hochkant rausgeworfen und das meine ich wörtlich. Ihm geht's echt scheiße, der Arzt wollte ihn sofort ins Krankenhaus verfrachten, wenn er sich nicht geweigert hätte." Sie sah auf ihre Hände. „Ich werde euch sagen, wo er ist, aber nicht, wo die Villa ist. Miguel ist wirklich kein schlechter Mensch. Er hat mich aus der Scheiße geholt und mir einen Job gegeben. Und dafür werde ich ihn garantiert nicht verraten und euch Bullen zum Fraß vorwerfen. Und Amalia hat er auch nichts angetan. Sagen wir, er hat seine Gründe - gute Gründe - warum er sie bei sich behält." Neil verschränkte die Arme vor der Brust. „Und diese guten Gründe wären?", wollte er wissen.

„Haben Sie schon mal kurz daran gedacht, dass nicht nur die Angehörigen der Familie Cordes die Bösen sein könnten? Zum Beispiel auch unschuldige Frauen, wie Mrs. Fleer?", fragte sie im Gegenzug und sah die beiden Männer herausfordernd an. „Vielleicht ist der Grund ja Gerechtigkeit?" Davis' Blick wurde wachsam. „Was meinen Sie damit?" Die junge Frau schüttelte den Kopf. „Das müssen Sie schon selbst herausfinden. Ich kann ja schließlich nicht Ihren Job machen, nicht wahr?" Neil ging einen Schritt auf sie zu. „Aber Sie können uns helfen. Geben Sie uns einen Tipp. Damit können Sie auch Miguel entlasten und das wollen Sie doch, oder?" Als Neil sah, dass Mila angebissen hatte, lächelte er. „Nur mal so aus Neugier, was hat Miguel Cordes genau für Sie getan, dass Sie ihm so ergeben sind?", fragte er und setzte sich auf die gegenüberliegende Bank. Er hob seinen Kaffeebecher, den er von Davis entgegengenommen hatte und trank einen Schluck. „Sie wollen meine Geschichte hören? Also gut. Meine Mutter ist früh an einer Überdosis gestorben und mein Vater hat meinen kleinen Bruder und mich großgezogen. Er war Alkoholiker. Hat uns geschlagen. Er hat sich zu Tode gesoffen und ich habe keine Träne um ihn vergossen." Ihre Stimme triefte vor Bitterkeit. „Und ich bereue es nicht. Miguel hat uns beide aufgenommen und meinem Bruder geholfen auf eine gute Uni zu kommen. Mir hat er meine Ausbildung bezahlt und einen Job im Familienunternehmen gegeben. Ich bin ihm also was schuldig. Und jeder, der behauptet, Miguel sei ein schlechter Mensch, lügt." Als sie den Kommissaren in die Augen blickte, war ihr die Entschlossenheit anzusehen. Sie würde ihn niemals verraten.

Mila stand auf und zog einen gefalteten Zettel aus ihrer Tasche. Sie hielt ihn Davis hin und er nahm ihn. Dann ging sie den Mittelgang entlang zur Tür. Kurz bevor sie nach draußen ging, drehte sie sich um. „Viel Glück und danke nochmal für den Kaffee." Sie zog ihre Kapuze auf und verschwand im Regen. Davis öffnete den Zettel und las die Adresse, die darauf stand. „Das ist ganz in der Nähe von Mr. Cordes' Wohnung. Ich wette er weiß schon, dass wir kommen. Statten wir ihm doch einen Besuch ab." Sie verließen die Kapelle und drängten sich wieder unter den Regenschirm.

21

Schon wieder ein Abendessen, bei dem man die Anspannung fast körperlich spüren konnte. So schlimm wie heute war es noch nie gewesen. Niemand sprach auch nur ein Wort und ich traute mich nicht einmal mit dem Besteck zu klappern. Miraks Blick schien die ganze Zeit über auf mir zu ruhen. Er sah nicht einmal weg, wenn ich seinen Blick erwiderte. Mir fiel es extrem schwer ruhig zu sitzen und zu essen. Die Ruhe um mich herum stand in so krassem Gegensatz zu dem Gefühlschaos in meinem Inneren, dass ich am liebsten schreiend aufgestanden wäre. Meine Kiefer waren verkrampft und ich brachte fast nichts herunter. Die Jeans und die Bluse, die Mirak für mich herausgesucht hatten schienen mich einzuengen.

In meinem Kopf stellte ich mir immer mehr Was-wäre-wenn-Fragen, die meine Laune auch nicht besserten. Im Mittelpunkt meiner Gedanken stand Tyron. Ich hatte solche Angst, dass sie ihn umgebracht hatten und warf Mirak einen hasserfüllten Blick zu. Er war schuld an allem. Mir kamen erneut Tränen der Wut und ich schluckte sie gewaltsam herunter. Aus dem Wasserglas vor mir nahm ich einen Schluck. Das Glas zitterte in meiner Hand. Ich war hundemüde, der Tag war einfach zu viel für mich gewesen. Ich zwang mich weiterzuessen. „Und, was hast du heute so gemacht, Amalia?", fragte Miguel, der mir meine Unruhe offenbar angemerkt hatte. Ich verschluckte mich fast an meinem Bissen. Schnell legte ich das Besteck zur Seite und spülte mit einem Schluck Wasser nach. „Nichts Besonderes. Ich habe in der Bibliothek das Tagebuch meiner Mutter gelesen. Später habe ich mich noch ein bisschen hingelegt, ich war müde." Ich versuchte möglichst neutral zu klingen. Völlig verkrampft unterdrückte ich das Verlangen, hilfesuchend zu Mirak zu schauen und zwang mich stattdessen Miguels Blick kurz zu erwidern. Ein kurzes Lächeln huschte über sein Gesicht. „Es ist zwar bewundernswert, wie gut du mir ins Gesicht lügen kannst, aber ich weiß, dass Tyron hier war. Auch wenn sich Mirak viel Mühe gegeben hat, es vor mir geheim zu halten." Er streifte seinen Neffen nur mit einem kurzen scharfen Blick, dann wandte er sich mir zu. Sein Gesicht wurde weich.

„Ich kann mir vorstellen, wie verwirrt und traurig du gerade bist. Aber ich bitte dich noch einmal, ließ das Tagebuch zu Ende, dann verstehst du sicher, warum ich dich nicht gehen lassen kann. Das verspreche ich dir." Ich spielte nervös mit meinen Fingern und verdrängte die erneuten Fragen, die meinen Kopf zu belagern drohten. „Warum muss ich das Tagebuch lesen? Warum kannst du mir nicht einfach erklären, was hier los ist?", fragte ich leise und sah ihm in die Augen. Ich hatte keine Lust mehr auf diese ganze Sache hier. Ich wollte nur zu meiner Mutter und meinen Freundinnen, mich in eine warme Decke einkuscheln und vor dem Kamin einschlafen. Ich wollte nur eine Nacht ganz durchschlafen, ohne, dass mich Gesichter im Traum verfolgten. Ich wollte nur nach Hause. Müde rieb ich mir über die Augen und wartete auf seine Antwort. Miguel betrachtete mich lange und legte den Kopf schief. „Du kennst mich nicht und egal, was ich dir sagen würde, du würdest mir nicht glauben. Deshalb lasse ich sozusagen deine Mutter erzählen. Du kennst ihre Schrift und weißt, wie sie sich ausdrückt. Also kannst du dir sicher sein, dass ich nichts an dem Tagebuch verändert habe. Sie erzählt dir, was vor sechzehn Jahren passiert ist und dann wirst du alles verstehen. Und du wirst mir glauben." Ich dachte darüber nach und kam zu dem Schluss, dass er unter Umständen Recht haben könnte. Ich kannte ihn wirklich nicht und misstraute ihm. Dass das Tagebuch echt ist, daran hatte ich jedoch keinen Zweifel. Ich hörte meine Mutter förmlich aus den Seiten sprechen. Langsam nickte ich.

„Wenn du aufgegessen hast, darfst du dich gerne in das Kaminzimmer oben setzen und weiterlesen. Ich habe vorhin den Kamin angezündet, es dürfte dort schön warm sein." Der Gedanke an ein knisterndes Feuer, eine warme Decke und das Tagebuch war gar nicht mal so schlecht. Ich willigte ein und aß weiter. Ich war wirklich gespannt, was dieses große Geheimnis sein sollte, das angeblich in dem Tagebuch stand. Aber es schien etwas so Wichtiges zu sein, dass Miguel dafür sogar Menschenleben im Kauf nahm und eine Entführung billigte.

Nach dem Essen ging ich gemeinsam mit Mirak und Miguel die Wendeltreppe zum Kaminzimmer hinauf. Der Raum wurde von dem flackernden Feuerschein erhellt und eine wohlige Wärme zog mich hinein. Ich setzte mich in eine weiße Wolldecke gehüllt auf einen Sessel vor dem Kamin und nahm das Tagebuch, das Mirak mir gab. Er hatte es wohl aus meinem Zimmer mitgenommen. Als er es mir gab entschuldigte er sich flüsternd bei mir und sagte, er habe nicht gewusst, dass Miguel das mit Tyron herausbekommen hatte. Ich nickte bloß und er verließ gemeinsam mit seinem Onkel das Zimmer. Die Stille war erdrückend. Eine Weile saß ich nur da und starrte auf die nächste Seite des Tagebuchs. Ich hing meinen trübseligen Gedanken nach und war nicht fähig, mich auf die Buchstaben zu konzentrieren. Das Essen hatte mich müde gemacht. Dann begann ich doch zu lesen.

So etwas hätte ich niemals von meinem Mann erwartet. Das kann einfach nicht wahr sein. Er ist doch kein Krimineller! Seinen Stiefbrüdern, okay, denen traue ich das schon eher zu. Dass sie mich aber auch noch mit hineinziehen, obwohl ich gerade eine wunderbare Tochter zur Welt gebracht habe und jetzt versuche sie großzuziehen, ist wirklich unverschämt! Natürlich sagen sie die ganze Zeit, dass ich auch einfach aussteigen kann, wenn ich nichts verrate, aber ich traue ihnen nicht. Jetzt erst mal von vorne, ich bringe alles durcheinander. Gestern Abend habe ich David beim Abendessen auf sein komisches Verhalten in letzter Zeit angesprochen. Erst hat er wieder einmal alles abgestritten. Dann habe ich so lange nachgebohrt, bis er mit der Sprache herausgerückt ist. Er hat mir gestanden, dass er gemeinsam mit den Cordes Brüdern einen Banküberfall auf die Bank plant, in der ich arbeite. Wir haben uns gestritten. Ich kann es einfach nicht fassen: dass er bei so etwas mitmacht und es mir dann noch nicht einmal sagt finde ich einfach unverschämt. Den restlichen Abend

hab ich mich in unserem Schlafzimmer eingeschlossen und geweint. Ich hoffe sehr, dass unsere süße Amalia noch zu klein ist,
um etwas davon mitzubekommen. Sie ist im Moment mein einziger Hoffnungsschimmer. David hat nochmal versucht mit mir zu
reden, aber ich wollte nicht. Er hat die Nacht auf dem Sofa verbracht.

So müde, wie ich vorher gewesen war, so hellwach war ich jetzt.
Endlich begann ich die Zusammenhänge zu begreifen. Ich hatte
zwar die ganze Zeit gewusst, dass mein Vater wegen eines Bankrau-
bes im Gefängnis gewesen war, aber die genauen Umstände hatte
mir meine Mutter nie erklärt. Und langsam verstand ich auch, was
das mit Miguel zu tun hatte. Schnell las ich weiter.

Ich kann so nicht weitermachen. Vielleicht sollte ich mich einfach von David trennen. Aber das kann ich Amalia nicht antun. Sie
soll nicht ohne Vater aufwachsen. Ob allerdings ein Krimineller als
Vater besser ist, weiß ich auch nicht. David hat heute den ganzen Tag über versucht mit mir zu reden und „mir alles zu erklären". Dass ich nicht lache. Ich habe ihn in der Küche stehen lassen und bin mit Amalia im Park spazieren gegangen. Wir sind so
lange draußen geblieben, bis er zur Arbeit musste. Ich weiß sehr
gut, dass es keine Lösung ist, ihm aus dem Weg zu gehen, aber
ich habe im Moment einfach nicht die Kraft mich mit ihm zu
streiten. Bisher war er ein wunderbarer Ehemann und ein noch
besserer Vater gewesen und ich weiß, dass die Tatsache, dass er
an einem Bankraub beteiligt sein wird nichts an seinem Charak-
ter ändern wird. Aber mein Vertrauen in ihn ist weg. Auch wenn
das eigentlich keinen Sinn macht, so von einem Tag auf den anderen. Trotzdem will ich nicht, dass er meiner Tochter zu nahe-
kommt. Ganz plötzlich fürchte ich mich vor meinem eigenen Mann.
Das sollte nicht sein. Vielleicht ziehe ich für ein paar Wochen zu
einer Freundin.

Wieder einmal kamen mir die Tränen. Die Liebe meiner Mutter, die aus diesen Zeilen sprach, berührte mich sehr. Ich hatte zwar nie daran gezweifelt, dass meine Mutter mich liebte, aber wir hielten beide nicht viel von ewigen Liebesbekundungen. Wo andere Mütter ihre Kinder vor dem Eingang der Grundschule weinend abgeknutscht hatten, war uns beiden eine Umarmung genug gewesen. Dass sie solche Dinge in ihr Tagebuch geschrieben hatte, überraschte mich fast schon ein wenig. Ich fragte mich, ob sie heute wohl noch immer Tagebuch schrieb. Wieder versank ich in Gedanken und starrte in die knisternden Flammen. Meine Mutter hatte mir nie erzählt, dass sie sich fast von meinem Vater getrennt hatte. In ihren Erzählungen war es zwischen den beiden immer eine Liebesgeschichte, wie aus einem Märchen gewesen. Als ich noch klein war, hatte ich mir meinen Vater immer als eine Art Prinz oder König vorgestellt. Die Erinnerung daran brachte mich zum Lächeln. Dann runzelte ich die Stirn. Ob sie sich wohl versöhnt hatten? Meine Augen flogen über die nächsten Zeilen.

Ich habe meine Sachen gepackt und wollte gerade aus der Tür gehen, als David mich abfing. Wir haben uns angeschrien und ich habe wieder angefangen zu weinen. Amalia auch. Er hat mich dazu überredet, mit ihm zu den Cordes' zu fahren. Sie würden mir alles erklären und meine Fragen beantworten. Naiv, wie ich bin habe ich natürlich zugestimmt. Wir sind dann in sein Auto gestiegen und er ist zur Villa gefahren. Während der Fahrt haben wir uns angeschwiegen. Miguel und Karim haben es nicht nur geschafft, mir meine Angst und meine Wut zu nehmen, sie haben mich durch Schmeicheleien und erstaunlicherweise sehr logischen Erklärungen dazu gebracht, ihnen zu helfen. Ich kann es einfach nicht fassen. Warum tue ich sowas? Aber jetzt kann ich keinen Rückzieher mehr machen, ich bin nun ein fester Bestandteil des „Teams", wie sie es so schön ausgedrückt haben. Und schon bald soll das Ganze stattfinden. Ich muss noch so viel organisieren. Seltsamerweise macht mir diese Sache trotzdem fast schon Spaß. Ich fühle mich, wie in einem Krimi, nur, dass ich auf der anderen Seite stehe. Auf der dunklen Seite. Und das gemeinsam mit meinem Ehemann und seinen sehr charismatischen und unglaublich charmanten Freunden. David und ich haben uns auf dem Nachhauseweg ausgesprochen und alles geklärt. Er hat sich so oft entschuldigt, dass ich nach dem fünften Mal zu zählen aufgehört habe. Ich bin im Moment einfach nur glücklich. Die Spannung zwischen uns in den letzten Wochen war einfach unerträglich gewesen. Aber jetzt machen wir das hier gemeinsam und sind wieder eine richtige Familie.

Was?! Ich war fassungslos, dass meine Mutter dem einfach so zugestimmt hatte und dann mit ihrer Entscheidung auch noch glücklich gewesen war! Vielleicht machte Liebe ja wirklich blind für einfach alles. Trotzdem konnte ich das nicht als Entschuldigung durchgehen lassen. Ich legte das Buch zur Seite und stützte meinen Kopf in die Hände. Als mir meine Mutter von dem Bankraub erzählt hatte, hatte sie meinen Vater und seine Komplizen als die Bösen hingestellt. Und ich hatte ihr geglaubt.

22

Auf dem Weg zum Auto sprachen die Kommissare kein Wort. Jeder hing seinen Gedanken nach. Sie stiegen ein und Neil steuerte den Wagen durch den Feierabendverkehr. Mila Juvans Wohnung befand sich am anderen Ende der Stadt in einem mehrstöckigen Reihenhaus. Davis suchte den richtigen Namen und klingelte dann. Die Tür wurde mit einem Summen geöffnet und die Kommissare traten ein. Sie folgten der Treppe ins oberste Stockwerk und klopften an der rechten Wohnungstür. Sie wurde von innen entriegelt und schließlich geöffnet. Im Inneren war es düster und nur Schemen waren zu erkennen. Tyron Cordes trug eine dunkle Jeans und ein schwarzes T-Shirt. „Na das hat ja lange gedauert.", begrüßte er sie. Neil trat vor. „Dürfen wir reinkommen?", fragte er. Mit einer spöttischen Geste bat er sie herein. Er schloss die Tür und verriegelte sie. Mr. Cordes führte sie in das kleine Wohnzimmer, dabei humpelte er. Das Zimmer war ein heller kleiner Raum. Als er sich umdrehte waren im Licht seine zahlreichen Schürfwunden und Blutergüsse zu erkennen. „Was ist denn mit Ihnen passiert?", erkundigte sich Davis. Er lachte freudlos, als er die geschockten Gesichter der Polizisten sah. „Mein Bruder ist passiert.", war alles, was er sagte. Vorsichtig ließ er sich auf dem Sofa nieder und lehnte sich an. Mr. Cordes stopfte einige Kissen hinter seinen Rücken und schien eine einigermaßen schmerzfreie Sitzposition zu suchen. Davis betrachtete den jungen Mann eingehend. Sein Gesicht war wortwörtlich grün und blau geschlagen. Sein linkes Auge war fast zugeschwollen und seine Lippe aufgeplatzt. Seine Nase saß ein wenig schief, was auf einen Bruch hindeutete. Seine Atmung war flach und er umklammerte seine rechte Seite, wahrscheinlich war eine Rippe gebrochen. Der

144

Rest wurde von seinen Klamotten verdeckt, aber Davis zweifelte nicht daran, dass er noch Einiges mehr hatte wegstecken müssen.

„Wie genau ist das passiert?", fragte er. Tyron Cordes wich dem Blick des Kommissars aus und fasste sich unbehaglich ans Kinn. „Ich war in der Villa. Mein Bruder hat mich gesehen und verprügeln lassen. Ende der Geschichte." Neil, der sich bisher im Wohnzimmer umgesehen hatte trat zu seinem Kollegen. Ihm war seine Wut deutlich anzusehen. „Wie bitte? Sie sind ohne unser Wissen, geschweige denn unsere Unterstützung allein in die Villa gefahren?! Sind Sie denn von allen guten Geistern verlassen?", schrie er. Sein Gesicht war rot angelaufen und er atmete schwer. Davis legte seinem Kollegen die Hand auf den Arm und wollte etwas sagen, Neil schüttelte ihn jedoch ab und ging ohne ein weiteres Wort zur Tür hinaus. Sie knallte ins Schloss und eine Weile herrschte Stille.

Davis setzte sich in einen Sessel, der dem Sofa gegenüberstand. „Hören Sie. Mein Kollege hat recht. Sie hätten uns auf jeden Fall Bescheid geben müssen. So ein Alleingang ist gefährlich und Sie haben Glück, dass Sie noch leben." Mr. Cordes schnaubte. „Ich bitte Sie, ich kenne meinen Bruder. Und der hätte mich niemals umgebracht. Aber ich...", er wich wieder dem Blick des Kommissars aus. „Ich musste Amalia wiedersehen. Diese Ungewissheit, was mein Onkel ihr angetan hat war einfach nicht auszuhalten. Und Ihnen sind die Hände gebunden, selbst wenn Sie wollten könnten Sie nichts tun. Aber ich brauche keine Beweise. Ich weiß auch so, warum mein Onkel Amalia Fleer hat entführen lassen." Jetzt begegnete er Davis' Blick ganz offen. Der Kommissar runzelte fragend die Stirn. „Würden Sie mir auch den Grund verraten?", fragte er schließlich. „Natürlich. Der Grund ist ihre Mutter. Mrs. Fleer mag ja vielleicht unschuldig wirken, aber das ist sie sicher nicht. Sprechen Sie sie mal auf den Banküberfall ihres Mannes an, dann werden Sie mehr erfahren." Tyron Cordes stand mit schmerzverzerrtem Gesicht auf, dann lächelte er. „Und jetzt folgen Sie bitte Ihrem Kollegen. Ich möchte mich gerne hinlegen." Davis stand ebenfalls auf und warf dem jungen Mann noch einen durchdringenden Blick zu. Schließlich ging er zur Tür und öffnete sie. „Ach ja, eins noch, Mr. Cordes. Wegen dem Einbruch in die Villa, den Sie vor zwei Polizeibeamten zugegeben haben reden wir noch." Die Tür fiel mit einem Klicken ins Schloss.

Neil wartete in ihrem Wagen auf Davis. Dabei trommelte er ungeduldig mit den Fingern aufs Lenkrad. „Wo bleibst du denn?", begrüßte er seinen Kollegen missmutig. Davis stieg schweigend ein und schnallte sich an. „Ich habe noch mit Mr. Cordes gesprochen und ihm *freundlich*", bei diesem Wort sah er seinen Kollegen an, „klargemacht, dass sein Handeln Konsequenzen haben wird. Außerdem hat er uns einen Hinweis geliefert." Neil startete den Wagen und sie verließen den Parkplatz. „Du hast doch vorhin bei Mrs. Fleer angerufen und sie für heute aufs Revier bestellt, oder?", wollte Neil wissen. Davis nickte abwesend, während er sich Notizen über das Gespräch machte. „Gut." Das war alles, was die Kommissare die ganze Fahrt über sprachen.

Neil und Davis saßen sich an ihren Schreibtischen gegenüber und schwiegen sich an. Vor jedem der beiden stand eine dampfende Tasse Kaffee und sie tippten auf ihren Tastaturen. Schließlich seufzte Davis und wandte sich seinem Kollegen zu. „Okay, stopp. Wir müssen reden. Ernsthaft Neil, so kannst du nicht weitermachen. Du rastest ständig wegen jeder Kleinigkeit aus und hast dich gar nicht mehr unter Kontrolle. Was ist los?", fragte Davis. Neil arbeitete einfach weiter. „Nichts.", antwortete er ohne aufzusehen. „Auch wenn ich den Alleingang nicht als Kleinigkeit sehen würde." Davis rollte mit seinem Schreibtischstuhl ein Stück zur Seite, damit er Neil sehen konnte, ohne, dass sein Computer im Weg stand. „Darum geht es jetzt aber nicht.", stellte er klar. Mit genervtem Gesichtsausdruck wandte Neil sich seinem Kollegen zu. „Mag sein, aber du bist weder meine Ehefrau, noch mein Therapeut. Der ist übrigens um Längen besser in sowas." Damit stand er auf und ging in Richtung der Tür. „Ach ja, Mrs. Fleer wartet im Verhörraum auf uns. Und nimm deinen Laptop mit." Davis schnappte sich diesen vom

Schreibtisch und folgte seinem Kollegen. Schweigend liefen sie den Gang entlang und gingen die Treppe nach oben.

Als sie den Raum betraten sah Mrs. Fleer auf. „Na endlich. Da sind Sie ja. Ich warte schon eine halbe Ewigkeit. Gibt es Neuigkeiten von meiner Tochter?", fragte sie aufgeregt und auch ein wenig verärgert. Die beiden Kommissare setzten sich der Frau gegenüber. „Unsere Ermittlungen hinsichtlich des Aufenthaltsortes Ihrer Tochter laufen noch. Wenn wir etwas Neues herausfinden, werden Sie es als Erste erfahren. Wir haben allerdings nochmals einige Fragen zu dem Banküberfall vor sechzehn Jahren, an dem Ihr Mann beteiligt war." Mrs. Fleer sah verunsichert zwischen den Kommissaren hin und her. „Ich habe Ihnen schon mehrmals gesagt, dass ich nichts Genaues darüber weiß." Davis legte sein Notizbuch bereit und stellte den Laptop auf. „Könnten Sie uns trotzdem nochmals schildern, was Sie über den Überfall wissen?", fuhr Neil mit dem Verhör fort. Mrs. Fleer faltete ihre Hände auf dem Tisch und schluckte nervös. „Na, wenn Sie meinen. Mein Mann hat mit zwei Komplizen eine Bank überfallen. Er und Fabio Gera, mit dem er recht gut befreundet war, sind festgenommen worden. Der dritte Komplize konnte entkommen, ich habe auch keine Ahnung, wer das war. David musste für zehn Jahre ins Gefängnis und ich saß mit Amalia allein da. Die Beute ist anscheinend zusammen mit dem dritten Beteiligten verschwunden. Aber mehr weiß ich wirklich nicht, das müssen Sie mir glauben." Sie sah erneut zwischen den beiden Beamten hin und her. Davis sah triumphierend zu seinem Kollegen und gab etwas in seinen Laptop ein. „Wie Sie wissen, nehmen wir jedes Verhör auf. Das hier ist eine Aufnahme von unserem Gespräch von vor vier Tagen."

Er drückte auf Play und die Aufnahme startete. *„Können Sie uns nochmal schildern, was damals passiert ist?"*, ertönte Davis' Stimme aus den Lautsprechern des Gerätes. *„Also, ich weiß nicht, was genau in allen Einzelheiten passiert ist. Ich war ja nicht dabei. Mein Mann hat mit zwei Komplizen eine Bank überfallen. Er und Fabio Gera, mit dem er recht gut befreundet war, sind festgenommen worden. Der dritte Komplize konnte entkommen, ich habe auch keine Ahnung, wer das war. David musste für zehn Jahre ins Ge-*

fängnis und ich saß mit Amalia allein da. Die Beute ist anscheinend zusammen mit dem dritten Beteiligten verschwunden. Mehr weiß ich nicht.", lautete Mrs. Fleers Antwort. Davis drückte auf Pause und Stille breitete sich im Raum aus. „Und jetzt die Aufnahme von dem, was Sie gerade eben gesagt haben." Er öffnete eine andere Datei und spielte sie ab. *„Na, wenn Sie meinen. Mein Mann hat mit zwei Komplizen eine Bank überfallen. Er und Fabio Gera, mit dem er recht gut befreundet war, sind festgenommen worden. Der dritte Komplize konnte entkommen, ich habe auch keine Ahnung, wer das war. David musste für zehn Jahre ins Gefängnis und ich saß mit Amalia allein da. Die Beute ist anscheinend zusammen mit dem dritten Beteiligten verschwunden. Aber mehr weiß ich wirklich nicht, das müssen Sie mir glauben.*" Er stoppte die Aufnahme und beobachtete Mrs. Fleers Reaktion.

Sie war ganz still geworden und ihr Gesicht war blass. Sie schluckte erneut. „Das muss ein Zufall sein.", sagte sie mit rauer Stimme. Sie wich den Blicken der Kommissare aus und legte die Hände in den Schoß. „Das glaube ich nicht.", schaltete sich Neil ein. „Das klingt für mich eher, als hätten Sie die Antwort auswendig gelernt und würden sie auf Kommando herunterleiern." Er beugte sich näher zu der Frau und sah ihr in die Augen. „Sie haben uns belogen.", stellte er fest. Endlich erwiderte sie seinen Blick kühl. „Sieht wohl so aus.", antwortete sie. „Na gut. Schluss mit den Spielchen. Welche Rolle haben Sie bei dem Überfall gespielt?", fragte Neil. „Ich habe meinem Mann, den Cordes Brüdern und Fabio Gera Informationen über die Bank gegeben. Wo die Schließfächer sind, wann der Geldtransport kommt, wie das alles abläuft und so weiter. Ich war an der monatelangen Planung beteiligt und habe Karim als Wachmann eingeschleust, weil ich wusste, dass eine Stelle freigeworden ist. Am Tag des Überfalls habe ich den Tresor und die Schließfächer geöffnet und so getan, als wüsste ich von nichts. Und ich…", sie geriet ins Stocken und begann zu schluchzen. Die kalte Berechnung war aus ihrem Gesicht verschwunden und einer schmerzvollen Reue gewichen. Sie holte tief Luft. „Ich bin schuld am Tod von Karim. Aber ich wollte das nicht. Das ist wahrscheinlich der Grund, warum Amalia entführt wurde und Miguel sie jetzt festhält. Er möchte es mir mit den gleichen Mitteln heimzahlen. Ich bin schuld." Ihre Stimme wurde immer leiser und endete in Schluchzern. Tränen rannen ihr über die Wangen und tropften in ihren Schoß. Sie vergrub das Gesicht in den Händen und ihre Schultern bebten. Davis stand auf und ging aus dem Raum. Kurz darauf kam er mit einer Packung Taschentüchern und einem Glas Wasser wieder. Er stellte beides vor die Frau und sie nahm ein Taschentuch. Ihre Schluchzer hallten durch den Raum und die Kommissare sahen sich hilflos an.

Nach einer Weile ergriff Neil das Wort. „Können Sie uns die Wahrheit darüber sagen, was genau damals passiert ist?" Mrs. Fleer, die sich inzwischen wieder etwas beruhigt hatte, nickte und betrachtete das zerknüllte Taschentuch in ihrer Hand. „Ich war schon ein paar Tage vorher mit meinem Mann in der Bank und wir haben alles genauestens geplant. Fabio war dafür verantwortlich, dass nichts auffiel. Wir sind nachts mit meiner Zugangskarte in das Gebäude und er hat die Einträge meines Zugangscodes gelöscht, damit niemand merkt, dass wir dort gewesen sind. David hat zusammen mit Karim, dem ich ja davor einen Job als Wachmann besorgt hatte, einen Plan von der Bank besorgt, die Lage der Überwachungskameras und die Wege und Standorte der Wachen eingezeichnet. Fabio hat die Waffen und Sturmmasken besorgt. Und Miguel", sie machte eine kurze Pause und lachte freudlos, „Miguel hat sich nie selbst die Hände schmutzig gemacht. Er hat uns Anweisungen gegeben und alles eingefädelt, indem er einige Gefallen von, sagen wir mal, seinen *Geschäftskunden* eingefordert hat. Dieses Schwein hat uns alle manipuliert." Mrs. Fleer nahm sich erneut ein Taschentuch und putzte sich geräuschvoll die Nase.

„Am Tag des Überfalls bin ich ganz normal, wie jeden Tag zur Arbeit gegangen. Ich wusste nicht genau, um wie viel Uhr das Ding steigen sollte, deswegen war ich die ganze Zeit nervös. Zum Glück war recht viel zu tun, sonst hätten meine Kollegen bestimmt etwas bemerkt. Ich bin bei jedem Quietschen der Eingangstür zusammengezuckt und jedes laute Geräusch hat mir Herzrasen bereitet. Karim hat mir ein paar Mal einen warnenden Blick zugeworfen." Ihr Blick schien in weite Ferne gerichtet zu sein und die Kommissare ließen sie nicht aus den Augen. Davis machte sich Notizen in seinen Notizblock und Neil beobachtete die Frau und suchte nach Anzeichen einer Lüge. Er konnte keine finden, sie sagte die Wahrheit.

„Um halb fünf ging dann die Tür auf und David und Fabio kamen mit Waffen in die Bank gestürmt. Sie hatten die Masken auf dem Kopf und, obwohl ich wusste, dass sie mir nichts tun würden, hatte ich Angst. Sie befahlen allen, sich alle auf den Boden zu legen und ihre Handys in die Tasche zu werfen, die sie auf den Boden stellten. David blieb bei den Geiseln und Fabio kam auf mich zu. Er hielt mir die Waffe an den Kopf und zerrte mich zu den Tresoren. Ich hatte solche Angst. Fabio hatte ich noch nie gemocht und ich vertraute ihm auch nicht. Mit zitternden Händen versuchte ich die Tresore aufzubekommen, aber ich schaffte es nicht." Sie runzelte die Stirn und begann erneut zu weinen. „Fabio riss mir die Karte und den Schlüsselbund aus der Hand und befahl mir, mich auf den Boden zu setzen. Er räumte alles leer und verstaute das Geld in den Taschen, die er sich über die Schultern hängte. Dann zielte er wieder mit der Waffe auf mich und begann zu lachen. Ich hatte solche Panik, ich konnte einfach nichts dagegen machen. In dem Moment dachte ich wirklich, er würde mich erschießen und Amalia müsste ohne Mutter aufwachsen. Aber Fabio hat mich hochgezogen und in den Raum gesperrt, in dem die Monitore der Überwachungskameras standen. Und vor der Tür da lag", sie öffnete den Mund, aber es schien, als könne sie das, was sie gesehen hatte nicht aussprechen, „da lag einer der Wachleute. Er war tot. Ein Schuss direkt ins Herz. Fabio stieß ihn mit dem Fuß zur Seite und schubste mich in den Raum, dann sperrte er ab. Das Bild von dem toten Mann hatte sich mir eingebrannt, manchmal träume ich immer noch von seinem blutleeren Gesicht und den weit offenen Augen. Warum er den Wachmann erschossen hat, weiß ich nicht." Mrs. Fleer blickte zu den Kommissaren und schien auf eine Antwort zu warten. Neil räusperte sich. „Der Mann war wohl geistesgegenwärtig genug gewesen, den stillen Alarm auszulösen." Die Frau nickte und fuhr fort.

„Über die Bildschirme konnte ich sehen, was passierte. Auf einmal kamen lauter Polizisten herein und zielten mit den Waffen auf David und Fabio. Dann fielen Schüsse, ich weiß nicht, wer zuerst geschossen hat. Die beiden wussten sich nicht anders zu helfen und haben sich zwei der Geiseln als Schutzschild genommen und sind zur Hintertür raus. Da wartete Miguel mit dem Fluchtwagen, das war so abgesprochen. Später haben sie mir erzählt, dass sie die Geiseln niedergeschlagen haben. Karim hat währenddessen versucht zu mir zu kommen, weil er gesehen hatte, wie Fabio mit mir umgegangen war. Er hatte gerade den Schlüssel in der Hand und wollte aufsperren, als einer der Polizisten um die Ecke kam. Er sah den toten Wachmann neben Karim und mich, wie ich voller Angst an die Scheibe klopfte. Eigentlich wollte ich Karim warnen. Als er den Mann um die Ecke kommen sah, griff er reflexartig zu seiner Waffe, aber der Polizist hat die Situation falsch eingeschätzt und geschossen. Ich habe Karim angesehen und geschrien. Er konnte seinen überraschten Blick nicht von meinem lösen, dann ist er zusammengesackt und seine Augen… sie… sie haben irgendwie ihren Glanz verloren. Er war tot." Sie begann wieder zu schluchzen und nahm ein drittes Taschentuch aus der Packung. „Ich bin schuld an Karims Tod." Die Kommissare wechselten einen Blick. „Es ist nicht Ihre Schuld. Das reden Sie sich nur ein, weil Sie einen Grund für die Entführung Ihrer Tochter suchen.", wandte Davis ein. Mrs. Fleer blickte ihn an und schüttelte den Kopf.

„Nein, das stimmt nicht. Ich weiß es. Kurz nach dem Überfall haben wir uns wieder in der Villa getroffen und da ist Miguel total ausgerastet. Er hat den Tod seines kleinen Bruders nie verkraftet und David und mir die Schuld dafür gegeben. Wir haben den stillen Alarm in der Wachstube übersehen, über den der Wachmann die Polizei alarmiert hat. Wäre die Polizei nicht gekommen, hätte alles geklappt und David und Fabio wären aus der Bank draußen gewesen, bevor irgendwer etwas mitbekommen hätte." Langsam verstanden Neil und Davis die Zusammenhänge.

„Und was ist mit dem Geld passiert?", fragte Neil. „Ich glaube, das hat Miguel in das Familienunternehmen gesteckt. Wir haben jedenfalls nie einen einzigen Cent davon gesehen. Deshalb wusste ich auch gleich, dass das mit dem Lösegeld nur ein Trick war." Neil nickte nachdenklich. „Wissen Sie, ob Miguel auch am Tod Ihres Mannes schuld war?", wollte er wissen. „Ich glaube schon. Er hat David gezwungen, sich der Polizei zu stellen und Fabio zu verraten. Und mein Mann ist sicher nicht zufällig im Gefängnis gestorben, da bin ich mir sicher. Zutrauen würde ich Miguel alles, auch einen Mord." Neil nickte wieder. Davis, der sich bisher still Notizen gemacht hatte, runzelte jetzt irritiert die Stirn. „Warum haben Sie nie etwas gegen Miguel gesagt? Sie hätten ihn schon damals bei den Ermittlungen zum Banküberfall hinter Gitter bringen können. Und warum um Gottes Willen haben Sie uns nicht schon früher von Miguels Beteiligung an dem Bankraub und der Entführung erzählt? Wir hätten Ihre Tochter schon vor Tagen befreien können!" Mrs. Fleer schwieg betreten und sah auf ihre gefalteten Hände. „Sie haben ja keine Ahnung, wie Miguel ist. Erst hat er mich damit erpresst, dass er meinen Mann umbringen würde, wenn ich etwas sagen würde. Später hat er mir regelmäßig Überwachungsfotos von Amalia geschickt und mich immer wieder gewarnt, dass er ihr etwas antun würde." Davis schien noch nicht überzeugt zu sein. „Und warum hat er sie dann ausgerechnet jetzt entführt?" Die Frau zuckte hilflos mit den Schultern. „Ich glaube, er will Rache nehmen. Seine Neffen Tyron und Mirak sind jetzt alt genug. Er will es mir auf seine Art heimzahlen. Ich habe ihm seinen kleinen Bruder genommen, jetzt nimmt er mir meine Tochter. Er versucht sicher sie zu manipulieren, wie er es schon immer mit anderen getan hat. Und er ist verdammt gut darin."

23

Ich saß wieder im Kaminzimmer und starrte seit einer gefühlten Ewigkeit in die Flammen. Mein ganzes Leben war mein Vater für mich ein Krimineller gewesen, der aus einem guten Grund im Gefängnis gesessen hatte. Dort war er auch gestorben, weshalb ich so gut wie keine Erinnerungen an ihn hatte. Ich hatte mich ihm nie verbunden gefühlt. Dass meine Mutter auch nur im Entferntesten etwas mit dem Banküberfall zu tun gehabt haben könnte, hatte ich mir im Traum nicht vorstellen können. Irgendwie weigerte ich mich einfach das zu glauben. Meine Mutter war immer wie eine Heilige gewesen. Sie tat nie etwas Falsches. Und selbst wenn, dann stand ihr das schlechte Gewissen ins Gesicht geschrieben. Ich konnte nicht glauben, dass sie einen Bankraub geplant hatte und dabei auch noch glücklich war. Ob sie damals auch nur einen Gedanken an mich verschwendet hatte?

Das Tagebuch lag aufgeschlagen neben mir auf der Lehne des Sessels. Schließlich siegte meine Neugier, ich blätterte um und las weiter.

David und ich sind in den letzten Tagen immer nachts, wenn Amalia geschlafen hatte, zur Bank gefahren. Mit meiner Zugangskarte sind wir reingekommen und nie länger als eine halbe Stunde geblieben. Beim ersten Mal war ich ziemlich nervös, aber ich wusste, dass niemand dort sein würde. Und wenn doch, würde ich einfach sagen, ich hätte etwas vergessen, das ich ganz dringend brauchte. David hat einen Gebäudeplan von der Bank und zeichnete die Standorte der Überwachungskameras ein und ich erklärte ihm die genauen Abläufe. Außerdem zeigte ich ihm die Tresorräume und Schließfächer. Fabio manipulierte die Kameras, damit niemand unsere nächtlichen Besuche bemerkt. Ich gehe ganz normal zur Arbeit und frage mich immer wieder, ob meine Kollegen etwas bemerken. An den Nervenkitzel könnte ich mich irgendwie gewöhnen. Es macht fast schon Spaß. Ich habe heute mitbekommen, dass bei den Wachleuten eine Stelle freigeworden ist. Vielleicht kann Karim dort anfangen, dann wäre es einfacher, die Abläufe der Wachen in unserer Planung zu berücksichtigen. Man muss so viel beachten...

Meine Mutter war schon immer perfektionistisch veranlagt. Da war sie bei der Planung eines perfekten Verbrechens bestimmt total in ihrem Element gewesen. Ich schnaubte abfällig. Und ich hatte selig in meinem Kinderbettchen geschlummert, während meine Eltern regelmäßig in eine Bank eingebrochen waren. Na super...

Miguel hat zugestimmt und seit gestern arbeitet Karim bei mir in der Bank. Er flirtet ständig mit mir und bringt mich zum Lachen. Wenn ich nicht schon einen wunderbaren Ehemann und eine bezaubernde Tochter hätte, dann wer weiß... Meine Kollegin hat mich nach ihm gefragt, vielleicht wird es mit den beiden ja was. Amalia ist zweimal pro Woche bei einer Tagesmutter, die eine Freundin der Familie ist. So kann ich arbeiten und sie mit den anderen Kindern spielen. An einem Tag in der Woche treffe ich mich mit den anderen abends in der Villa und wir besprechen die neuen Infos. Alles ist so verwirrend für mich, aber ich kann immer wieder wichtiges beitragen und das fühlt sich gut an. Ich bin nicht mehr nur Lida Fleer, die Frau, die ihre Jugendliebe geheiratet hat und schon vor ihrer Hochzeit schwanger gewesen ist, die von den meisten anderen Frauen gemieden wird, weil sie trotz ihres guten Abschlusses nicht studiert hat. Diese Lida führt das eintönige Leben einer Sekretärin in einer Bank. Aber jetzt habe ich endlich das Gefühl, dass ich aus meinem langweiligen Leben ausbrechen kann. Ich bin ein Bestandteil eines wunderbaren Teams. Und bei unserer guten Planung kann wirklich nichts schief gehen. Ganz nebenbei springt natürlich auch noch ein Haufen

Kohle für uns ab, den wir sehr gut gebrauchen können. Ein Kind kostet nun mal einiges, das kann man nicht leugnen, auch wenn sie noch so süß ist. Amalia hat heute einen neuen Teddy bekommen, sie

Ich schlug das Buch zu und legte es weg. Ich konnte einfach nicht ertragen, wie sie erst über die Planung eines Banküberfalls schrieb und dann, wie sehr sie mich liebte! Wenn sie mich wirklich so sehr geliebt hätte, hätte sie erst gar nicht über einen Banküberfall nachgedacht! Tränen stiegen mir in die Augen und ich ließ sie einfach über meine Wangen laufen. Es waren nicht nur Tränen der Trauer, sondern vor allem Tränen der Wut. Ich fragte mich, ob meine Mutter mir die ganze Liebe nur vorgespielt hatte. Vielleicht sah es in ihr drin ja ganz anders aus. Jetzt nach dem Banküberfall und dem Tod meines Vaters sah ihr Leben wieder fast genauso aus, wie davor: eintönig und langweilig. Wer weiß, was sie jetzt gerade plante.

Die Tränen auf meiner Wange waren getrocknet, meine Haut spannte und juckte. Ich rieb mir über das Gesicht und nahm das Tagebuch wieder in die Hand. Ich übersprang die Schwärmereien meiner Mutter über ihr „unglaublich niedliches Baby" und las weiter.

Heute haben wir uns zum letzten Mal getroffen. Fabio hat uns die Sturmmasken gezeigt und dann hat er David eine Waffe gegeben. Ich hatte noch nie eine von Nahem gesehen und mein Puls hat sich beschleunigt. Aber ich vertraue meinem Mann, er hat gelernt, wie man mit einer Waffe umgeht. Bei Fabio mache ich mir da auch keine Sorgen, auch wenn ich ihn nicht mag und ihn echt unangenehm finde. Er hat so eine schmierige Art und sieht mich immer ganz seltsam an. Immerhin muss ich ihn nach morgen nie wiedersehen. Miguel hat das Fluchtauto besorgt und wird damit am Hintereingang der Bank auf die anderen warten. Karim und ich würden in der Bank arbeiten und warten, bis es losgeht. Wie genau alles ablaufen sollte wussten nur Fabio und David. Sie hatten es uns nicht verraten, für den Fall, dass etwas schiefgehen würde. Dann könnten wir bei der Polizei nichts ausplaudern. Ich bin wirklich aufgeregt, aber ich habe keine Angst. Nein, ich freue mich auf morgen.

Es war also, wie Miguel gesagt hatte. Er war nicht der Böse gewesen. Er hatte nur das Fluchtauto gefahren. Meine Mutter war hingegen an der ganzen Planung beteiligt und zwar nicht, weil sie gezwungen wurde. Nein, sie hatte freiwillig und mit Eifer mitgemacht. Und zwar nicht des Geldes wegen, sondern einfach, weil ihr langweilig gewesen ist.

Es ist alles schiefgegangen, was nur schiefgehen konnte. Ich sitze hier auf meinem alten Bett in der Villa und weine. Amalia schläft in ihrem Kinderbettchen und hat von dem ganzen Trubel zum Glück nichts mitbekommen. Aber ich fange von vorne an.

Heute Morgen bin ich ganz normal zur Arbeit gegangen, Amalia war bei der Tagesmutter. Ich war die ganze Zeit nervös und habe mich bei jedem noch so leisen Geräusch erschreckt. Meine Kollegen waren zum Glück zu beschäftigt, um etwas zu merken. Karim war genauso angespannt, wie ich und hat mir immer wieder Blicke zugeworfen, mit denen er mir klargemacht hat, dass ich mich zusammenreißen muss. Ziemlich genau um halb fünf nachmittags ging die Eingangstür auf und David und Fabio kamen maskiert mit ihren Waffen rein. Irgendwie hatte ich Angst, obwohl ich wusste, wer es war. Sie befahlen den Kunden, die in der Bank waren, sich auf den Boden zu legen und die Handys abzugeben. Fabio kam auf mich zu und zerrte mich mit vorgehaltener Waffe zu den Schließfächern. Ich versuchte sie aufzubekommen, aber meine Finger zitterten so sehr, dass ich das Schloss nicht aufbekam. Irgendwann ging ihm die Geduld aus, er hat mir die Schlüssel aus der Hand gerissen und mich beiseite geschubst. Ich saß zitternd auf dem Boden und habe zugesehen, wie er alles, was er finden konnte einpackte. Als er fertig war drehte er sich mit der Waffe um und zielte auf mich. Er lachte und ich weinte schluchzend. Ich musste die ganze Zeit an Amalia denken, die ahnungslos bei ihrer Tagesmutter war und betete, dass weder ihr, noch mir etwas geschehen würde. Fabio hat mich am Arm gepackt und grob hochgerissen, dann hat er mich zu dem Raum gezerrt, in dem die Monitore der Überwachungskameras standen. Auf dem Boden lag ein toter Wachmann. Er hatte ein Loch in der Brust, aus dem sich Blut über seine Uniform ausgebreitet hatte. Ich brach würgend zusammen und konnte meinen Blick nicht von den toten Augen lösen, die mich aus seinem bleichen Gesicht anstarrten. Ich hatte den Mann zwar kaum gekannt, aber er war doch fast jeden Tag dagewesen. Und jetzt war er tot. Diesen Moment werde ich nie mehr vergessen können. Ich glaube Fabio hat den Mann erschossen. Er schob ihn einfach mit dem Fuß zur Seite und stieß mich in den Raum und sperrte zu. Erst trommelte ich wie von Sinnen gegen die Glasscheibe, ich schrie und weinte, aber Fabio ging einfach. Aber nach einiger Zeit sah ich ein, dass es keinen Zweck hatte und ging zu den Monitoren. Ich sah David, der vor den Geiseln auf- und abging, dann kam Fabio dazu und hat meinem Mann eine der Taschen zugeworfen, in denen das Raubgut war. Aber plötzlich kamen lauter Polizisten in den Raum und zielten mit ihren Waffen auf die beiden. Das Blut gefror mir in den Adern, als mir klar wurde, warum die Polizei von unserem Überfall erfahren hatte: Ich hatte den stillen Alarm übersehen, den der Wachmann auslösen konnte, der in diesem Raum hier saß. Deshalb hatte Fabio ihn erschossen, aber es war zu spät gewesen. Ich klebte förmlich an den Bildschirmen und wünschte, ich könnte irgendwas tun. Aber ich war gezwungen gewesen, nur zuzusehen. Es war schrecklich. Ich hatte mich wertlos und hilflos gefühlt. Es fielen Schüsse und David und Fabio nahmen sich zwei Geiseln als Schutzschild. Sie gingen zum Hintereingang. Karim kam währenddessen zu mir, um mich aus dem Raum zu holen. Er wollte gerade den Schlüssel drehen, als hinter ihm ein Polizist auftauchte. Ich klopfte an die Scheibe und schrie Karim an, sich umzudrehen. Ich hatte solche Panik. Der andere Mann sah wohl nur mich und den toten Wachmann am Boden und zog seine Waffe. Er schrie etwas, aber ich sah nur die Pistole. Karim drehte sich um und griff reflexartig zu seiner Waffe. Und der Polizist schoss. Ich habe meinen Freund, denn das war er in der letzten Zeit für mich geworden, sterben sehen und geschrien. Der Kommissar befreite mich aus dem Raum und brachte mich zu einem bereitstehenden Krankenwagen, wo sich ein Sanitäter um mich kümmerte. Ich stand komplett unter Schock, weil Karim tot war. Wäre ich nicht in dem Raum gewesen und hätte wie verrückt an die Scheibe geklopft, hätte der Polizist nicht geschossen und Karim würde noch leben. Der Sanitäter verabreichte mir ein Beruhigungsmittel und rief David für mich an. Der hat mich abgeholt und zur Villa gebracht. Und als ob das alles noch nicht genug gewesen wäre, ist Miguel total ausgerastet und hat meine Gedanken laut ausgesprochen: Ich bin schuld am Tod seines kleinen Bruders. Das ist alles, woran ich im Moment denken kann.

Ich atmete schnell und fühlte mich, als würde mein Kopf platzen. Da waren so viele Gedanken und Gefühle, dass ich nicht genug Platz zu haben schien. Und gleichzeitig fühlte sich alles taub und weit weg an. Ein einziger Gedanke war klar und deutlich: Miguel hatte die ganze Zeit recht gehabt. Jetzt verstand ich, warum er wollte, dass ich zuerst das Tagebuch las und ihm dann Fragen stellte. Er wollte, dass ich die Wahrheit kannte. Ich verstand, warum er so wütend auf meine Mutter war und ich verstand, was er von mir wollte: Wiedergutmachung. Und ich war bereit ihm zu helfen. Der Gedanke nahm Form an und verdrängte alles andere. Ich stand auf und sah unschlüssig auf das Tagebuch in meiner Hand. Kurz überlegte ich, ob ich es ins Feuer werfen oder zerreißen sollte. Aber dann wären alle Beweise für die Schuld meiner Mutter vernichtet und niemand würde es glauben. Ich klappte das Buch also zu und steckte es in meine hintere Hosentasche. Die weiße Wolldecke legte ich flüchtig zusammen und ging dann zur Tür. Ich öffnete sie und war fast ein wenig überrascht, als niemand draußen stand. Nicht einmal Mirak wartete dort. Schulterzuckend schloss ich sie hinter mir und ging die Wendeltreppe nach unten zum Speisesaal.

Dort saß Miguel entspannt auf einem der Stühle und las in einem Buch. Er sah auf, als ich zu ihm an den Tisch trat und lächelte mich abwartend an. Plötzlich nagten Zweifel an mir, ob ich ihm wirklich vertrauen konnte. Immerhin hatte er mich ja entführt. *Er wollte nur, dass ich die Wahrheit über meine Mutter erfahre.* Und das hatte ich jetzt. Ich holte tief Luft und entspannte meine verkrampften Nackenmuskeln. „Ich habe das Tagebuch zu Ende gelesen.", sagte ich. Miguel setzte sich aufrechter hin und legte sein Buch zur Seite. Er bot mir einen Stuhl neben ihm an und ich setzte mich. Er musterte mich und plötzlich kam mir sein Blick nicht mehr so kalt und berechnend vor. Ich hatte das Gefühl, ihn jetzt besser zu verstehen. Er hatte am Tag des Überfalls nicht nur seinen Bruder verloren, sondern gleichzeitig auch eine Freundin, auch wenn meine Mutter nicht gestorben war. Sie hatte ihn hintergangen und das war fast noch schlimmer. Wenn jemand starb trauerte man einige Wochen oder Monate, wenn man hintergangen und verlassen wird, nagt das ein ganzes Leben an einem.

„Das mit Karim tut mir leid, ich hätte niemals gedacht, dass meine Mutter zu sowas fähig wäre und…", begann ich. „Das ist sie aber.", unterbrach er mich schroff. Er sah mich traurig und zugleich durchdringend an. „Ich konnte es damals auch nicht glauben. Bei der Planung war sie mit einem Feuereifer dabei gewesen und dann… Ich habe ihr danach nicht geglaubt, als sie versucht hat mir weiszumachen, dass sie keine Schuld an Karims Tod trifft. Vielleicht war ich zu hart zu ihr, ich weiß, dass ich kein guter Mensch bin. Ich habe sie aus der Villa geworfen. Aber ich war so wütend und verletzt und traurig, dass ich es nicht ertragen konnte, jemanden um mich zu haben. David und Fabio wurden noch am selben Tag von der Polizei gefasst. Lida hat sich ein wenig hingelegt und David hat ihr nur einen kurzen Brief geschrieben, bevor er gegangen ist. Das hat sie nie verkraftet. Kurz darauf ist er im Gefängnis unter seltsamen Umständen ums Leben gekommen. Ich war untröstlich. Jetzt hatte ich niemanden mehr." Er sah mich flehend an und plötzlich begann er zu schluchzen. „Mein Bruder und mein bester Freund, mit dem ich aufgewachsen war, waren tot und meine beste Freundin hatte mich hintergangen." Er entschuldigte sich und ging zum Fenster. Ich merkte, wie meine Entschlossenheit wuchs und ging zu ihm. Hinter Miguel blieb ich stehen und legte langsam meine Hand auf seine Schulter. „Ich werde dir helfen. Sag mir einfach, was ich tun kann."

24

Nach dem Gespräch mit Mrs. Fleer waren die Kommissare in ihr Büro zurückgegangen. Da bei der Frau keine Fluchtgefahr bestand, hatten Kollegen sie nach Hause gefahren. Gegen sie werden Ermittlungen eingeleitet, mit denen die beiden glücklicherweise nichts zu tun haben werden.

Als Davis mit zwei Tassen Kaffee ins Büro kam, hatte Neil ein großes Flipboard hereingeschoben und zeichnete eine total schiefe Linie auf das Papier. „Darf ich fragen, was das werden soll?", fragte Davis. Sein Kollege, der offenbar so in sein Kunstwerk vertieft gewesen war, dass er ihn nicht gehört hatte, erschreckte sich. Ein hässlicher Strich verunstaltete das Papier und Neil drehte sich genervt um. „Weißt du wie lange ich dafür gebraucht habe?", fragte er vorwurfsvoll. Er klappte das Papier nach hinten und nahm ein neues. „Soll ich das machen?", fragte Davis und stellte die Tassen ab. Er nahm Neil ohne Umschweife den Stift aus der Hand und hatte innerhalb kürzester Zeit eine gerade Linie auf das Papier gezaubert. Bei so etwas war er nun einmal perfektionistisch veranlagt. „Was willst du eigentlich damit?", fragte er seinen Kollegen, der währenddessen Kaffee getrunken hatte. „Das wird ein Zeitstrahl. Damit können wir die Entführung nochmal genau nachvollziehen." Bei den ganzen Informationen, die sie von den einzelnen Personen und bei ihren Ermittlungen erhalten hatten, war es schwer, den Überblick zu behalten. „Okay fangen wir an." Von neuem Tatendrang ergriffen stellte Neil seine Tasse ab und ging zu Davis.

Als er den Stift nehmen wollte zog Davis ihn weg. „Ähm, könnte ich eventuell schreiben. Ich finde es immer sehr hilfreich, wenn man die Aufzeichnungen auch lesen kann." Er kratzte sich unbehaglich im Nacken und grinste seinen Kollegen unsicher an. Neil setzte einen übertrieben empörten Gesichtsausdruck auf und sah Davis streng an. „Willst du damit etwa sagen, dass meine Schrift unleserlich ist?" Beide mussten lachen. „Na gut. Dann fang mal an." Davis öffnete den Stift und begann.

„Letzten Freitag wurde Amalia um kurz nach ein Uhr nachmittags an der Kapelle im Park entführt. Sie wurde mit Chloroform betäubt und in einem Auto weggeschafft." Er notierte Stichworte unter dem Zeitstrahl. „Das ganze Wochenende über hatte Mrs. Fleer alle Freunde, Klassenkameraden und Bekannten angerufen, aber niemand wusste, wo sie war. Die Kollegen konnten und wollten auch nichts für sie tun, da Amalia nun einmal ein Teenager ist und sie hatten die Frau für eine überfürsorgliche Mutter gehalten. Währenddessen war Amalia wohl von den Brüdern Mirak und Tyron Cordes in der leerstehenden Lagerhalle festgehalten worden." Neil war neben Davis getreten und schlürfte geräuschvoll seinen Kaffee, was ihm einen genervten Blick seines Kollegen einbrachte. „Am Montag hatte Mrs. Fleer dann den Erpresserbrief mit der Lösegeldforderung bekommen, der, wie wir jetzt wissen, nur eine Ablenkung war. Wir haben mit unseren Ermittlungen begonnen und sind zur Schule und in den Park gefahren. Außerdem haben wir Fabio Gera gefunden.", fuhr Davis fort und notierte wieder Stichpunkte. „Durch den Erpresserbrief wusste Mrs. Fleer wahrscheinlich, dass Miguel Cordes hinter der Sache steckt. An dem Bankraub damals waren fünf Leute beteiligt und es wurden drei Millionen Euro gestohlen. Drei Millionen durch fünf ergibt genau die geforderten sechshunderttausend." Überrascht sah Davis seinen Kollegen an. So weit hatte er noch gar nicht gedacht. Neil, der den überraschten Blick natürlich bemerkt hatte, grinste breit. „Ich bin eben doch nicht so dumm, wie ich aussehe." Wieder lachten beide.

Die ganze Anspannung der letzten Woche schien sich in den Lachanfällen zu entladen. Es war ein Ende in Sicht. Hoffentlich ein gutes. „Okay, machen wir weiter. Dienstag. In der Nacht ist die Geldübergabe gescheitert und wir wurden niedergeschlagen. Wahrscheinlich war es Mirak, aber das können wir nicht mit Sicherheit sagen." Die Hälfte des Zeitstrahls war schon beschriftet. „Mittwoch hat die Spusi unser Auto beschlagnahmt und Mrs. Fleer wurde ins Krankenhaus gebracht. Dann wurde das Handy von Tyron Cordes in der Lagerhalle geortet und wir haben sie mit dem SEK gestürmt. Mirak ist jedoch mit Amalia geflüchtet und hat seinen Bruder mit einem Stich in den Bauch zurückgelassen. Der wurde ins Krankenhaus gebracht, wo er jedoch noch am gleichen Tag geflohen ist. Außerdem wurde Fabio Gera umgebracht. Laut Tyron Cordes von seinem Bruder." Davis schrieb so schnell er konnte und schüttelte, als er fertig war, erst einmal seine schmerzende Hand aus. Er ging zum Schreibtisch und sah von einiger Entfernung auf die Notizen. Während er alles nochmals durchlas trank er einen Schluck seines mittlerweile nur noch lauwarmen Kaffees.

„Gut. Weiter. Irgendwann zwischen Mittwochnachmittag und Sonntag müssen Amalia und ihre Entführer in der Villa angekommen sein. Wir haben derweil Tyron zweimal verhört und verhaftet, die Laborberichte bekommen und Mila Juvan als Kontaktperson ins Boot geholt. Gestern haben wir uns mit ihr an der Kapelle getroffen und später von Mr. Cordes' Alleingang erfahren. Mrs. Fleer hat uns schließlich die Hintergrundinformationen zur Entführung, also der Bankraub damals, geliefert." Davis schrieb gerade en letzten Stichpunkt auf. Das Papier war nun komplett beschriftet und die Kommissare traten einige Schritte zurück, um das Werk zu betrachten. Nach einer Weile, in der die beiden nebeneinander auf die Notizen gestarrt hatten, nahm Neil einen roten Stift und kreiste das Wort *Villa* ein. „Also ist alles, was uns fehlt der genaue Standort der Villa." Davis nickte nachdenklich. „Fahren wir nochmal zu Mila Juvans Wohnung. Wir sollten mit Tyron sprechen.", schlug Davis vor. Sein Kollege sah ihn zweifelnd an. „Und du meinst wirklich, das bringt etwas?", fragte er skeptisch. „Das ist unsere einzige Chance. Und einen Versuch ist es wert."

Kaum zehn Minuten später klingelten sie an der Haustür, die zu Mila Juvans kleiner Wohnung führte. Schritte waren zu hören, dann wurde die Tür einen kleinen Spalt breit geöffnet. „Ja, wer...? Oh, die Kommissare. Sie wollen sicher zu Tyron, stimmt's?", fragte sie und öffnete ihnen. Mit einer Geste bedeutete sie ihnen einzutreten und ging ins Wohnzimmer. „Tyron, da ist Besuch für dich.", hörten sie die junge Frau trällern. Die Antwort fiel weniger nett aus. Als Neil und Davis den Raum betraten, lag Tyron Cordes auf dem Sofa. Sein Zustand war unverändert. Er versuchte sich aufzusetzen, verzog aber das Gesicht und hielt sich die Seite. „Bitte bleiben Sie liegen. Wir haben nur ein paar Fragen an Sie." Davis setzte sich auf den Sessel und zog sein Notizbuch hervor. „Wir haben auf Ihren Rat hin Mrs. Fleer nochmals verhört und sie hat uns einige interessante Dinge erzählt. Zum Beispiel über den Überfall vor sechzehn Jahren und Ihren Vater Karim." Über Mr. Cordes' Gesicht huschte ein Schatten. „Na und? Das ist ja wohl nicht mehr zu ändern." Neil verschränkte die Armen und lehnte sich gegen den Türrahmen. „Da haben Sie wohl recht, aber wenigstens wird Mrs. Fleer ihre gerechte Strafe bekommen und Ihr Vater wird nicht vergessen." Tyrons Blick ging in weite Ferne und eine schwere Last schien von ihm abzufallen. Ein kurzes erleichtertes Lächeln huschte über sein Gesicht.

„Und jetzt müssen Sie uns helfen. Sie wissen genauso gut, wie wir, dass uns und vor allem Amalia die Zeit davonläuft. Je länger sie bei Ihrem Onkel und Ihrem Bruder bleibt, desto leichter wird es für die beiden sein, sie zu manipulieren. Sie müssen uns sagen, wo die Villa ist. Dann können wir Amalia befreien und Miguel und Mirak verhaften." Mila, die bisher in der Mitte des Raumes gestanden und die Szene beobachtet hatte, ging jetzt zu Tyron und setzte sich neben ihn. „Ich weiß, dass das schwierig für dich ist. Aber du kannst nicht einfach deine Familie verraten. Miguel hat dich großgezogen und Mirak ist dein Bruder, verdammt. Es gibt einen anderen Weg!" Sie nahm Tyrons Arm und sah ihn flehend an.

„Mila, ich weiß, dass Miguel dir und deinem Bruder geholfen hat, aber er ist nicht meine Familie. Er hat uns geschlagen und zu Dingen gezwungen, die keiner jemals sehen geschweige denn tun sollte. Es tut mir leid. Ich tue das für Amalia." Behutsam löste er Milas Hand von seinem Arm. Sie schüttelte den Kopf und sah ihn bestürzt an. „Nein. Tu das nicht. Tyron, bitte! Wo soll ich denn dann hin? Bitte! Miguel wird uns beide umbringen lassen!" Er achtete nicht auf ihren

Protest und stand auf. Ihre Hände, mit denen sie ihr zurückhalten wollte, schüttelte er ab. Er ging humpelnd an den Kommissaren vorbei in die kleine Küche, wo sein Handy lag. Sie folgten ihm und ließen Mila weinend zurück. Mr. Cordes entsperrte das Smartphone und gab einige Begriffe in die Suchleiste ein. Davis, der begriff, was er vorhatte gab ihm seine Visitenkarte. Kurze Zeit später summte Davis' Handy. „Ich habe Ihnen die Koordinaten der Villa geschickt. Kann ich mitkommen?", fragte er. Davis musterte den jungen Mann und schüttelte entschlossen den Kopf. „Nein. Auf keinen Fall. Abgesehen von Ihrem körperlichen Zustand könnte Ihre Anwesenheit die Sache verkomplizieren. Tut uns leid." Die Kommissare wandten sich zum Gehen. Auf dem schmalen Gang begegneten sie Mila, die Tyron mit zusammengekniffenen Augen ansah. „Ich habe dir vertraut und dir gesagt, wo die Villa ist. Deinem Bruder hätte ich so einen Verrat zugetraut, aber dir nicht. Ich dachte wirklich, dein Onkel hätte dich besser erzogen. Da lag ich wohl falsch." Sie schnappte sich die Reisetasche, die auf dem Boden stand und öffnete die Tür. „Verräter.", zischte sie. Dann knallte sie die Tür hinter sich zu. Tyron Cordes starrte betroffen auf die Stelle, an der Mila kurz zuvor gestanden hatte. Davis legte ihm die Hand auf den Arm und nickte ihm aufmunternd zu. „Wir benachrichtigen Sie, wenn wir Amalia befreit haben." Bevor die Kommissare zur Tür hinaus gingen, wandte Neil sich um. „Danke."

Im Treppenhaus sah Davis seinen Kollegen verwundert an. „Was war das denn gerade eben? Du hast dich doch wohl nicht bei Tyron Cordes bedankt?!", fragte er übertrieben bestürzt. Neil knuffte ihm in die Seite und befahl ihm den Mund zu halten. In anderer Wortwahl versteht sich.

Die Villa lag am Rand einer Kleinstadt direkt neben einem Wald. Ein weißer Zaun begrenzte das Gelände, das nicht nur eine weite Wiesenfläche umfasste, sondern auch einen kleinen Badesee. Der Reichtum der Besitzer drängte sich einem geradezu auf. Der Rasen war akkurat gemäht und die kahlen Bäume, die in dem Wind der letzten Tage ihre Blätter verloren hatten, waren penibel zurechtgestutzt. Ein großes Tor führte zur Einfahrt, auf der sich nun zahlreiche Polizeiautos tummelten. Die hohe Fassade wurde von blinkendem Blaulicht erhellt und die Eingangstür stand weit offen. Polizisten gingen geschäftig ein und aus. Miguel Cordes stand bei Neil und Davis auf den Treppen, die zum Eingang führten und gestikulierte wild. „Ich werde Sie alle verklagen. Sie haben kein Recht einfach so in mein Haus einzudringen und es auf den Kopf zu stellen.", ereiferte er sich. Sein Gesicht war rot angelaufen und eine Ader an seiner Stirn pochte, was seine weiße Narbe nur noch auffälliger machte. Trotz der Aufregung saßen der maßgeschneiderte Anzug und die Frisur.

„Hören Sie Mr. Cordes. Wir haben genügend Beweise und Zeugenaussagen, um Sie lebenslang hinter Gitter zu bringen. Außerdem haben wir einen Durchsuchungsbeschluss." Neil wedelte mit einem Blatt vor seiner Nase. „Also, kooperieren Sie mit uns und wir können eine angenehmere Zelle für Sie arrangieren. Wo sind Amalia und Ihr Neffe Mirak?", fragte er und sah den Mann mit zusammengekniffenen Augen an. Davis war unterdessen im Inneren der Villa verschwunden. Miguel Cordes grinste nur, doch seine Augen blieben kalt. „Ich weiß nicht, wovon Sie sprechen. Ich kenne keine Amalia und mein Neffe hat mich schon eine ganze Ewigkeit nicht mehr besucht. Ich sollte ihn mal anrufen und mich beschweren. Was meinen Sie? Ich bin untröstlich, aber ich kann Ihnen nicht weiterhelfen." Davis bewahrte seinen Chef davor, seine Karriere in den Sand zu setzen, indem er einen hochrangigen Drogenboss beleidigte, da er mit einer Beweismitteltüte aus dem Haus kam. „Amalia Fleers Klamotten wurden zerrissen im Mülleimer gefunden und ihre Tasche lag auf dem Bett. Es sieht so aus, als ob sie mehrere Tage in Ihrem Haus verbracht hat. Ein Zimmer enthält einen ganzen Schrank voller Sachen in ihrer Größe. Und das ist noch nicht alles." Davis hielt eine andere Tüte hoch, in der sich ein kleines Buch befand. „Das hier ist ein Tagebuch von Mrs. Fleer, Amalias Mutter. Darin beschreibt sie, wie der genaue Ablauf des Banküberfalls vor sechzehn Jahren war. Insbesondere die intensive Planungsphase davor

und Ihre Beteiligung. Damit könne wir Sie hinter Gitter bringen."
Neil konnte sich ein Lächeln einfach nicht verkneifen.

„Also Mr. Cordes. Wir haben desweiteren Zeugen, die gegen Sie aussagen werden. Sind Sie sicher, dass Sie uns nicht sagen wollen, wo die beiden sind?", fragte Neil erneut. Mr. Cordes verschränkte die Arme und lächelte weiter, auch wenn er angestrengt aussah. Eine Ader auf seiner Stirn begann zu pochen. „Ja, das bin ich. Und seien Sie versichert, dass das ein Nachspiel für Sie beiden haben wird." Mr. Cordes deutete nun wütend mit dem Finger auf die Kommissare. Davis tauschte mit Neil einen Blick aus und ging dann zu einem der Männer der Spurensicherung, um ihm die Tüten zu geben. Kommissar Files vom SEK, der sie wieder unterstützte, kam zu Neil und schüttelte den Kopf. „Bis auf die Mitarbeiter von Mr. Cordes und die Angestellten des Familienunternehmens Serdoc Trade befinden sich keine weiteren Personen im Haus. Wir konnten Amalia und Mirak nicht finden." Neil nickte ihm zu und drehte sich zu zwei Kollegen um. „Können Sie ihn abführen?" Und etwas leiser fügte er hinzu. „Ich kann seine grinsende Visage nicht mehr sehen." Er räusperte sich und ging zu Davis.

Der war gerade damit beschäftigt das Tagebuch durchzublättern. „Und, schon irgendwelche Hinweise auf den Aufenthaltsort der beiden?", wollte er wissen und beobachtete die Kollegen, die Miguel Cordes abführten. Der löste seinen Blick keine Sekunde von Neils. Es war ein Kräftemessen, bei dem beide gleich stark waren. „Nichts. Aber Mrs. Fleer meinte doch, dass Mr. Cordes Senior Rache nehmen will. Dafür, dass sie angeblich seinen kleinen Bruder Karim umgebracht hat. Oder sagen wir eher seinen Tod verschuldet hat. Vielleicht sind die beiden zu Mrs. Fleers Wohnung gefahren?" Davis legte das Tagebuch zur Seite und zuckte ratlos die Schultern. In diesem Moment kam ein Kollege des SEKs auf sie zugelaufen. „Eines der Autos fehlt. Wir haben es bereits zur Fahndung ausgeschrieben.", rief er ihnen atemlos zu. Einige Polizisten gingen gerade mit den Personen, die sich im Haus befunden hatten zu den bereitstehenden Dienstwägen. Unter ihnen war ein bekanntes Gesicht. „Ach sieh mal einer an. Wen haben wir denn da? Mila Juvan.", sagte Neil und ging auf die junge Frau zu. Sie wurde von einer kräftigen Polizistin begleitet. „Lange nicht gesehen. Sie sind wohl direkt nach unserer Unterhaltung hierhergefahren. Ich bin mir ziemlich sicher, dass Sie uns sagen können, wo Mirak und Amalia sind, oder?", fragte er übertrieben höflich. Mila schnaubte. „Einen Scheiß kann ich. Und selbst wenn, würde ich es Ihnen nicht sagen." Neil setzte einen verletzten Gesichtsausdruck auf. „Wir hätten so gut zusammenarbeiten können. Wenn Sie uns geholfen hätten, hätten wir Amalia schon vor Tagen befreien können." Mila lachte freudlos. „Das hätte ich niemals getan. Seine Familie verrät man nicht." Davis kam zu ihnen. „Und trotzdem haben Sie uns unwillentlich sehr weitergeholfen. Indem Sie Tyron die Adresse der Villa gegeben haben, konnten wir schneller hier sein, als gedacht. Eigentlich müssten wir Ihnen dafür danken." Sie warf den beiden Kommissaren einen vernichtenden Blick zu und ging dann zu den Polizeiautos. Das Funkgerät in Neils Hand knackte und die aufgeregte Stimme eines jungen Streifenpolizisten ertönte. „Der gesuchte Wagen wurde vor dem Haus der Fleers gesehen. Bitte um Verstärkung. Die Flüchtigen haben das Haus betreten. Sie sind bewaffnet."

25

Nachdem ich den Entschluss gefasst hatte, Miguel und Mirak zu helfen, fühlte ich mich irgendwie leichter. All die Ungewissheit, was das Lesen des Tagebuchs soll und was Miguel mit mir vorhat war vorbei. Ich wusste, was ich zu tun hatte und, dass ich das Richtige tat. Und ich verstand, warum Miguel meine Mutter so hasste. Jahrelang hatte sie mir den Unschuldsengel vorgespielt und jeden noch so kleinen Fehler meinerseits verurteilt. Natürlich war ich ihr auf eine gewisse Art auch dankbar dafür, denn ohne sie und ihre Erziehung wäre ich nicht der Mensch, der ich heute bin. Aber dass sie das vor dem Hintergrund eines von ihr begangenen Banküberfalls getan hatte, nahm ich ihr ziemlich übel. Es war nicht nur der Fakt, dass sie den Überfall geplant und durchgezogen hatte, nein, dabei sind Menschen verletzt worden. Liebe Menschen, die ihr nahegestanden hatten. Wie Karim, der ein wunderbarer Vater hätte sein sollen. Wie mein Vater, den ich durch sie niemals kennenlernen durfte. Und für diese schrecklichen Dinge ist sie niemals gerecht bestraft worden. Sie war einfach ungeschoren davongekommen und das sechzehn Jahre lang. Meine Mutter hatte es noch nicht einmal für nötig befunden, *mir* davon zu erzählen. Sie hatte damals sogar ihre noch nicht einmal einjährige Tochter allein gelassen, um den Überfall zu planen. Und laut ihrem Tagebuch war es ihr nicht sonderlich schwergefallen.

Ich lehnte meinen Kopf an die Fensterscheibe und sah zu Mirak. Unsere Blicke begegneten sich und er sah mich fragend an. „Ist alles okay bei dir?", fragte er. Ich richtete mich auf und zuckte mit den Schultern. „Keine Ahnung. Ich verstehe jetzt viele Dinge viel besser und fühle mich irgendwie erleichtert. Aber sie ist trotzdem meine Mutter." Er fuhr langsamer und hielt an. Dann drehte er sich zu mir und nahm mich sanft in den Arm. In mir löste sich etwas und ich begann zu weinen. So saßen wir einige Minuten da und ich vergrub mein Gesicht an seiner muskulösen Brust. Es war tröstlich zu wissen, dass jemand, der so stark war wie Mirak, mir half. Er strich mir über den Rücken und murmelte tröstende Worte in meine Haare. Da wusste ich, dass mir – nein, uns – nichts passieren konnte. Ich löste mich langsam von ihm und wischte mir die Tränen ab. Dann setzte ich einen entschlossenen Gesichtsausdruck auf und nickte ihm zu. „Denk immer daran, was sie getan hat. Du tust das Richtige.", fügte er etwas sanfter hinzu. Ich nickte ihm zu und wir fuhren weiter.

Auch Mirak kannte ich nun besser. Er hatte seinen Onkel schon immer verstanden und stand voll und ganz hinter ihm. Anfangs war er mir brutal und rücksichtslos vorgekommen. Mirak kämpfte aber eigentlich nur für die richtige Sache und zwar mit allen Mitteln. Er war loyal und entschlossen. Meine Mutter hatte auch ihn seines Vaters beraubt. Das war unsere Gemeinsamkeit und die schweißte uns zusammen. Ich wusste jetzt, was meine Mutter vor dem Banküberfall empfunden haben musste. Diese elektrisierende Spannung, die in der Luft lag, war wirklich berauschend.

Mirak stoppte den Wagen und machte den Motor aus. Die Wohnung lag vor uns im Schein einer Straßenlaterne. Ihr warmes Licht erhellte die Dämmerung, die sich langsam über die Häuser senkte. Mirak und ich stiegen aus. Eine grimmige Entschlossenheit ergriff Besitz von mir und ich schaltete jegliches Denken ab. Ich hatte nur ein Ziel vor Augen: Gerechtigkeit.

In der Villa hatte Miguel mir meine Sachen zurückgegeben. Ich hatte aber nur meinen Schlüssel mitgenommen, der Rest würde nur im Weg umgehen. Ich steckte ihn ins Schloss und drehte ihn herum, bis die Tür aufsprang. Bevor ich einen Schritt ins Haus setzten konnte hielt Mirak mich zurück. „Hier nimm die. Die hat meinem Vater gehört.", flüsterte er und hielt mir eine schwarze Pistole hin. Mein Herzschlag beschleunigte sich und Zweifel beschlichen mich. Ich atmete einmal tief durch und erlaubte ihnen nicht, meine Entschlossenheit ins Wanken zu bringen. Ich nahm die Waffe und drückte die Tür auf.

Das Polizeiauto, das langsam die Straße entlangfuhr bemerkten wir nicht.

Wir gingen den Gang entlang und sahen den Lichtschein, der durch die halb geöffnete Wohnzimmertür hindurch schien. Ich hörte leise Musik aus dem Radio und das Klappern der Stricknadeln. Unsere Schritte waren ein träger Beat, der durch das Haus rollte. Das Klappern brach ab und das Radio verstummte. „Hallo? Ist da wer?", ertönte die leise Stimme meiner Mutter. „Amalia bist du das?", flüsterte sie voller Angst und Hoffnung. Leise Schritte von Socken auf dem Teppich. Dann wurde die Tür zum Wohnzimmer geöffnet. Der Lichtschein ließ das Gesicht meiner Mutter im Dunkeln, gleichzeitig erhellte er Miraks und mein Gesicht. Als meine Mutter erkannte, wer da im Flur stand, schlug sie eine Hand vor den Mund und Tränen füllten ihre Augen. „Amalia. Du... du bist es wirklich. Was? Warum..." Dann fiel ihr Blick auf die Waffe, die ruhig in meiner Hand lag und sie stolperte rückwärts. Sie sah von mir zur Waffe und zu Mirak, der hinter mir stand und mir ermutigend die Hand auf die Schulter legte. „Hallo Mama.", flüsterte ich.

Ich konnte nicht glauben, dass vor mir noch immer ein und dieselbe Mutter stand, die ich mein Leben lang gekannt hatte. Sie stolperte zurück ins Wohnzimmer und wir folgten ihr. Ich bedeutete ihr mit meiner freien Hand, dass sie sich setzen solle und nahm selbst auf meinem Lieblingssessel Platz. „Amalia, mein Schatz, bitte leg die Waffe weg, okay?", beschwor meine Mutter mich und hob die Hände. „Nein Mama, das kann ich nicht. Wir müssen reden."

Mamas Gesichtsausdruck wurde wachsam und ich wusste, dass sie ahnte, um was es hier ging. „Das können wir ja. Aber bitte, die Waffe macht mir Angst. Leg sie weg, bitte.", flehte sie und sah mir eindringlich in die Augen. Ich sah so viel in ihnen, dass es fast körperlich wehtat. Da war so viel Liebe und gleichzeitig Abscheu vor mir, so viel Selbstsicherheit und gleichzeitig unglaubliche Angst. Ich legte den Kopf schief und beobachtete sie eine Weile. Dann hob ich die Waffe höher. Meine Mutter zuckte zurück und ihre Hände begannen zu zittern. „Stopp Amalia, bitte. Ich bin doch deine Mutter. Du weißt ja gar nicht, wie man damit umgeht. Bitte nimm die Waffe weg." Ihre Stimme überschlug sich fast vor Furcht. „Ich hab doch gesagt, dass wir reden müssen. Und hör auf, mich wie ein kleines Kind zu behandeln. Du hast mir sechzehn Jahre lang etwas sehr Wichtiges verschwiegen. Und jetzt werden wir darüber reden."

In den Augen meiner Mutter setzte sich Furcht fest. Sie begann wie in Trance ihren Kopf zu schütteln und zu weinen. „Das ist nicht der richtige Augenblick, um darüber zu reden. Wir können das doch ganz in Ruhe klären. Ich werde erst reden, wenn du die Waffe runternimmst. Amalia, sei doch vernünftig." In meinem Bauch sammelten sich all die Wut und die Verzweiflung, die Angst und die Sorgen, die ich mir während der letzten Tage gemacht hatte. „Das ist ganz genau der richtige Augenblick, um darüber zu reden. Du hattest sechzehn Jahre lang Zeit, um das in Ruhe zu klären.", meine Stimme wurde immer lauter. Mirak, der bisher an der Tür gelehnt hatte und die Szene aus einiger Entfernung betrachtet hatte, kam nun zu uns. Er stellte sich hinter meinen Sessel und musterte meine Mutter. „Du solltest auf deine Tochter hören. Ich konnte sie in den wenigen Tagen ganz gut kennenlernen und ich weiß, dass sie nicht so leicht aufgibt." Der Gesichtsausdruck meiner Mutter veränderte sich und sie wurde wütend. „Du hast meine Tochter entführt? Wie kannst du es wagen mir so unter die Augen zu treten? Du elender..." Ihr Gesicht lief rot an, als sie Mirak anschrie und sie stand mit geballten Fäusten auf. Ich stand ebenfalls auf und legte den Finger an den Abzug der Waffe. „Hör sofort auf!", schrie ich sie an. „Du hast kein Recht, ihn so zu beleidigen. Du bist schuld an meiner Entführung! Ohne dich wäre es doch gar nicht so weit gekommen!"

Wir standen beide schwer atmend da und starrten uns an. Durch das Fenster konnten wir mehrere heranfahrende Autos erkennen und blinkendes Blaulicht warf unheimliche Schatten über unsere Gesichter. Mirak ging zum Fenster und sah hinaus. Als meine Mutter ihm folgen wollte hielt ich sie mit einer Bewegung der Pistole zurück. „Hast du die Bullen gerufen?", fragte Mirak. Meine Mutter schüttelte den Kopf. Ich hob erneut die Waffe. „Wirklich nicht. Ich schwöre!", rief sie und hob die Hände. Sie weinte noch immer und sah mich flehend an. „Bitte Amalia. Ich wollte das nicht. Ich hätte doch niemals ahnen können, dass der Polizist Karim erschießen würde. Können wir uns nicht wieder hinsetzten?", fragte sie mit zitternder Stimme. Ich nickte und wir setzten uns, ohne einander aus den Augen zu lassen. Ich nahm den Finger vom Abzug und senkte die Waffe ein wenig. Meine Mutter atmete auf und sank in sich zusammen. „Dein Vater und ich hatten damals ziemliche Geldprobleme, weil wir die Wohnung hier gekauft hatten. Und ein Kind ist nun einmal auch nicht gerade billig. Als David mir von dem Plan erzählte war ich erst einmal schockiert…" Ich unterbrach sie. „Ich weiß. Du brauchst mir nicht die ganze Geschichte zu erzählen. Ich habe dein Tagebuch gelesen." Sie sah mich verwirrt an. Dann schien es ihr wieder einzufallen. „Ach ja richtig. Ich muss es bei Miguel vergessen haben, als ich in aller Eile meine Sachen zusammengepackt habe. Nachdem er mich rausgeworfen hat, hat er mir nicht viel Zeit gelassen." Sie klang verbittert, dann fiel ihr Blick erneut auf die Waffe. „Bitte Amalia, jetzt nimm das Ding runter, verdammt!" Ihr ständiges Gezeter und das Anflehen machten mich so verdammt wütend. Ich riss die Waffe hoch und legte den Finger an den Abzug. „Hör endlich auf damit! Ich werde die Waffe erst runternehmen, wenn ich hier fertig bin!"

Dann drückte ich ab.

26

Neil und Davis standen gemeinsam mit Kommissar Files vor die Wohnung der Fleers und besprachen den Ablauf des Zugriffes. Um sie herum hatten einige Streifenpolizisten und Kollegen des SEKs Position bezogen und beobachteten das Haus. Durch das Wohnzimmerfenster fiel etwas Licht nach draußen, sonst war alles dunkel. „Also, es befinden sich drei Personen drinnen, genauer gesagt im Wohnzimmer. Wahrscheinlich sind zwei von ihnen bewaffnet. Sie könnten Mrs. Fleer als Geisel halten, es ist also höchste Vorsicht geboten. Der Mann, Mirak Cordes ist ein gesuchter Straftäter und äußerst gefährlich. Trotzdem gilt es, alle lebend da rauszubekommen. Wir müssen versuchen…" Ein Schuss unterbrach Kommissar Files' Monolog. Alle duckten sich hinter die Autos und hielten ihre Waffen im Anschlag. „Wir müssen da rein. Jetzt.", beschloss Neil und gab Davis und Files ein Zeichen. Der Kollege vom SEK wollte protestieren, aber Neil ließ ihm nicht den Hauch einer Chance. Er hob seine Waffe und ging auf die Eingangstür zu. Auf die gezischten Worte der Kollegen hörte er nicht. Kurz bevor er die Stufen hinaufging, wurde er zur Seite geschubst. Drei Polizisten des SEKs in voller Montur bezogen Stellung an der Tür und öffneten sie nahezu lautlos. Kommissar Files legte Neil eine Hand auf die Schulter. „Sie gehen da sicher nicht allein rein.", sagte er leise und lief durch die geöffnete Tür. Neil und Davis folgten den Männern. Sie schlichen den Gang entlang und näherten sich dem Lichtschein, der durch die geschlossene Tür fiel.

Von drinnen waren leise Stimmen zu hören. Neil gab den anderen ein Zeichen und sie öffneten die Wohnzimmertür. „Polizei, die Waffe runter.", riefen die Polizisten, die nach und nach den Raum betraten. Neil hielt sich hinter den anderen und nahm das Chaos in sich auf. Mirak stand mit gezogener Waffe an der Wand neben dem Fenster. Er wirkte zwar überrascht, aber ruhig. Er hatte wohl nichts anderes erwartet. Mrs. Fleer, die auf dem Sofa saß hielt zitternd die Hände hoch. Ihr Gesicht war tränenüberströmt und die Angst spiegelte sich in ihren Augen deutlich wider. Sie stand kurz davor die Fassung zu verlieren, was definitiv nicht gut war. Amalia saß mit dem Rücken zu ihnen auf einem Sessel. Sie zielte mit ihrer Waffe auf ihre Mutter und rührte sich kein Stück. Ihre Hände waren ruhig und sie sah sich nicht um. Ihr Finger lag am Abzug. In der Wand, keine zehn Zentimeter über dem Kopf ihrer Mutter war ein Einschussloch zu sehen. Ein Warnschuss. Harmlos, aber wirkungsvoll.

„Amalia, nimm die Waffe runter.", versuchte es Davis, der hinter ihm den Raum betreten hatte, nochmal. „Nehmen *Sie* doch *Ihre* Waffen runter.", antwortete sie, ohne sich umzusehen. „Ich meins ernst. Wenn Sie Ihre Waffen nicht runternehmen, erschieße ich meine Mutter." Die Polizisten warfen den Kommissaren Files und Neil fragende Blicke zu und auf ihr Kommando hin senkten sie die Waffen.

„Okay, Amalia. Wir haben keine Waffen mehr. Jetzt du." Amalia drehte kurz ihren Kopf zu Mirak, der noch immer mit der Pistole auf Neil zielte. Der nickte kurz. „Nein. Ich habe hier etwas zu erledigen. Gehen Sie raus, oder ich erschieße sie.", sagte sie mit ruhiger, aber ernster Stimme. Davis ging ein Stück in Richtung des Mädchens. Er war gut darin, sich in Menschen hineinzuversetzen. „Du verstehst sicher, dass wir nicht gehen können. Aber wenn du die Waffe weglegst, dann wird deine Mutter gerecht bestraft werden. Sie kommt ins Gefängnis, das verspreche ich dir. Du musst nur die Waffe weglegen."

Mirak änderte seine Position und zielte nun auf Davis. „Keinen Schritt näher.", befahl er und Davis blieb stehen. Er hob die Hände ein wenig. Dann wandte er sich wieder an Amalia. „Warum willst du deine Mutter umbringen?", fragte Davis vorsichtig.

„Weil sie schuld an allem ist. Sie hat Miguels kleinen Bruder Karim umgebracht und einen Bankraub geplant. Und damit ist sie auch noch ungeschoren davongekommen. Das ist nicht gerecht. Also sorge ich für Gerechtigkeit. Außerdem ist sie schuld an meiner Entführung." Ihre Stimme kippte bei den letzten Worten. Sie atmete zittrig ein und hob die Waffe ein wenig höher.

„Nein. Amalia tu das nicht.", rief Davis und kam noch einen Schritt näher. Mirak hob drohend seine Waffe und er trat wieder einen Schritt zurück. „Amalia, deine Mutter ist nicht schuld an Karims Tod. Er wurde von einem Polizisten erschossen, deine Mutter kann nichts dafür." Amalia schnaubte. „Ich habe ihr Tagebuch gelesen. Da drin hat sie alles zugegeben. Vielleicht hat sie ihn nicht selbst erschossen, aber sie hat den Bankraub geplant. Sie…" Sie schluchzte auf. Und das erste Mal zitterte die Waffe in ihrer Hand für einen kurzen Augenblick. Sie fasste sich jedoch schnell wieder. „Sie hat mich mit noch nicht einmal einem Jahr allein zuhause zurückgelassen, um in eine Bank einzubrechen. Sie hat mit den Anderen Pläne zum Bankraub geschmiedet, während ich geschlafen habe. Und sie hat dabei nicht einmal eine winzige Sekunde an mich gedacht." Mrs. Fleer begann wieder zu weinen und schüttelte den Kopf. „Nein das stimmt nicht. Ich habe immer an dich gedacht, aber wir hatten keine andere Wahl." Amalias Schultern begannen zu beben.

„Keine Wahl? Man hat immer eine Wahl! Und du hast dich dafür entschieden und nicht für mich. Wegen dir habe ich meinen Vater nie kennengelernt und wegen dir ist Karim tot. Auch er hatte zwei kleine Söhne, denen du den Vater genommen hast!" Wieder begann die Waffe zu zittern. Mirak kniff die Augen zusammen und ging zu Amalia. Er legte ihr eine Hand auf die Schulter und flüsterte ihr etwas ins Ohr. Sie sah ihn kurz an und nickte. Ihre Hand war wieder ruhig.

Davis sah hilfesuchend zu seinem Chef. So kamen sie hier nicht weiter. Neil trat zu ihm und zog Miraks Aufmerksamkeit auf sich. „Amalia, deine Mutter war nicht die Drahtzieherin bei dem Überfall. Wusstest du das?", begann Neil. Das Mädchen schüttelte den Kopf. „Es war Miguel. Er hat deinen Vater dazu gezwungen bei dem Banküberfall mitzumachen. Und deine Mutter hat er auch erpresst. Und weißt du auch womit?" Wieder schüttelte sie den Kopf. „Damit, dass er dir etwas antun würde, wenn sie nicht machen würden, was er sagte. Er hat sie dazu gezwungen. Letztendlich haben sie das nur getan, weil sie dich lieben." Neil näherte sich dem Sessel, auf dem Amalia saß, aber Mirak hielt ihn erneut zurück. „Hör gar nicht auf die. Die versuchen nur, dich zu verunsichern. Denk daran. Du tust das Richtige, Amalia.", schaltete sich Mirak ein. Amalia sah zu ihm und senkte ihre Waffe ein Stück. „Das was in dem Tagebuch steht ist echt. Die Polizisten bluffen nur. Die wissen gar nichts. Deine Mutter ist kein guter Mensch. Du musst das tun, um der Gerechtigkeit willen." Er ging zu ihr und sah ihr in die Augen. „Sie hat Tyron und mir unseren Vater genommen und deinen hat sie auch auf dem Gewissen. Sie hat es verdient zu sterben. Wir haben das hier jahrelang geplant, enttäusch uns jetzt nicht." Amalias Kopf zuckte zu ihm und sie schüttelte seine Hand ab. „Was? Was hast du gerade gesagt?" Ihre Stimme klang atemlos und eine Spur hysterisch.

„Ihr habt das hier geplant? Miguel und du? Jahrelang?" Sie stand auf und wich vor ihm zurück. „Euch ging es nie um Gerechtigkeit. Ihr wollt nur, dass meine Mutter stirbt, weil sie die einzige Zeugin für den Bankraub damals ist. Sie kann als Einzige bezeugen, dass Miguel hinter allem steckt. Dass er die anderen erpresst hat und es noch bis heute tut. Die ganze Entführung war eine Farce, reines Theater. Ihr wollt nur Rache." Mirak neigte den Kopf. „Ich wusste, dass du schlau genug sein würdest, um es zu durchschauen. Du hast dennoch nur eine einzige Aufgabe: töte deine Mutter. Danach wird alles gut werden." Er sah sie mit durchdringendem Blick an.

„Nein. Nein, ich mach da nicht mehr mit. Ihr seid doch irre, wie konnte ich euch nur jemals ein einziges Wort glauben?" Sie wich weiter zurück. Mirak richtete seine Waffe auf sie und legte den Finger an den Anzug. „Nimm deine Waffe hoch und drück jetzt verdammt nochmal ab oder ich schwör dir, ich bring dich um.", schrie er sie an. Amalia sah ihn mit aufgerissenen Augen an und schüttelte den Kopf. Ihre Unterlippe begann zu beben und Tränen liefen ihre Wangen hinab. „Es tut mir leid. Ich kann das nicht. Das ist einfach falsch." Ihre Pistole polterte auf den Boden. Er sah sie mit einem vernichtenden Blick an und richtete seine Waffe so schnell auf Mrs. Fleer, dass keiner der Umstehenden eingreifen konnte.

Der Schuss zerriss die Stille, die sich erwartungsvoll über den Raum gelegt hatte. Amalia schrie. Die Polizisten des SEKs entwaffneten Mirak und legten ihm Handschellen an. Davis und Neil rannten zu Amalia, die ihre tote Mutter im Arm hielt. Helles Blut breitete sich rund um das Loch in ihrem Herzen aus. Ihre Augen starrten blicklos an die Decke, bis Amalia sie mit sanftem Druck schloss.

Ihre Tränen tropften auf das Gesicht ihrer Mutter, als sie ihr einen letzten federleichten Abschiedskuss auf die Stirn drückte.

Epilog

Liebes Tagebuch,

das ist mein erster Eintrag und ich habe keine Ahnung, was man hier so reinschreibt. Das Tagebuch war die Idee meines Therapeuten, der meint, es könne helfen „das Geschehene zu verarbeiten".

Also, mein Name ist Amalia Fleer und ich bin seit fünf Tagen achtzehn Jahre alt.

Ich fange einfach bei dem Tag an, als meine Mutter gestorben ist. An diesem Tag, nachdem der Bruder meines Freundes meine Mutter erschossen hat, bin ich ins Krankenhaus gekommen. Ich musste dort zwei Tage lang bleiben, dann hat meine Tante (die Schwester meiner Mutter, mit der ich noch nie etwas zu tun gehabt hatte) mich zu sich nach Hause geholt. Sie ist ganz nett und alles, aber ich habe mich die ganze Zeit gefühlt, als wäre ich in einer riesigen Seifenblase. Am Anfang habe ich alles nur gedämpft mitbekommen, ich habe nur gegessen und getrunken, weil man es mir gesagt hat und habe kaum mit meiner Tante oder ihrem Mann (ich bringe es nicht über mich, ihn Onkel zu nennen) gesprochen. Mein Zimmer bei ihnen ist glücklicherweise sehr hell und es gibt keine Vorhänge. Ich bin den ganzen Tag im Bett gelegen und habe Löcher in die Decke gestarrt oder geweint. Nach der Beerdigung meiner Mutter wurde es etwas besser. Es hilft einen Ort zu haben, an dem man trauern kann. Meine Freundinnen Felia und Kiki sind fast die ganze Zeit da, sie wohnen praktisch schon hier. Meine Tante erlaubt sogar, dass sie übernachten. So bin ich nicht allein. Kiki versucht, mich abzulenken, was manchmal kurz funktioniert. Das sind dann kurze glückliche Momente des Vergessens. Und Felia ist einfach da, hört zu und nimmt mich in den Arm. Die beiden sind einfach die besten. Sie helfen mir auch den ganzen Schulstoff nachzuholen, den ich verpasst habe. Es ist so seltsam über Schule zu reden, sie scheint zu normal zu sein für das alles, was ich erlebt habe.

Und nun zum schwierigsten Thema: Tyron. Er hat mich im Krankenhaus gemeinsam mit den beiden Kommissaren besucht. Er wurde auf Bewährung entlassen, weil er zwar an meiner Entführung beteiligt gewesen war, aber der Polizei geholfen hatte, Miguel und Mirak (mitsamt allen „Mitarbeitern" von Serdoc Trade) hinter Gitter zu bringen. Ich kann mir gar nicht vorstellen, was das für ihn bedeutet hatte. Nicht nur ich war jetzt eine Waise, sondern er in gewisser Hinsicht auch. Seine Familie war für ihn gestorben. Mirak und Miguel müssen lebenslänglich in Haft. Die Polizei hat es dank der Aussage von Tyron geschafft, ihnen sehr sehr viele Verbrechen nachzuweisen. Was genau, will ich gar nicht wissen.

Ich treffe mich jede Woche mindestens ein Mal mit ihm, auch wenn meine Tante das nicht gern sieht. Er hilft mir dabei, wieder ein einigermaßen normales Leben zu führen, weil ich nur durch ihn aus dem Haus gehe. Wir gehen spazieren (wobei wir den Park meiden) und reden einfach. Trotz allem, was passiert ist, liebe ich ihn. Vielleicht gerade deshalb, denn sonst hätten wir uns niemals getroffen.

Deine Amalia Fleer

Danksagung

Die Geschichte von Amalia, Tyron und Mirak ist hier leider zu Ende. Die drei, sowie alle anderen Figuren, haben mich nun sehr lange begleitet und sind mir ans Herz gewachsen. Ich lasse sie mit einem lachenden und einem weinenden Auge zurück.

Es war nicht leicht dieses Buch zu schreiben. Es wurde angefangen, verworfen, gelöscht und dann verzweifelt gesucht. Es wurde neu angefangen, geändert, wiedergefunden und schließlich war es fertig.

Dieses Buch wurde aber sicher nicht von mir allein geschrieben, denn ich hatte Unterstützung von vielen wunderbaren Leuten, denen ich hier von Herzen danken möchte.

Angela

Meisterin der Orthographie und beste Freundin.

Du nimmst mich so, wie ich bin und glaubst selbst nachts um zwei an die verrücktesten meiner Ideen. Danke, du bist einfach die Beste!

Mama und Papa

Ihr unterstützt mich in allem, was ich tue.

Ich habe euch beide unendlich lieb!

Mary

Freundin von unschätzbarem Wert und Leidensgenossin.

Du weißt, wie es ist, wenn Buchcharaktere nicht das tun, was sie sollen. Danke für die Dienstagabende und deine Anregungen!

Danke an alle, die für mich da sind! Ohne euch wäre dieses Buch nicht entstanden.

Außerdem danke ich natürlich dem Team von Books on Demand, das mir geholfen hat, mein Buch ohne große Probleme zu veröffentlichen.

Und last but not least: Danke an alle Leserinnen und Leser, die Amalia, Tyron und Mirak bis zur letzten Seite begleitet haben. Ohne euch wären alle Worte umsonst.

Ronja Uhlmann
Altenstadt, Februar 2020